Stephanie Bart

GOODBYE BISMARCK

Roman

Atlantik

Der Roman wurde erstmals 2009 im
Plöttner Verlag, Leipzig, veröffentlicht.

Atlantik-Bücher erscheinen im
Hoffmann und Campe Verlag, Hamburg

www.hoca.de *www.atlantik-verlag.de*
Satz: Pinkuin Satz und Datentechnik, Berlin
Gesetzt aus der Minion Pro und Engravers
Druck und Bindung: C. H. Beck, Nördlingen
ISBN 978-3-455-65059-4

HOFFMANN
UND CAMPE

Ein Unternehmen der
GANSKE VERLAGSGRUPPE

1. KAPITEL.
VORHER EINS.

Ulrich Held, 36, Inhaber und alleiniger Betreiber eines Fahrradladens, hat genau in dem Augenblick, in dem er »Schaltaugen« auf die Liste der zu bestellenden Artikel schreibt, Bismarcks blöden Blick im Kopf. Erst aus der Rückschau, in der sich vieles fügt, lässt sich diese Assoziation als Beginn des später mit dem Kürzel »BiBi« bezeichneten Projekts bestimmen. Das Denkmal, an dem er fast täglich vorbeikommt, ist ihm so vertraut, wie einem etwa eine Wohnzimmerlampe vertraut ist, auch wenn das Bismarck-Denkmal in Hamburg mit einer Wohnzimmerlampe ansonsten absolut nichts gemeinsam hat. Eine Wohnzimmerlampe kann immerhin leuchten. Ulrich Held fragt sich manchmal, ob er das Denkmal seiner Nähe zur Karikatur wegen nicht eigentlich doch gut finden soll. Er denkt also an das hoch über den Landungsbrücken stehende Bismarck-Denkmal, er denkt an Bismarcks blöden Blick, als er »Schaltaugen« auf die Liste der zu bestellenden Artikel schreibt, aber mehr denkt er in diesem Augenblick nicht.

Es ist ein Freitag im Mai 1990, und er hat seinen Laden in der Taubenstraße vor zehn Minuten geschlossen. Durch die Straßen der Hansestadt wälzt sich der Feierabendverkehr. Außer Ulrich

Held denkt kaum einer an Bismarck. Die Leute denken eher solche Sachen wie, ich muss noch Butter kaufen, wieso fährt denn der da vorne jetzt nicht, aber sie denken diese Gedanken doch in gehobener Stimmung, und es ist immer noch eine kitzelige Aufgeregtheit dabei. Vergessen, als hätte es sie nie gegeben, ist die Erstarrung des Kalten Krieges, die Müdigkeit allerorten, die sich lähmend breitgemacht hatte, als nach den aufbruch- und reformschwangeren siebziger Jahren im nächsten Jahrzehnt all das Aufbrechende mitsamt den Reformen wieder zurückgenommen worden war. Abiturienten gingen an die Universitäten und begannen Berufsausbildungen mit dem Vorsatz, ordentlich zu sein, Karriere zu machen und Geld zu verdienen, und es war nur noch eine ganz kleine Minderheit, die fand, dass anderes wichtiger sei, zum Beispiel die Abschaffung des Kapitalismus, der Atomkraft, des Wettrüstens und des Patriarchats, die Erhaltung der Umwelt und eine schonende Nutzung der natürlichen Ressourcen, die Lösung des Nordsüdkonflikts und dergleichen mehr. Die Öffnung der Mauer lag gerade mal ein halbes Jahr zurück. Die allgemein gehobene Stimmung, mit der man dachte, dass man noch Butter kaufen müsse, war dem durch nichts zu erschütternden Bewusstsein geschuldet, dass man sich mitten in einem historischen Geschehen befand, an dem man sogar Anteil hatte. Es tat dem keinerlei Abbruch, dass sich die unbezweifelbare Historizität des politischen Geschehens partout nicht anders bemerkbar machen wollte, als in den Gesprächen darüber. Man sagte, was für ein historischer Augenblick!, und dann ging man zur Arbeit wie je und kaufte Butter und stand im Stau wie immer.

In den ersten Tagen und Wochen nach der Öffnung der Mauer wurde man Zeuge beschämender Szenen mit den herüberströmenden Bürgern der DDR, die es geschafft haben sollten, ihre Regierung zu stürzen, aber jetzt dem Westen aus der Hand fraßen.

Und die Bürger der Hansestadt gaben durchaus kein besseres Bild ab. Ulrich Held beobachtete, wie vor seinem Laden ein blitzblanker, silbergrauer Mercedes hielt, dem aus den Vordertüren ein äußerst hanseatisches Ehepaar entstieg. Das Haupthaar des hanseatischen Paares war genauso silbergrau wie sein Wagen. Der Mann öffnete die hintere Tür (Kindersicherung!), und heraus kam unverkennbar ein DDR-Bürger, dessen Vollbart aufgeregt in den hochgeschlagenen Kragen eines dunkelbraunen Polyesterjacketts zitterte. Man tauschte Adressen mit einem dümmlich glückseligen Lächeln im Gesicht, umarmte einander zum Abschied, und dann zückte der Herr mit dem silbergrauen Haupthaar das Portemonnaie und drückte dem Ossi einen Zwanzigmarkschein in die Hand. Die Frau wandte sich ab. Der Mann hatte seine Spendierhosen an und tat was Gutes auf offener Straße, wo jeder es sehen kann. Es fehlte nicht viel, und der Ossi wäre auf die Knie gegangen. Dies sehend, verließ Ulrich Held unverzüglich seinen Laden, schloss ab, ging nach Hause und blieb eine Woche lang in seiner Wohnung bei zugezogenen Vorhängen und absoluter Medienabstinenz. Zum ersten Mal im Leben hatte er vor den Ereignissen kapituliert, hatten ihn seine Gewitztheit und sein Humor verlassen, und nur die Aussicht, dass man dafür mit harter Münze werde bezahlen müssen, besänftigte ihn ein wenig.

Ulrich Held ist Einzelkind und entstammt einer wohlhabenden Familie, die er verachtet. Sein Vater ist der bekannte, aber keineswegs brillante Professor für Wirtschaftswissenschaften, Heinrich Held. Dick, feige und selbstgerecht, sich an die Umstände anschmiegend wie die Katze an den Ofen, dünkelhaft sich blähend in seinem Professorenstand, war er seinem Sohn Ulrich immer ein leuchtendes Beispiel dafür gewesen, was es im Leben unbedingt und unter allen Umständen zu vermeiden galt. Seine Frau, die Mutter Ulrichs, Margarete Held, managte den Haushalt und das soziale Leben mit dem rationalen Fleiß und Eifer eines mittelständischen Geschäftsführers. Aus dem Saarland kommend, ist sie katholisch und hat eine Neigung zur Frömmelei. Das Akademikertum war in der gesamten Familie weit verbreitet, und man war sicher, dass Ulrich studieren und Professor werden würde. Er dachte gar nicht daran. Nur um seinen Vater zu ärgern, sorgte er auf dem Gymnasium mit Ehrgeiz und Berechnung dafür, dass er in Sport immer eine glatte Eins machte, in allen anderen Fächern aber nie bessere Zensuren erhielt als Dreien. Der Junge, den man neben ihn gesetzt hatte, hieß Jens Dikupp, war keineswegs dumm, aber ausgesprochen faul und machte in allen Klassenarbeiten nur und ausschließlich mit Ulrichs Hilfe Einsen und Zweien. Die beiden schlossen Freundschaft fürs Leben. Einen Tag vor der letzten Abiturprüfung, bisher war alles prima gelaufen, brannte Ulrich Held mit der Seiltänzerin eines bedeutenden Zirkus durch, der eben in Hamburg gastiert hatte und ausgerechnet am Tag vor der letzten Abiturprüfung Ulrich Helds die Stadt verließ. Ulrich und die Seiltänzerin hatten sich unsterblich ineinander verliebt. Die anderen Mitglieder des Zirkus wollten Ulrich nach seiner Entdeckung umgehend nach Hause schicken, aber die Seiltänzerin führte die Liebe ins Feld, handelte ein Ultimatum aus und trainierte mit Ulrich, der nach vier Wochen härtester, schweißtreibender Arbeit das Programm als akrobatischer Pausenclown bereicherte. Es waren bescheidene, anfängergerechte Nummern, und Ulrich, angespornt von der unsterblichen Liebe, machte seine Sache sehr gut. Er war auch geeignet dafür. Vom ungeliebten Vater hat er die ungeliebte Kürze geerbt, noch heute misst er nicht mehr als einen Meter siebenundsechzig, von der Mutter die Drahtigkeit und eine überaus zähe Konstitution, und also ist er leicht und stark, wie Akrobaten es sein sollen.

Obwohl sich die für unsterblich gehaltene Liebe nach etwa einem Dreivierteljahr doch als sterblich erwies, war Ulrich Held zwei Jahre lang mit dem Zirkus unterwegs. Zuletzt hatte er jene spektakuläre Nummer auf dem Hochseil entwickelt, bei der er einen Sturz vortäuschte, um endlose, zähe Minuten mit einer Hand am Seil zu hängen, hoch in der Kuppel des Zeltes, wie ein Waschlappen an der Wäscheleine, bevor er sich umständlich aus seiner Lage erretten ließ. Er hatte sehr schnell erkannt, dass das tiefe und eigentliche Ergötzen des Publikums seine Wurzeln in der Gefahr und letztendlich in der Katastrophe hat. Während des fingierten Sturzes, dessen Bewegungsablauf er noch im Schlaf, ja im Koma beherrscht hätte, während dieser höchstens halben Sekunde des Fallens stieß er einen markerschütternden »Angstschrei« aus. Natürlich weiß jeder, dass man in einer solchen Situation vom Schock paralysiert ist und nicht sofort schreien kann, aber man glaubte ihm die Panne, weil man die Panne glauben wollte. Im Übrigen brauchte er diesen Schrei, um das explodierende Adrenalin des Publikums zu kanalisieren. Er hörte die Menschen aufstöhnen, und für diese halbe Sekunde seines Fallens war das ganze Zelt erfüllt von Entsetzen und unterdrückter Lüsternheit. Und in dem Augenblick, in dem er das Seil gefasst hatte und daran hing, atmeten die Menschen aus, und in ihrer Erleichterung schwang die Enttäuschung über das Ausbleiben der Katastrophe mit. Zuerst war in den Zeitungen von einem bedauerlichen Zwischenfall die Rede, aber nachdem er die Panne vier- oder fünfmal hintereinander vorgeführt hatte, wurde sie zum Stadtgespräch. Man hatte solche und solche Meinungen darüber, und man wusste nicht, was das sollte, aber darauf kam es gar nicht an. Diejenigen nämlich, die die Panne gesehen hatten, berichteten darüber in einer so erregten Art und Weise, dass man in den Zirkus ging, um die Panne zu sehen. Alle Vorstellungen waren bis auf den letzten Platz ausverkauft.

Ulrichs Eltern hatten ihn polizeilich suchen lassen. Da man ihn eher im politischen Untergrund vermutete als im Zirkus und da er in weiser Voraussicht seine bürgerliche Identität verschleiert hatte, fand man ihn nicht. Aber am Ende war er einsam im Zirkus. Er vermisste Jens Dikupp. Er vermisste Hamburg. Er fühlte sich fremd unter dem ach so bunten Zirkusvölkchen, das ausgesprochen konservativ war, mancher ließ sich schlechterdings als reaktionär bezeichnen, und er fühlte sich zunehmend unwohl damit, die Menschen zu unterhalten, sie abzulenken von den Kriegen und den ausbeuterischen Verhältnissen. Im Übrigen wurmte ihn die notorische Schlechtbezahltheit der Darsteller angesichts des stetigen Fetterwerdens des Zirkusdirektors mit seinen finanziellen Transaktionen, Varieté-Gründungen und neuen Showprojekten größeren Umfangs. Ende 1975, im Alter von 21 Jahren, bedachte Ulrich Held seine Situation und kam zu dem Schluss, dass es besser sei, wieder aufzutauchen und die Verhältnisse zu ordnen.

Die Mutter weinte heiße und disziplinierte Tränen, die der Sohn dann doch mit einem Papiertaschentuch abtupfte. Der Vater hielt eine weitschweifige Strafrede mit rhetorischen Schwächen, für die sich der Sohn mit den Worten, vielen Dank für diesen ausführlichen Vortrag, und einem gut einstudierten Clownsgesicht bedankte. Und dann standen die Feldjäger vor der Tür. Ulrich Held ließ sich untauglich mustern, suchte sich eine Bleibe und ging verschiedenen Gelegenheitsarbeiten nach. Er schwang im Hafen die Zuckerklatsche, zapfte Bier und verkaufte Schnaps, schleppte Kisten und Möbel für ein Umzugsunternehmen und baute Bühnen für Großveranstaltungen. Er lebte anspruchslos und reiste. Die Sommermonate der Jahre 1977 und 78 verbrachte er mit Jens Dikupp und einem Haufen anderer Leute an einem Strand in Portugal, wo man tagsüber ein paar Würstchen verkaufte, abends Wein trank und Haschisch rauchte und unter freiem

Himmel schlief. Wenn er in Hamburg war, engagierte er sich in der Kommunistischen Partei, deren Jugendorganisation er im Alter von 14 Jahren beigetreten war, und er unterhielt auch in Portugal ein paar kommunistische Kontakte. In dieser Zeit war ihm Jens Dikupp ans Herz gewachsen wie ein Bruder, aber das hätte er nie so gesagt und zugegeben auch nicht. Am allerwenigsten Jens Dikupp selber, der gleichzeitig mit Ulrich zur SDAJ gegangen war, und der, wenn er nicht sowieso politische Gründe dafür gehabt hätte, wenigstens aus Freundschaft eingetreten wäre. Mittlerweile hatte er, eher pro forma, ein Studium aufgenommen und ließ sich ansonsten genauso wie Ulrich Held zwischen Broterwerbstätigkeiten, politischen Aktivitäten und portugiesischen Stränden wohlgemut treiben.

Es war im zweiten Sommer in Portugal, in dem Jens Dikupp seine Leidenschaft fürs Klettern entdeckte, die so wichtig für das Projekt BiBi werden sollte. Er entdeckte sie an einer ringsum von hohen Felsen abgeschlossenen Bucht. Der Steilhang war gar nicht so hoch, zehn Meter vielleicht. Das erste Drittel verlief quer zum Hang, ein sehr schmaler Pfad, den man aber noch, mit den Händen an der Wand, normal gehen konnte. Den Rest musste man praktisch senkrecht runter. Es gab überall Vorsprünge und gelegentlich ein mageres Gebüsch, an dem man sich festhalten konnte. Ein paar Leute trauten sich nicht und waren deshalb nie in dieser Bucht. Zuerst merkte er, dass er sich immer auf den Ab- und Aufstieg freute, und dann begann er, wenn die anderen am Strand lagen und dösten, einfach so auf und ab zu klettern. Sie sagten, wasn mit dir los? Er merkte sich, welche Vorsprünge er wie benutzt hatte, wie er geklettert war und probierte verschiedene Möglichkeiten aus. Und dann wurden die paar Meter, die er haargenau kannte, natürlich langweilig, und er suchte sich interessantere Strecken.

Jens Dikupp wurde, was man erst ein paar Jahre später einen Free Climber nannte.

Zu dieser Zeit, Anfang der achtziger Jahre, war er, wenn er nicht kletterte, an der Gründung eines alternativen Tischlereibetriebs beteiligt, der als Kollektiv arbeitete, ermüdende Plenumssitzungen an Samstagnachmittagen durchführte, und, obwohl er politisch sehr korrekt war, doch einer Handvoll Leuten ein Auskommen bot. Und ebenfalls zu dieser Zeit lieh sich Ulrich Held, der keine Lust auf ermüdende Plenumssitzungen und von Chefs aller Art die Nase gestrichen voll hatte, von seiner Mutter etwas Geld und machte den Fahrradladen auf. Er betrieb sein Geschäft mit stoischer Nüchternheit einzig zum Zweck des Lebensunterhalts. Weder war er ein besonders begabter Mechaniker, noch hatte er jene Verkaufsmentalität, die den Handel zum Blühen gebracht hätte. Er machte Fahrräder, die man ihm brachte, anstandslos heil und verkaufte auch welche, aber es ging ihm darum, das Geschäft seinem Leben anzupassen und nicht sein Leben dem Geschäft. Er hatte sich deshalb entschlossen, nachdem der Laden leidlich in Gang gekommen war, ihn bloß noch viermal die Woche drei Stunden geöffnet zu halten.

Und nun folgt auf jenen Freitag im Mai 1990, an dem Ulrich Held beim Schaltaugenaufschreiben an Bismarcks blöden Blick denkt, das Wochenende. Und am Montag fallen die Würfel für BiBi.

Ulrich Held schraubt in aller Ruhe an einem schönen alten dunkelgrünen Hollandherrenrad, bei dem die Schaltung im Eimer ist, als vorne die Ladentür geöffnet wird. Er spürt es nicht gleich bewusst, aber er wird erfasst von einer Woge kribbelnder Wärme. Die Luft um ihn herum setzt sich in Bewegung. In seinem Innern breitet sich Leichtigkeit aus. Er geht nach vorne. Im Laden steht eine Frau, und als Ulrich Held sie ansieht, weiß er schon nicht mehr, wo oben und unten ist. Sie hat eine gedrungene, sportliche Figur, mag etwa Mitte bis Ende zwanzig sein, und ihre Haare und Fingernägel sind recht kurz geschnitten. Sie sagt, Tach, ich brauch ’ne Beleuchtung. Ihre Stimme ist ein bisschen tief und butterweich und schlängelt sich durch Ulrichs errötende Ohren, wie einem ein alter Whiskey in der Kehle runterrinnt. Ulrich Held beißt die Zähne zusammen und nickt professionell. Beleuchtung, denkt er, alles klar.

Also ich hätt gern diese Dinger zum Aufstecken, was kostn so was?

Ulrich Held lockert den Kiefer und schüttelt professionell den Kopf. In zwei Sätzen erklärt er, dass er so einen Schwachsinn nicht verkaufe. Es sei unvernünftig, Batterien einzusetzen, wenn man sowieso Strom erzeuge, sagt er und zeigt ihr zwei Dynamos. Die Frau winkt ab. Hör mir auf mit Dynamos, sagt sie mit ihrer Stimme, und Ulrichs Ohren fangen an zu klingeln, ich hab sie alle durchprobiert. Kein einziger hat länger gehalten als drei Tage, und spätestens, wenns regnet, gehts Licht aus. Sie sieht ihn die ganze Zeit an und kriegt überhaupt nichts vom Erröten der Ohren und den zusammengebissenen Zähnen mit. Ulrich Held, der seinen Blick auf die Holzbretter des Fußbodens geheftet hat, schaut ihr kurz in die moosgrünen Augen, die das, was sie sehen wollen, sehr gezielt prüfen. Im Augenblick prüfen sie das spärliche Inventar des Ladens.

Vielleicht nicht sachgemäß montiert?, wirft er fachmännisch ein.

Nö, sagt sie, kurz und trocken, und Ulrich Held denkt an die ganzen Weiber in seinem Freundeskreis, die immer, wenn was an ihren Fahrrädern nicht in Ordnung ist, unerwartet charmant und hilfsbedürftig werden. Diese aber lächelt nicht einmal. Sie braucht sich nichts über Schwachsinn und Vernunft, über Batterien und

Dynamos und schon gar nichts über deren sachgerechte Montage erklären zu lassen. Sowieso interessiert sie sich kein bisschen dafür, wie Ulrich Held mitsamt seiner akrobatischen Vergangenheit am Seil ihrer samtenen Stimme zappelt. Er macht einen letzten Versuch. Er sagt, Speichendynamo.

Sie schüttelt den Kopf. Zu teuer, und dann lächelt sie doch noch. Es macht überhaupt nichts aus, dass sie sich mit ihrem Lächeln über ihn lustig macht, denn sie hat beim Lächeln Grübchen in den Backen, die sind zum Küssen. Ich muss mir die Dinger wohl anderswo holen, sagt sie, und dann kommen das Lächeln und die Grübchen, und in die moosgrünen Augen legt sich ein verschmitzter Schimmer. Ulrich hält die Luft an. Sie sagt, vielen Dank für diese ausführliche Beratung, und er kann nicht verhindern, dass sie sich umdreht und geht. An der Tür gibt sie sich die Klinke in die Hand mit einem Fahrradkurier.

Der Fahrradkurier ist einer, der gern und viel und schnell redet. Während Ulrich Held ihm die Bremsbacken über den Tresen schiebt, die er dringend nötig hat, flucht der Fahrradkurier wie ein Bierkutscher über die Zwei-plus-Vier-Verhandlungen, und Ulrich sagt, sieben Mark sechzig krieg ich. Danach geht er wieder zurück zum dunkelgrünen Hollandherrenrad. Er nimmt den Konusschlüssel in die Hand, aber er setzt ihn nicht an, sondern hält inne und denkt an die Grübchen. Er braucht anderthalb Stunden für eine Reparatur, die er unter normalen Umständen in vierzig Minuten erledigt hätte, weil er immer wieder seinen Träumereien nachhängt. Am Ende schiebt er die Schaltkette in die Achse, dreht sie fest und sagt sich, das ist doch totaler Blödsinn. Ihm ist eingefallen, dass er die Frau überhaupt nicht kennt, weder eine Telefonnummer von ihr hat noch den leisesten Hinweis, wo er sie finden könnte. Die Frau ist weg. Er weiß ja nicht mal, wie sie heißt. Vielleicht kommt sie ein andermal wieder vorbei. Ein Unsinn ist das. Er wäscht sich die Hände, macht Kasse, zieht seine Jacke an und geht. Genau in dem Augenblick, in dem er die Hand auf die Klinke legt, klingelt das Telefon. Er zögert kurz, aber dann lässt er die Klinke los und geht ran. Ich bin's, sagt Jens Dikupp am anderen Ende der Leitung.

Jens Dikupp ist vor zehn Minuten nach Hause gekommen, das heißt, in die Wohnung in der Gilbertstraße, die er mit Susanne und Karl Meister bewohnt. Karl ist sein schwieriger vierjähriger Sohn, Susanne die Mutter des Kindes. Jens Dikupp hat sich fortgepflanzt, aber nicht einmal Ulrich Held weiß, ob das mit Absicht geschah. Susanne Meister jedenfalls war mal Jens Dikupps große Liebe. Die beiden haben sich im Laufe der Zeit zweimal getrennt und zweimal die Trennung rückgängig gemacht und haben sich dann in illusionsloser Freundschaft und alter Vertrautheit zur Aufzucht des Kindes hinarrangiert. Susanne hat erst Philosophie, dann Pädagogik abgebrochen und lernt jetzt Heilpraktikerin. Sie ist in der Küche, sie sitzt am Tisch und schält Kartoffeln.

Hallo Susanne.

Hallo Jens.

Was machstn?

Kartoffelgratin mit Feldsalat, Kathrin kommt zum Essen.

Kathrin! Jens stöhnt auf.

Na ja, siehs halt gelassen, sagt Susanne, frag doch Ulrich, ob er nicht kommen will, dann hast du Verstärkung.

Mach ich, sagt Jens und geht schnurstracks zum Telefon. Ulrich hebt ab.

Ich bins, sagt Jens, willste nich zum Essen rüberkommen?

Was gibts denn?, fragt Ulrich.

Kartoffelgratin mit Feldsalat.

Ich mach gradn Laden zu, bin in zehn Minuten da.

Zehn Minuten später klingelts bei »Meister Dikupp« in der Gilbertstraße, und Ulrich, kaum dass er abgelegt hat, bietet an, den

Feldsalat zu putzen. Er freut sich über ein leckeres warmes Essen in angenehmer Gesellschaft und weiß, dass Feldsalatputzen sogar bei Susanne, von Jens ganz zu schweigen, extrem unbeliebt ist. Es dauert so furchtbar lange, und immer bleiben kleine welke Blättchen an den nassen Fingern kleben. Jens schneidet geschälte Kartoffeln in Scheiben. Susanne macht Sahne-Gorgonzola-Soße. Karl wirft Bauklötzchen umher. Er will auf den Schoß von Jens und mit Ulrich Stierkampf spielen und dann bei Susanne Gorgonzola-Soße naschen.

Als der Feldsalat sauber und das Gratin in den Ofen geschoben ist, geht wieder die Klingel. Es ist Kathrin. Kathrin kommt in die Küche. Kathrin ist die kleine Schwester von Susanne und studiert Kunstgeschichte. Sie hat seidenglänzendes, lockiges, blondes Engelshaar und wurde früher Kathi gerufen, besteht aber inzwischen auf ihren ganzen Namen.

Ah, die Kathrin, sagt Ulrich Held zur Begrüßung und weiß jetzt, warum Jens ihn angerufen hat.

Das Gratin und der Salat stehen auf dem Tisch. Alle haben sich gesetzt. Das Essen wird auf die Teller verteilt. Karl will keinen Salat. Ulrich gibt ihm trotzdem Salat. Der Salat muss nicht aufgegessen werden. Susanne wünscht guten Appetit, und dann stechen fünf Gabeln ins Essen und heben es in geöffnete Münder, und die Münder sind voll und kauen. Mit einer Ausnahme. Kathrin hält die Gabel mit dem dampfenden Kartoffelgratin vor ihren Mund und pustet ein bisschen. Aber dann isst sie nicht, sondern fängt stattdessen an, in die Essensstille zu sprechen. Also ich bin ja echt froh, dass ich meine Hausarbeit so gut wie fertig hab.

Susanne und Jens tauschen einen kurzen Blick mit unbewegten Gesichtern. Sie glauben zu wissen, was jetzt kommt. Sie sind sicher, dass Kathrin ihre Hausarbeit, eingebettet in einen Überblick über das gesamte Seminar, en detail referieren möchte. Damit liegen sie richtig. Sie sind außerdem sicher, dass sie beide, Susanne und Jens, gemeinsam mit Ulrich daran arbeiten werden, eben dies zu verhindern. Aber hierin täuschen sie sich, denn Ulrich Held ist aus begreiflichen Gründen mild gestimmt gegen das weibliche Geschlecht und beschließt, für heute die Fronten zu wechseln. Plötzlich hat er Mitleid mit der so hübschen und doch stets geschmähten Kathrin, die ja eigentlich und letzten Endes ein herzensguter Mensch ist, und außerdem ist es eine nette Möglichkeit, Jens zu ärgern, weil der ihm nicht vorher Bescheid gesagt hat.

Ich muss eigentlich nur noch die Einleitung schreiben, leitet Kathrin ihren Vortrag ein, und in diesem Augenblick fängt Karl an, wie am Spieß zu schreien, weil er sich Zunge und Gaumen verbrannt hat. Was hat der Knabe für eine phantastische Kinderstimme! So glockenrein und dabei so überirdisch laut und hoch. Jens kümmert sich dankbar und wortreich um Karl. Aber Karl, der sonst nicht genug Aufmerksamkeit bekommt, beruhigt sich viel zu rasch, und sobald man sich wieder unterhalten kann, fragt Ulrich, ja?, worüber schreibstn grad?

Susanne und Jens erbleichen.

Also es geht um Macht und Kunst, freut sich Kathrin, das ist ja ein weites und spannendes Feld, und das Seminar ist sogar interdisziplinär. Wir machen das zusammen mit Historikern, Soziologen, Politologen, Philosophen, Ethnologen, Psychologen und Pädagogen. Und jetzt …

Meint ihr wirklich, dass das reicht?, unterbricht Jens Dikupp, glaubt ihr allen Ernstes, ihr könntet den ebenso komplexen wie dynamischen Strukturen dieser problematischen Thematik auch nur ansatzweise gerecht werden, ohne die Sinologen zu Rate zu ziehen, die Sportwissenschaftler, Theologen, Maschinenbauer, Bohemisten, Astrophysiker, Evolutionsbiologen und Kommunikationswissenschaftler?

Gute Idee, ich werd das mal im Seminar zur Diskussion stellen, lässt ihn Kathrin ungerührt wissen, um im selben Atemzug fortzufahren, aber jetzt muss man sich, welche Disziplinen auch immer daran mitarbeiten, zunächst einmal klarmachen, was man überhaupt unter Kunst subsumieren und wie man eigentlich Macht definieren will. Wir haben …

Keiner hat es gesehen, aber Kathrin hat inzwischen tatsächlich drei Gabeln Kartoffelgratin gegessen. Susanne Meister, die langsam kauend beobachtet, wie Ulrich Held hoch konzentriert den Worten ihrer Schwester folgt und dabei noch genüsslich isst, Susanne Meister begreift, dass es heute nicht so läuft wie sonst, und denkt, da hilft nur noch kürzen, kürzen, kürzen. Sie schluckt runter und sagt, du Kathrin, ich will dich ja nicht unterbrechen, aber Ulrich hat nicht nach dem Seminar gefragt, sondern bloß, was du grad so schreibst. Sag doch einfach, am besten so in zwei, drei Sätzen, worums in deiner Hausarbeit geht, und dann möchte Karl was vom Kindergarten erzählen.

Das stimmt natürlich nicht und ist riskant. Der Junge ist in der Trotzphase.

Also entschuldige mal, entrüstet sich Kathrin und wirft ihre Engelslocken entschieden über die Schulter zurück, ich bin doch keine Headlinerin, ich bin Wissenschaftlerin! …

Noch nicht, zischt Jens Dikupp dazwischen, noch bist du bloß Studentin im dritten Semester.

… und es ist eben so, Jens hat das ganz richtig erkannt, dass die Strukturen dieser Thematik komplex und dynamisch sind, und, was Jens nicht wissen kann, außerdem interdependent und polyvalent, das heißt mehrdeutig, und sie lassen sich seriöserweise eben nicht in zwei, drei Sätzen darstellen.

Ulrich Held räuspert sich. Ich finde das hochinteressant, lügt er mit großer Ernsthaftigkeit und sieht dabei aus wie die Unschuld selbst. Er kratzt sich am Hinterkopf und improvisiert. Wenn wir eine Veränderung der gesellschaftlichen Verhältnisse wollen, können wir den Bereich der Kunst nicht einfach außen vor lassen. Ich habe mich damit noch nie auseinandergesetzt. Wie ist das, Kathrin, womit beschäftigt ihr euch da?

Und nun doziert also Kathrin in epischer Breite. Susanne bemüht sich, diplomatisch zu kürzen, aber Jens mit seiner Sabotage verzögert alles bloß, und Ulrich stellt skrupellos hochinteressierte Nachfragen. Karl ist ungewöhnlich still geworden und sehr mit dem Essen beschäftigt. Kathrin zitiert allerlei Gelehrte, die keiner kennt, und kommt auch relativ bald auf ihr eigenes Thema. Sie schreibt übers Bismarck-Denkmal. Ja!, na klar, unseres am Hafen.

Igitt, sagt Jens Dikupp, spannend, sagt Ulrich Held, und Susanne Meister schweigt verdrossen.

Anderthalb Stunden später hat Jens Dikupp eingesehen, dass er mit seiner sabotierenden Sprücheklopferei nicht weiterkommt. Er ändert seine Taktik und hebt an zum letzten Gefecht. Ich vermisse hier den Klassenstandpunkt, gibt er mit strengen Falten auf der Stirn zu bedenken, als ob der Klassenstandpunkt das Maß aller Dinge sei.

Probiers mal mit dem Fundamt, rät Kathrin Meister und wirft schon wieder ihre Haare über die Schulter zurück, und jetzt sag ich dir mal was: Wenn dein bekloptes Proletariat nicht dauernd das Scheißprodukt der Springerpresse lesen, sondern sich mit diesem »bürgerlichen Firlefanz« auseinandersetzen würde, dann hätte es ruck zuck jenes richtige Bewusstsein, das es nach Marx braucht, um seine Geschichte selbst in die Hand zu nehmen.

Genau, antwortet Jens Dikupp und erhebt die zum Klassenkampf geballte Faust, Proletarier aller Länder, studiert Kunstgeschichte! Dann lässt er die erhobene Faust in einer vernichtend wegwerfenden Geste sinken, das kann man ja anhand deiner Person empirisch beweisen, was dabei rauskommt, wenn man Kunstgeschichte studiert.

Phh, macht Kathrin Meister verächtlich, das ist doch unsachlich und emotional, was du da sagst. Argumente, rationale Argumente musst du bringen, wenn du hier noch ein Bein auf die Erde kriegen willst.

Und genau deswegen finden Jens Dikupp und Ulrich Held die engelslockige Kathrin so nervig. Weil sie es nicht zugeben kann, wenn sie Blödsinn redet, weil sie immer recht und das letzte Wort behalten muss, weil sie humorlos und zickig ist.

Mal kurz was ganz anderes, sagt Susanne dazwischen, du, Jens, würdest du vielleicht Karl ins Bett bringen? Ich möcht jetzt noch was übers Denkmal wissen.

Möchte sie natürlich nicht und ärgert sich, dass sie überhaupt eine Begründung braucht, bloß damit Jens Karl ins Bett bringt. Fragt ja schließlich auch keiner nach einer Begründung, wenn sie das tut.

Klar, 'türlich, sagt Jens Dikupp, und dass er nichts lieber tue als das, weil es sinnvoller sei, als sich so eine gequirlte Scheiße anzuhören. Wenn Karl jetzt bloß nicht so ein Theater hinlegt wie fast jeden Abend beim Insbettgehen. Karl macht diesmal kein Theater. Er lässt sich ohne weiteres von seinem Vater auf den Arm nehmen.

Endlich ist Jens weg, denkt Susanne Meister und muss rasch noch was übers Denkmal wissen wollen. Was mich interessieren würde, äh, ist nicht so sehr der Klassenstandpunkt, sondern vielmehr – und dann fällt ihr auf die Schnelle nichts anderes ein als das, was grundsätzlich immer passt, wenn es um Vergangenes geht – der Gegenwartsbezug. Kannst du denn auch erklären, wie wir deine Erkenntnisse für uns heute fruchtbar machen könnten?

»Erkenntnisse fruchtbar machen« ist die albernste aller Phrasen, die Susanne Meister aus ihrem Philosophiestudium behalten hat. Sie hatte sich damals in den Seminaren nicht zu sagen getraut, dass das eine astreine Gebärneid-Metapher ist, und musste, wenn vom Fruchtbarmachen die Rede war, immer an die Landwirtschaft denken, an Düngemittel, an Gülle und Chemokeulen, an Bewässerungsanlagen, an Zucchinizucht in der Wüste oder an holländische Gewächshäuser. Und jetzt findet sie, dass dieser Bismarck-Quark genau die richtige Gelegenheit ist für diese Phrase, und lässt sich jedes Wort auf der Zunge zergehen: für uns heute fruchtbar machen. Ulrich Held nickt zustimmend und heimlich erleichtert. Kathrin Meister hat es ihm mit ihrem Benehmen recht schwer gemacht. Sie holt Luft und legt los. Ja, also, da gibt es einen ganz erstaunlichen Aspekt, den ich aber nicht in meine Hausarbeit aufgenommen habe, weil ich mir sicher bin, dass mein Professor damit nicht klarkommen würde. Und zwar ist mir aus aktuellem Anlass aufgefallen – da wär man ja sonst nie drauf gekommen –, dass die Berliner Mauer und der Hamburger Bismarck gewisse Gemeinsamkeiten haben. Zunächst einmal erzählen beide von den staatlichen Grenzen: Der Bismarck als Reichsgründer stellt die Einigung in den Grenzen der »Kleindeutschen Lösung« dar, aber er blickt elbabwärts in Richtung aufs Meer, was im historischen Kontext von Flottenbau und pfeffersäckischen Frachtern auf Expansion verweist. Demgegenüber stellt die Mauer die Teilung dar und zementiert im wahrsten Sinne des Wortes die Grenze wie sie ist. Das wäre der außenpolitische Aspekt. Aber das Entscheidende für das Thema meines Seminars ist der innenpolitische Aspekt: Wenn wir also diese nationalen Bauten aus der Perspektive von Macht und Herrschaft betrachten, so handelt es sich bei beiden um Stein gewordene Kapitulationserklärungen, um Sinnbilder des Scheiterns, die eine von oben, von der Regierung, der andere von unten, von den Bürgern. Man muss sich das mal vorstellen, dieses Bürgertum, das so gut wie nichts von dem bekommen hat, wofür es in all den Aufständen und Unruhen der ganzen ersten Hälfte des 19. Jahrhunderts gekämpft hat, dieses Bürgertum finanziert nun aus eigenem Antrieb die Verherrlichung ausgerechnet desjenigen, der es politisch über den Tisch gezogen, der es abgebürstet, eingesackt und diszipliniert hat!

Etwas später, Kathrin hat gerade auf den *Untertan* von Heinrich Mann verwiesen, steht Jens Dikupp im Türrahmen und hat sichtlich mehr als genug. Karl schläft, sagt er, du, Ulrich, wir müssen noch was besprechen.

Toll, dass Karl schläft, sprudelt Kathrin Meister, ohne Luft zu holen, los, und bevor ihr beide was besprecht, müssen Ulrich und ich noch diese mentalitätsgeschichtliche Frage erörtern, da gibt es noch einiges zu sa… Sei du still, wenn erwachsene Männer sich unterhalten, fällt ihr Jens Dikupp ins Wort und wendet sich dann an Susanne. Ulrich und ich gehen noch 'n Bier trinken. Ulrich Held erhebt sich wie auf Kommando vom Tisch.

Kathrin Meister sieht sich suchend um, erwachsene Männer? Wo gibts denn so was?

Jens, erklär mir doch bitte, fragt indessen Susanne Meister, was passieren würde, wenn ich jetzt einfach so sagen würde, ich geh. Wer würde sich zum Beispiel drum kümmern, dass der Kleine behütet und beaufsichtigt ist?

Du, is' kein Problem, sag einfach Bescheid, wenn du weg willst, dann bleib ich halt hier und unterhalt mich noch ein bisschen mit Kaathi.

Das ist lieb von dir, aber erwachsene Männer warten nicht, bis Frauen Bescheid sagen. Sie fühlen sich nämlich ganz von selber zuständig für das Wohl ihrer Kinder und handeln auch so, und zwar rund um die Uhr. Und jetzt hau ab und sieh zu, dass du Land gewinnst.

Menschenskind, grummelt Ulrich im Treppenhaus auf dem

Weg nach unten, mach halt so 'n Wochenplan, weißte, wie in den WGs, wo man sich nich aufn Abwasch einigen kann, und da tragt ihr euch beide verbindlich ein, und dann musste dir nich mehr so 'n Scheiß anhörn.

Sie gehen die Gilbertstraße runter und überqueren schweigend den kopfsteingepflasterten Fahrdamm. Der berühmte Hamburger Frühling ist dieses Jahr nicht so berühmt. Zwar steht einiges in Blüte, aber es ist doch ungemütlich frisch und vom Himmel her recht grau. Noch regnet es nicht, aber es könnte jeden Augenblick anfangen zu nieseln. Das ist dieses feuchte Seeklima. Jens ist gereizt. Und wieso du diese Kathi noch dauernd mit deinen Nachfragen anfeuern musst, ist auch so ein Rätsel.

Hm, war doch gar nicht so uninteressant, was sie erzählt hat.

Klar, jetzt, wo du's sagst, weiß ich auf einmal gar nicht mehr, wie ich bisher ohne dieses Wissen leben konnte.

Sie gehen in die Kneipe mit dem schönen Namen *In Sicherheit*. Es handelt sich um ein anspruchsloses Lokal im Brunnenhof, das in den letzten zehn Jahren nicht renoviert worden ist. Die Wände sind nachtblau, die Dielen von ungezählten Füßen ausgetreten. In den Toiletten riecht es nach feuchtem Keller. Das Bier ist gut und nicht teuer, und im Schankraum sitzt man nicht schön, doch gemütlich. Die Kneipe ist etwas mehr als halb voll. Alle rauchen. An den Tischen sitzen Langzeitstudenten und erklären die Welt. Leute, die jobben, und Angestellte erzählen von der Arbeit, Arbeitslose von den Ämtern, und an einem Tisch sitzen Werbefritzen, die es hier besonders authentisch finden. Am Tresen lümmeln alternde Rocker. Hinter dem Tresen steht ein Neuer. Ulrich und Jens verbringen einen völlig normalen Kneipenabend. Sie sitzen da und trinken Bier, sie unterhalten sich. Ein Bekannter kommt rein, sagt Hallo und erzählt, was er grad so macht, dann setzt er sich an einen anderen Tisch. Jens Dikupp kriegt sich nach seinem ersten Bier wieder ein und entspannt sich. Sie reißen sogar Witze und haben was zu lachen, und mit einem Mal sind Jens und Ulrich die letzten Gäste, und der Neue von hinterm Tresen kommt an den Tisch und will abkassieren. Man kommt ins Gespräch und versteht sich. Der neue Barkeeper hat eben seinen Magister in Politische Wissenschaften gemacht und möchte gerne Publizist werden. Er fängt gerade an, für einen Artikel zu recherchieren. Es gehe, erzählt er, um einen Beitrag für eine Reihe zum Thema »Politikrituale in der Demokratie«, und er schreibe über etwas ganz Herrliches. Er schreibe nämlich über den Politischen Aschermittwoch der CSU. Das ist ein Stichwort, bei dem Ulrich Held und Jens Dikupp sehr hellhörig werden.

Wunderbar, sagt der Barkeeper Magister, da gabs mal Anfang der achtziger Jahre so eine grandiose Aktion. Ulrich und Jens kneifen auf ihren Stühlen die Arschbacken zusammen und hoffen, dass man ihnen nichts anmerkt. Der Barkeeper Magister merkt gar nichts, weil er so sehr von seinem Thema begeistert ist. Er sagt, der Politische Aschermittwoch ist ja eine Propaganda-Veranstaltung der CSU, und deshalb haben ihre Gegner auch immer versucht, ihn zu stören.

In der Tat.

Da haben es nämlich irgendwelche Linken geschafft, fährt der Barkeeper Magister fort, die näheren Umstände weiß ich nicht, ich weiß auch nicht genau welches Jahr, das muss ich alles noch rauskriegen, die haben es jedenfalls geschafft – doch, doch, der spricht von ihnen, gleich spricht ers aus, die Anspannung kriecht von den Arschbacken hoch bis in den Magen –, die Veranstaltung mindestens kurzfristig lahmzulegen – oder gabs vielleicht Anfang der achtziger Jahre noch irgendein solches Ereignis, von dem sie nichts wissen? –, und zwar einfach, indem sie solche Schilder hoch hielten, auf denen nichts weiter stand als »So ist es«, in roter Schrift auf schwarzem Grund oder umgekehrt, egal, also farblich als links erkennbar, und es soll daraufhin zu Saalschlachten gekommen sein.

Und Ulrich Held sieht vor seinem geistigen Auge die fliegende Maß. Er schaut in sein leeres Glas und schüttelt langsam den Kopf. Nä, sagt er, das wär nix für mich, in so eine Veranstaltung reinzugehn. Und dann schaut er Jens in die Augen und fragt ihn, weißt du, wer das war?

Ulrich Held und Jens Dikupp hatten damals Freunde in Passau besucht und saßen Montagabend vor Aschermittwoch am Küchentisch, als die Passauer von ihren Erfahrungen mit dieser Veranstaltung in den letzten Jahren erzählten. Unvorstellbar sei das, sagten sie, diese martialische Rechtschaffenheit, wie die Leute sich förmlich suhlten in ihrer reaktionären Haltung, ein Feixen und Johlen und Schulterklopfen und Auf-die-Schenkel-Hauen. Wie sie die Wurstsemmeln zwischen den Kiefern zermalmten und rechthaberisch die Fäuste auf die Tische knallten. Wie sie das Bier in sich hineinschütteten und sich berauschten daran, dass hier die Welt in Ordnung sei. Die Luft in der Nibelungenhalle, sagten die Passauer Freunde, sei durchgängig geschwängert von Aggression. Ohne dass ein halbwegs ernst zu nehmender Gegner auch nur am Horizont sichtbar werde, zeige sich in den Gesichtern die drohende Siegerfratze der Mehrheit. Und dann sagte einer von den Passauern, es sei typisch für diese Veranstaltung, dass sich aus dem Publikum eine aufbrausende Woge erleichterter, befreiter, ja, losgelassener Hurras! und Jawolls! mit Macht erhoben hatte, als 1978 Franz Josef Strauß die Wiedereinführung der Todesstrafe für die Gefangenen der Roten Armee Fraktion gefordert hatte. Spontan hatte Ulrich Held an dieser Stelle dazwischengeworfen, dass es dann ja genüge, sich mit einem Schild hinzuzustellen, auf dem stehe *So ist es.* Ja, ja, man lachte. Das wär wohl wahr. Hin und her. So und so. Mehr gäbe es dazu im Grunde nicht zu sagen. Und zwanzig Minuten später, als man thematisch schon ganz woanders war, sagte einer, lasst uns das doch machen, Jochen hat Karten.

Jochen kannte jemanden aus der Druckerei. Es wurde diskutiert, und es gab auch Bedenken. Manche hatten einfach keine Lust, aber einer sagte, es sei immerhin nicht auszuschließen, dass dieses Arschloch, sowie sie ihre Schilder enthüllten, sie sehe und sage, das ist aber schön, inzwischen stimmt uns auch unser Gegner zu, und etwas anderes bleibt ihm auch gar nicht übrig. Aber der musste sich dem Argument fügen, dass man grundsätzlich nie verhindern könne, falsch interpretiert zu werden. Es sei eben so, dass jede Äußerung dieses Risiko in sich berge, weil jeder in jeder Äußerung genau das sehe, was er sehen wolle, und auch dass dies so sei, sagten sie ja mit ihren schönen Schildern. So sei es eben. Am Ende gingen sie zu siebt mit drei solchen Schildern hin.

Der Dienstagnachmittag war der Herstellung der Schilder gewidmet. Drei Blatt roten Kartons holte Jochen aus der Druckerei und steckte dafür eine Mark in die Kaffeekasse, was er sofort bereute. Sie versahen die Schilder mit blau-weißen Bändern und zogen ihnen tarnungshalber Papierhüllen über, um nicht gleich am Eingang abgefangen zu werden. Und was schreiben wir da drauf?, fragte Jens Dikupp.

Irgendwas Deppertes halt, was die Fans auch so auf ihren Schildern stehen haben. »Die Oberpfalz grüßt Franz Josef Strauß«, oder »I Herzerl CSU«, sagte einer von den Passauern und malte dazu mit den Zeigefingern ein Herz in die Luft.

Jau, sagte Jens, denn schreib ich, »Franz-Josef, vergiss uns nicht«, und schrieb es in schönen, gleichmäßigen Zügen mit einem von den dicken Edding-Filzstiften, die auch aus der Druckerei waren.

Sich selbst hatten sie nicht verkleidet und fielen dadurch etwas auf, aber der Einlass war kein Problem. Es strömten die CSU-Anhänger in die Nibelungenhalle hinein, als kriegten sie es bar auf die Hand bezahlt, sechstausend Leute fasste die Halle. Sie verteilten sich auf die Bänke und kauften Wurstsemmeln, die sie zwischen den Kiefern zermalmten, und sie kauften Bier, das sie in sich hineinschütteten, und sie feixten und johlten und knallten rechthaberisch mit der Faust auf den Tisch, und sie schlugen sich auf die Schenkel. Es war genauso, wie die Passauer es erzählt hatten. Die Passauer und Ulrich und Jens blieben ganz hinten in der Nähe der Türen stehen und warteten, bis endlich der Redner ans Pult trat. Der Redner aber wartete, bis die Atmosphäre so recht bierzelthaft und das Publikum warm geworden war, und erst dann betrat er die Bühne. Er begrüßte die Gäste und begann damit, Häme, Hohn und giftgrüne Galle auf die Sozialdemokratie auszuschütten.

Ulrich Held, Jens Dikupp und die Passauer tauschten Blicke und nickten. Dann nahmen sie die Papierhüllen und die blau-weißen Bänder ab und hielten ihre rotschwarzen So-ist-es-Schilder hoch. Zuerst wurden sie gar nicht bemerkt. Sie standen da mit ihren tollen Schildern, und nichts geschah. Es war, als ob sie gar nicht da wären, die Veranstaltung nahm ihren gewohnten Gang. Nun waren die Passauer nicht zum ersten Mal dabei, und Ulrich Held hatte immerhin Publikumserfahrung aus seiner Zirkuszeit, aber Jens Dikupp begann nach einer quälend langen, resonanzlosen Stunde sich zu ärgern und fragte sich, ob das, was sie hier taten, nicht ein unerträglicher Flop sei, als aus etwa zehn Tischreihen Entfernung auf sie gezeigt wurde. Da steckten sich Köpfe zusammen, man stieß einander an und zeigte auf sie, und das Zusammenstecken und Anstoßen und Zeigen pflanzte sich fort. Es begann rechts außen und ging in die Mitte hinein und nach hinten, es kam auf sie zu. Aber noch saßen alle. Offenbar wusste man nicht so recht, was eigentlich gemeint war. Hätte es geheißen »Nieder mit der CSU!«, dann wäre ja alles in Ordnung gewesen. Man hätte sie in zwei Sekunden abserviert, und der Fall wäre erledigt. Aber da der Gegner eben nicht geradeheraus seine Gegnerschaft kundtat, war es um die vielgeliebte reibungslose Meinungseinigkeit geschehen. Man las den Text auf den Schildern wie beim Vorlesen in der Grundschule, man sprach ihn langsam zwischen Rülpsern und Schluckaufs nach und schüttelte den Kopf. Ja, was wolln jetzt die wieder. Da weiß ja kein Mensch nicht, was das jetzt bedeuten soll, und das tun die mit voller Absicht, damit nämlich wir falsch reagieren. Die sollte man ganz still fortschaffen lassen. Andere machten sich erst gar nicht die Mühe des Lesens und krakeelten gaudihaft drauflos das sind doch die Roten!, was klang wie, das sind doch die Rotten!, und jemand juchzte, die sollen zurück in ihre Löcher! Die ganz Kühnen dagegen sagten mit dem Kitzel der Provokation in der Stimme, geh, Blödsinn, was wollts ihr, da hams doch recht, dass es so ist! Denn es ist ja so, dass mir jetzt an Politischen Aschermittwoch machen, und der Strauß gibt die Richtlinien der Politik vor, weil mir die absolute Mehrheit sind. Und die Roten sagen, dass es so ist, und mir sagen: Die Roten ham recht!

Die hagere Frau eines stiernackigen Landwirts, aus langjähriger Ehe bestens darin eingeübt, bevorstehende Prügeleien ihres Mannes zu erspüren und möglichst durch Beschwichtigung zu verhindern, lachte gekünstelt und etwas zu laut auf und sagte schnell, ja, ja, so ist es, und das sagen sie sogar selber, da braucht man gar nichts mehr dazu tun.

Geh, hör auf, du verstehst ja nichts von Politik!, keifte der Landwirt zurück. Er sah gereizt in die ratlose Runde, rammte seinem rückwärtigen Sitznachbarn den Ellenbogen in die Rippen und schnaubte ihn bierdunstenden Atems an, du!, jetzt schaust einmal daher!, da!, da schau!, siehgst es, und jetzt sagst einmal: Lassen mir uns das gefallen, oder lassen mir uns das nicht gefallen!

Unruhe verbreitete sich. Der Redner sprach über die innere Sicherheit, die von jeher als Aufheller eingesetzt war, um nach den wenig Stimmung machenden Ausführungen über die wirtschaftliche Lage des Landes die Aufmerksamkeit wieder ganz in die Höhe schnellen zu lassen. Hier war jeder Experte. Das Idol am Rednerpult sprach in aller Schärfe gegen liederliche Handtaschenräuber, langhaarige Haschischraucher, linke Hausbesetzer, gegen Sympathisanten und Chaoten, währenddessen der Herd der Erregung in den hinteren Reihen, angeheizt durch den stiernackigen Landwirt, den Freunden mit ihren Schildern entgegenwanderte. Es rekrutierten sich jetzt die Akteure. Denn wie die einen sich davon wieder ab- und der inneren Sicherheit zuwandten, erhitzten sich die anderen mehr und mehr. Auch der schwitzende Franz Josef Strauß bemerkte diese aufkommende Unruhe, diese hochköchelnde Nervosität und in der Luft liegende Aufstachelung zu einem Krawall, diese sich zusammenbrauende Gereiztheit. Nicht, dass er die Schilder hätte lesen können, dazu war die Entfernung zu groß. Aber seine Zuträger reichten ihm ein Zettelchen hin: hinten links 3 rote Schilder: »So ist es«. Mit seiner viel gerühmten und gefürchteten Schlagfertigkeit war es an diesem Tage nicht weit her. Vielleicht war auch er von dem schlichten Satz »So ist es« intellektuell überfordert. Er gab sich Mühe, die Unruhe zu übergehen. Es gelang ihm nicht ganz. Er sprach schneller, und er verhaspelte sich. Es ging für ihn in erster Linie darum, die Show über die Bühne zu bringen. Es durfte keine Störungen geben. Es musste alles nach seinem Willen geschehen. Er musste immer der Stärkere sein. Er musste sich durchsetzen. Aber jetzt geriet da hinten etwas außer Kontrolle. Er war nicht mehr der Stärkere. Sein Publikum ließ sich von irgendwelchen kriminellen Elementen aus der Richtung treiben. Er ruderte dagegen an. Schweiß brach ihm aus. Er hob die Stimme, er betonte stärker. Er kämpfte.

Die Passauer und Ulrich und Jens rührten sich nicht. Sie standen still und hielten ihre Schilder hoch und beobachteten die Unruhestifter und das aufkeimende Gezänk aus den Augenwinkeln. Sie vermieden den Blickkontakt. Sie spürten, dass der direkte Blickkontakt diese Leute zu sehr aufgebracht hätte. Sie wollten nicht provozieren, sie wollten bloß das Geschehen kommentieren und zur Kenntnis genommen werden. Schön wäre auch, man sähe sie im Fernsehen. Sie konzentrierten sich also auf den weitaus größeren, ruhigen Teil des Publikums, und Jens Dikupp studierte die faszinierende Holzkonstruktion dieser Halle, die die Nazis gebaut hatten, mit fachmännischem Tischlerblick und argwöhnischer Anerkennung. Aber das hätten sie natürlich wissen müssen, dass Wegsehen nicht hilft.

Unübersehbar hatten zwei Parolen die Akteure polarisiert. Man wollte sich das nicht gefallen lassen, dass die Roten recht haben. Dem stiernackigen Landwirt wusste seine hagere Frau plötzlich sehr viel zu sagen, und so war er diesmal nicht schnell genug, um als Erster loszuschlagen. Aber zwei ungute Streithälse in der viertletzten Reihe erhoben sich ruckartig im Eifer des noch verbalen Gefechts und schrien einander, Zähne bleckend, mit hochroten Gesichtern, an. Sie standen sich gegenüber mit arbeitender Brust und flackernden Augen, und der Funke, der zünden würde, lag schon in der Luft. Es ist nur natürlich, dass betrunkene Streithähne sich prügeln, aber damit ist nicht erklärt, wie es denn kommen konnte, dass so viele andere, ansonsten unbescholtene und hochanständige Bürger wenige Augenblicke später dies rasende, wirbelnde Durcheinander vollführen würden: dies Durcheinander von fliegenden Fäusten und ringenden Armen, von verdrehten Köpfen mit blutunterlaufenen Augen, von einknickenden, sich krümmenden Leibern, von gegen Schienbeine tretenden Füßen und an Kragen zerrenden Händen, von Stößen und Schlägen und

Schreien. Denn just in dem Augenblick, in dem einer der zwei Streithähne zum Schlag ausholte, überkam den hinter ihm sitzenden stämmigen Dicken völlig überraschend ein Geistesblitz, und er schoss in die Höhe wie eine Rakete, wobei er seine gut halb volle Maß ergriff und diese, mit dem deutlichen Ruf, dort ist der Feind!, wie beim Kugelstoßen über die Köpfe der Streithähne hinweg nach den Freunden mit ihren Schildern schmiss. Diese erst raketen- und dann kugelstoßartige Bewegung des stämmigen Dicken lag im äußersten Gesichtsfeld Ulrich Helds, und sein seitwärts sich wendender Blick kreuzte die Flugbahn der Maß. Die Flugbahn der Maß war wegen der ungeheuren Wucht, mit der das Glas geschleudert worden war, flacher, als man es glauben mochte. Der Krug stand schräg in der Luft mit dem Boden nach vorn und zeichnete, wie Flugzeuge Kondensstreifen am Himmel, eine annähernd waagrechte Spur aus goldgelbem Bier. Die Wucht des Wurfes verfehlte nicht ihre Wirkung. Geradezu zwanghaft folgten Ulrichs Augen dem Geschoss. Schlagartig hatten sich viele erhoben. Auch sie waren magnetisch angezogen von der gerichteten Kraft und setzten sich in Bewegung, als Ulrich Held die fliegende Maß auf dem Schild von Jens Dikupp ins Ziel gehen sah. Das Schild wurde von der aufprallenden Maß gegen die Wand in ihrem Rücken gedrückt, und die Maß zerbarst genau auf dem Satz »So ist es«. Übergangslos wurden aus dem waagrecht fliegenden Glas senkrecht fallende Scherben. Der letzte Schluck Bier nässte das »ist« von »So ist es« und rann hinunter, rann über den Rand des Schildes auf den Besenstiel, an dem es gehalten wurde, und rann Jens in den Kragen. Und dann begann das Gerangel. Hände streckten sich ihnen entgegen und griffen nach ihnen. Die Hände wuchsen aus nach vorne sich schiebenden Armen, zwischen deren Schultern Hälse mit geschwollenen Halsadern ragten. Die Schultern wurden von anderen Fäusten gepackt, von denen die meisten nach vorne drängten und drückten, aber einige wenige, die erkannten, was für eine entsetzliche Blöße man sich hier gab, zerrten zurück. Und so kam es, dass sich ein radauhafter Pulk auf sie zuwälzte, ein prügelndes, kickendes Knäuel, das von der vorwärts drängenden Mehrheit zu den Freunden getrieben wurde.

Jens und Ulrich ergriffen die Flucht. Ulrich Held duckte sich und schoss wie der geölte Blitz, Haken schlagend und durch Lücken schnellend, zwischen Lederhosen und Lodenröcken dem Ausgang zu. Gelobt sei die Kleinwüchsigkeit, gepriesen das akrobatische Gleichgewicht. Der lange Jens Dikupp hatte es nicht so leicht, aber er schaufelte mit seinen vom Klettern trainierten Armen die Leute weg, und die Angst machte ihm zusätzlich Beine. Rein theoretisch hätten sie bleiben können. Auch dies hatten sie vorgestern noch beim Durchdiskutieren ausführlich erörtert: Mit ihrer Aktion standen sie nicht nur voll und ganz auf dem Boden der freiheitlich demokratischen Grundordnung, auch verletzten sie keines der näheren Gesetze des Landes. Sie nahmen an einer öffentlichen Veranstaltung teil. Genau genommen waren sie sogar geladene Gäste der CSU. Da nämlich die Druckerei, die die Eintrittskarten druckte, der CSU einen Freundschaftspreis machte, und etwas anderes blieb ihr auch gar nicht übrig, schenkte die CSU der Druckerei jedes Jahr zehn Eintrittskarten, die jedes Jahr aus dem Briefumschlag direkt im Papierkorb landeten. Nun hatte der Bekannte von Jochen die Karten aus dem Papierkorb gezogen, an Jochen weitergegeben und damit genau dem Anliegen der Karten verschenkenden CSU entsprochen. Sie hatten weiter auf dieser öffentlichen Veranstaltung in zivilisierter Art und Weise, ohne zu stören, ihre Meinung kundgetan, was nicht nur nicht verboten war, sondern auch von zahlreichen anderen Teilnehmern praktiziert wurde. Obgleich also gesetzlich alles in trockenen Tüchern war, machten sie sich aus dem Staube und taten, wie sich bald zeigte, gut daran. Ulrich Held und Jens Dikupp entkamen mit Hilfe der abwegigsten glücklichen Zufälle den Häschern, wogegen die ebenfalls flüchtenden fünf Passauer Freunde mitsamt ihrer einwandfreien Ortskenntnis gefasst und in polizeilichen Gewahrsam genommen wurden. Drei Wochen später hatte ein jeder von ihnen ein gleichlautendes amtliches Schreiben im Haus. Darin wurden sie angezeigt wegen schweren Hausfriedensbruchs (§ 124 StGB), der öffentlichen Aufforderung zu Straftaten (§ 111 StGB), des Widerstandes gegen Vollstreckungsbeamte (§ 113 StGB) und der Bildung einer terroristischen Vereinigung (§ 129a StGB).

Und jetzt sitzt man Jahre später harmlos in der Kneipe mit dem schönen Namen *In Sicherheit*, und dieser Barkeeper Magister sagt, ich recherchier das. Aber der Barkeeper Magister ist viel zu sehr damit beschäftigt, sich mit interessanten Geschichten interessant zu machen, und so fällt ihm nicht einmal auf, dass Ulrich Held ohne jede Not und gänzlich ungefragt die Tat dementiert und, damit nicht genug, noch unbedingt Jens fragen muss, weißt du, wer das war? Die beiden reagieren wie die Ertappten. Jens Dikupp glaubt, dass er jetzt sofort etwas sagen und am besten auf abgesicherte Leute verweisen muss. Politischer Aschermittwoch, sagte er, ja, damals, das waren doch Leute von Amnesty International.

Ach ja, natürlich, sagt der Barkeeper Magister, klar, weil doch Strauß bei der Schleyer-Entführung gefordert hatte, dass man so lange jede halbe Stunde einen Gefangenen als Geisel exekutiert, bis Schleyer frei ist.

Da haben sie aber Glück gehabt. Wenn der das glaubt, haben sie von dem nicht viel zu befürchten.

Wir wollen dann mal, müssen morgen früh raus, sagt Ulrich Held und zieht das Portemonnaie. Sie zahlen, sagen Tschüss und gehen, und wie sie draußen vor der Tür stehen und Jens des Barkeepers wegen die Augen rollt, fällt Ulrich ein, dass er ja morgen wirklich früh raus muss, weil die Lieferung mit den Schaltaugen kommt, und plötzlich treffen Bismarcks blöder Blick, Kathrins Vortrag und die fliegende Maß aufeinander. So simpel ist das. Er hat noch nicht einmal nachgedacht. Es ist ihm einfach so eingefallen, zugeflogen, der Gedanke hat ihn angesprungen wie ein spielender Hund. Er sagt, wenn es so weit ist, dann packen wir Birne auf Bismarck. Weißte, so 'n Transpi übern Kopp, 'n Sack mit Birne drauf. Das ist unser So-ist-es-Schild zur Einheit.

Okay, antwortet Jens, das gefällt mir. Wann fangen wir an?

Und dann machen sie einen Termin aus, und zwar übermorgen um fünf.

2. KAPITEL.
NACHHER EINS.

Erich Huld, 50, Leiter des Amtes für Denkmalschutz, ist gerade eben dabei, an seinem Schreibtisch wegzudösen, als das Telefon klingelt. Es passiert ihm oft, dass er am Schreibtisch wegdöst, dass er für ein paar spärliche Minuten in den Schwebezustand tagträumerischen Halbschlafs abgleitet, um ohne irgendein Geräusch oder sonstigen äußeren Anlass gleich wieder abrupt zu erwachen und in die Wirklichkeit seiner Amtsstube zurückzukehren. Er ist ein grundsätzlich müder Mensch, und seine Müdigkeit rührt nicht etwa von der umfangreichen und schwierigen Arbeit seines Amtes her, sondern davon, dass er ein ambivalentes Verhältnis sowohl zu seiner Tätigkeit als amtlicher Denkmalschützer als auch zu den Hamburger Denkmälern hat. Beide, seine Tätigkeit und die Objekte seiner Tätigkeit, findet er richtig und findet er falsch, er liebt sie und hasst sie, er kann sie nicht hoch genug schätzen, wie er auch abgrundtiefe Verachtung für sie empfindet. Und dieser Zustand ist sehr anstrengend.

Es ist der 4. Oktober 1990, an dem das Telefon in Erich Hulds Wegdösen hineinklingelt. Die Einheitsfeierlichkeiten sind endgültig vorbei und die Menschen an ihren Arbeitsplätzen. Obdachlose lagern unter Brücken, Kinder spielen und zanken in Kindergärten, Hausfrauen machen den Haushalt, Arbeitslose schlagen die Zeit tot, Sachbearbeiterinnen bearbeiten Vorgänge, Musiker üben, Architektinnen rechnen, Briefträger tragen Briefe aus. Die Hansestadt befleißigt sich ihrer für Handel und Wandel altbewährten Nüchternheit, stur, freudlos und erfolgreich wie je. Sowieso ist die Euphorie des 9. November seit langem verflogen und verraucht, und auch der Rausch der Fußballweltmeisterschaft hat der Einsicht Platz gemacht, dass nach dem Spiel vor dem Spiel ist. Die kitzelige Aufgeregtheit, mit der man vor ein paar Monaten noch Butter gekauft und im Stau gestanden hatte, ist mit dem amtlichen Endergebnis des Beitritts der DDR zur BRD erledigt. Keine Mauern sind mehr einzureißen, keine Verhandlungsergebnisse mehr zu erwarten, keine Hoffnungen mehr zu enttäuschen. Der ganz gewöhnliche Alltag macht sich unerbittlich breit, und man beginnt zur Kenntnis zu nehmen, dass die Rechnung für die Einheit und das Hochgefühl und die Verheißungen deutlich höher ausfallen wird, als man befürchtet hatte.

Erich Huld, drittes Kind eines nicht kriegsverwendungsfähigen Schneiders und einer Telefonistin, hat ein paar Mal im Leben Glück gehabt. Das erste Mal hatte er Glück im Alter von drei Jahren, im sogenannten Hamburger Feuersturm vom Sommer 1943, denn die Mutter hatte ihn mitgenommen zum Hamstern auf dem Land, sodass er nicht wie sein Vater und seine Brüder unter den Trümmern des Hauses begraben wurde, sondern lebte. Das zweite Mal hatte er Glück, als seine Lehrerin in der Grundschule seine außerordentliche Intelligenz erkannte und dafür sorgte, dass er aufs Gymnasium kam. Man könnte sagen, dass er es ohne diese Lehrerin genauso weit gebracht haben würde, aber das ist Spekulation. Tatsächlich war er keinem anderen Lehrer aufgefallen. Er war still und schüchtern und machte sich viele Gedanken, die er niemandem mitteilte. Auf dem Gymnasium begann er zu rauchen. Anders als seine Mitschüler, denen es ums Verbotene und ums Erwachsensein ging, rauchte Erich Huld aus künstlerischen Gründen und schrieb, nicht für die Schule, nur für sich selbst, einen Aufsatz darüber. Der Titel des Aufsatzes lautete: *Transzendentale Transformation: über die reflexive Ästhetik des Rauchens.* Was genau Transzendenz bedeutet, hätte er damals nicht sagen können, aber das Wort gefiel ihm. Der Aufsatz handelte von der Bestimmung der Zigaretten, sich in Luft und Asche aufzulösen, einer Bestimmung, der er kurze Zeit später auch seinen Aufsatz zuführte, und zwar nicht, weil er ihn für mangelhaft gehalten hätte, sondern aus programmatischen Gründen. Zum Studium der Kunstgeschichte und der Philosophie ging er nach Westberlin. Er nahm das billigste Zimmer, das zu haben war, und hatte damit zum dritten Mal Glück. Es war eine Dachkammer im Haus einer alten Witwe in Dahlem, in der vor ihm schon viele Studenten und Studentinnen gewohnt, sich aber schnell nach einer anderen Bleibe umgesehen hatten. Die Witwe war schwierig. Sie hieß Rosalie Schattenbach, hatte nicht nur ihren Mann, sondern auch ihre Kinder überlebt und verlangte von ihren Untermietern gelegentliche Handreichungen im Haushalt. Der Garten schien vollkommen verwildert, und als Erich Huld im Oktober 1958 bei ihr einzog, begann sich das erste Leck im Dach des Hauses zu bilden, dessen Reparatur Rosalie Schattenbach verweigerte. Sie erklärte, flüchtig sei nicht nur die Musik, sondern auch die Materie, und es habe keinen Sinn, ihren Verfall zu bekämpfen, sondern es komme darauf an, sich an ihn anzupassen, ihn zu integrieren in das Leben, ihn auszutricksen vielleicht, im Idealfall, ihn nutzbar zu machen. Das müsse er, Erich Huld, wissen, wenn er hier wohnen bleiben wolle, und jetzt möge er ihr bitte gleich einmal zur Hand gehen, sie wolle mit der Vernichtung der Familienfotoalben beginnen. Hieraus entspann sich ein Gespräch, das von ihnen immer wieder aufgenommen, fortgeführt und variiert wurde. Den Garten beispielsweise hatte Rosalie Schattenbach durchaus nicht gänzlich sich selbst überlassen, und die beiden konnten stundenlang das Für und Wider erörtern, ob nun dieser Schnitt am Busch getan, jene Pflanze ausgerissen und bestimmte Samen gesät werden sollten oder nicht. Nachdem Erich Huld etwa zwei Monate bei ihr gewohnt hatte, bot Rosalie Schattenbach ihm am Ende einer solchen Unterhaltung das Du an. Sie können mich übrigens gerne mit Du ansprechen. Sagen Sie doch einfach Tante Rosa zu mir.

Er war gerührt, und er lächelte, und Rosalie Schattenbach las seinen Augen ab, dass er das angebotene Du zu schätzen wusste, und nannte ihn Erich oder »mein lieber Erich«, und einmal, ein einziges Mal nur, sagte sie sogar, »Erich, mein Freund«, ich habe nun doch der Haustür wegen den Schlosser bestellt.

Erich Huld studierte zielstrebig und fleißig. Er untermauerte seine gefühlhafte, intuitive Kunstsinnigkeit mit einem akademischen Fundament. Er lernte wohl und hohl klingende Fachausdrücke und eignete sich erfolgreich den leblosen Tonfall wissenschaftlicher Abhandlungen an. Die Berliner Mauer war ein Jahr und drei Monate alt, als er seine Magisterarbeit zu schreiben begann, und er fand, dass die Mauer ihn persönlich nicht direkt betreffe. Rosalie Schattenbach indessen eröffnete ihm, dass ihre in London lebende Schwester Verbindungen zum Museum of Modern Art in New York habe. Wenn er wolle, sagte sie, könne sie in dieser Sache Kontakt aufnehmen, vielleicht lasse sich etwas machen. Sie starb 81-jährig an ihrem Küchentisch, als Erich Hulds Flugzeug nach New York vom Boden abhob. Er erfuhr es dreieinhalb Wochen später und versteckte sich in einem Gebüsch im Central Park, wo er drei Stunden ohne Unterbrechung weinte.

Vier Jahre blieb er am Museum of Modern Art, sammelte allerhand nützliche und unnütze Berufserfahrungen und erwarb mittels eines Stipendiums den Doktortitel an der New York University. Im dritten Jahr seines Aufenthaltes wurde eine neue Bibliothekarin am Museum eingestellt, nämlich Helen Stream aus Louisiana, die er ein Jahr später heiratete. Das war das vierte Mal, dass er Glück hatte. Sie wusste gleich, dass sie ihn haben wollte, musste aber ein quälend gedehntes halbes Jahr umsichtiger und zäher Hofierungskunst an den Tag legen, bis Erich Huld erkannte, dass ihm in Helen Stream die Gefährtin fürs Leben begegnet war.

Helen Stream betrieb ihre Arbeit als Museumsbibliothekarin nur mit halbem Herzen. Zwar mochte sie Kunst, mochte Bücher und hatte sogar eine starke Neigung zu ordentlicher Verwaltung, aber außerdem hatte sie eine arbeitsintensive Leidenschaft: Sie hatte ein Archiv ephemerer Kunst angelegt, mit dem sie bereits in der Highschool begonnen hatte, das ständig wuchs und das das Zimmer ihrer Einzimmerwohnung zu drei Vierteln füllte. Es enthielt damals die Dokumentationen von 1389 ephemeren Kunststücken und etwa fünf- oder sechshundert originale Artefakte beziehungsweise Teile von Artefakten. Bei der Entscheidung, ob etwas archivierungswürdig sei oder nicht, folgte sie dem sehr einfachen Prinzip: Es muss mich irgendwie berühren, wie, ist gar nicht so wichtig. Das Betreiben dieses Archivs erforderte sehr viel Zeit und Arbeit. Vor allem beschäftigte sie das grundsätzliche und schier unlösbare Problem, dass Dokumentation und Archivierung die Eigenschaft des Ephemeren zerstörten, um derentwillen sie das Archiv ja überhaupt betrieb. Sie war immer auf der Suche nach einer Form der Dokumentation, die der zeitlichen Begrenztheit ihrer Objekte entspräche. Bislang versuchte sie dies vor allem durch ihre Beschreibungen zum Ausdruck zu bringen. Sie begann nie mit der dokumentierten Kunst selbst, sondern etwa damit, was gerade in den Nachrichten kam, oder wie das Wetter war, oder wie sie sich auf den Weg zu dem künstlerischen Ereignis gemacht hatte. Und ebenso beschrieb sie sein Verschwinden und den Ort des Ereignisses, wie er sich hinterher zeigte. Daran war mangelhaft, dass der Text für immer so blieb, und gut, dass man ihn mit dem Vergehen der Zeit immer anders las, weil die Erinnerung sich genauso verändert wie der sich erinnernde Mensch.

Oh, that's very interesting!, hatte sie jedes Mal zu hören bekommen, wenn sie von ihrem Archiv gesprochen hatte, und deshalb sprach sie überhaupt nicht mehr von ihrem Archiv. Aber nun war da dieser deutsche Erich Huld und erzählte ihr gegen Ende jenes halben Jahres von Rosalie Schattenbach und ihrem schadhaften Dach in Berlin. Da traute sie sich und erzählte von ihrem Archiv, und er war begeistert davon, und sie lud ihn ein, ihr Archiv zu besichtigen, und Erich Huld kam zu Besuch und bestaunte das Archiv und freute sich, und sie zeigte ihm ihre schönsten Stücke, und Erich Huld war begeistert von den schönsten Stücken und vom Archiv, und dann kochte sie einen Tee, der bitter wurde, weil sie ihn zu lange ziehen ließ, und er trank den bitteren Tee und war begeistert von ihren rehbraunen Augen, wie die strahlten, und sie freute sich über seine Begeisterung und strahlte noch mehr, und dann war er begeistert von ihren Küssen und dann von ihren Schenkeln, von allem an ihr, und neun Monate später gebar sie das erste ihrer vier Kinder.

Und dann packte Erich Huld entsetzliches Heimweh nach Hamburg. Helen, die inzwischen Helen Huld hieß, konnte bei längerem Nachdenken ebenso wenig Gründe fürs Übersiedeln finden, wie sie Gründe fürs Bleiben finden konnte, und so fiel die Entscheidung nicht schwer. Bloß das Archiv war ein Problem. Sollte man es mitnehmen? Sollte man es auflösen? Sollte man es erhalten, aber nicht mitnehmen, sondern bei Helens Eltern einlagern? Sollte man vielleicht nur den Katalog mitnehmen und alles andere in den Hudson werfen oder auf die Straße stellen oder verbrennen? Das Archiv bestand aus etwas über zweihundertfünfzig prall gefüllten Ordnern, einundvierzig Bananenkisten und einem Katalog von siebenundzwanzig Karteikästen. Es hatte sich von selbst ergeben, dass Erich Huld in das Projekt AEA (Archive of Ephemeral Art) eingestiegen war und ebenso sehr daran hing wie Helen. Nach langen Debatten und schlaflosen Nächten war folgender Kompromiss gefunden: Erstens, das Archiv wird mitgenommen. Zweitens, das Archiv wird verkleinert. Zwei-Punkt-erstens, gemeinsame Durchsicht des chronologischen Katalogs bei maximal drei Minuten pro Karte. Zwei-Punkt-zweitens, aussortiert (das heißt dem Müll, dem Hudson, den Flammen, der Straße übergeben) wird, wovon beide auf Anhieb sich trennen können. Zwei-Punkt-drittens, die entsprechenden Karteikarten verbleiben mit dem Vermerk »Datum: ephemerality fulfilled/Kurzlebigkeit erfüllt« im Katalog. Drittens, der Name des Archivs wird erweitert um seine Übersetzung ins Deutsche: Archiv kurzlebiger Kunst (AkK), wodurch auch Anteil und Mitarbeit Erich Hulds zum Ausdruck gebracht sind.

Ohne weiteres konnten sie sich beispielsweise trennen von einer Serie von zwölf Performances, die in einer furchtbar avantgardistischen Untergrundgalerie stattgefunden hatte, weil von deren Art noch viele, viele andere im Archiv vorhanden waren. Die Künstler und Künstlerinnen hatten sich nackt in Farbe gewälzt oder mit echten Dollarnoten um sich geworfen oder meditiert. Von dieser Serie befanden sich im Archiv die Flugblätter, die zum Besuch der Performance einluden, Helens Beschreibungen der Performances, einundzwanzig Fotos, acht Wattebäusche, eine Ein-Dollar-Note (die Helen nicht gestohlen, sondern bezahlt hatte), eine Maschinengewehrattrappe aus Pappe, der Stummel eines Joints und ein Blatt Papier mit Briefkopf und Stempel der Wohlfahrtsbehörde und dem mit Schreibmaschine geschriebenen Satz: Art is a window washer.

Ihr Veto legte Helen beispielsweise bei einer Fotoserie ein, die sie ein Jahr vor ihrer Einstellung am Museum angefertigt hatte. Sie war an einem windigen Sonntag in Brooklyn spazieren gegangen und einer Plastiktüte gefolgt, die der Wind die schönsten Tänze in der Luft hatte aufführen lassen. (Ungefähr drei Jahrzehnte später sollte dieses Motiv die zentrale Metapher eines amerikanischen Spielfilms werden.) Hiervon befanden sich im Archiv die acht Fotos und ein 19-seitiger Text von Helen, der nicht nur das Vorher, das Nachher und mancherlei Umstände (Ort, Zeit, Windstärke, Bewegungen der Tüte in der Luft, Aufdruck auf der Tüte etc.) beschrieb, sondern außerdem, was sie sonst noch, auch außerhalb des Kamerafokus, wahrgenommen hatte. Erich Huld, der einerseits die ästhetische Qualität der Fotos glasklar sah, dachte andererseits, dass es auch in Hamburg Wind und Plastiktüten gebe, dass mithin die Idee reproduzierbar sei. Helen Hulds Gründe für ihr Veto waren sentimental. In ihrem 19-seitigen Text stand auf Seite vierzehn der Satz: Ich bin glücklich.

Sein Veto legte Erich Huld beispielsweise bei der Dokumentation eines Bildes ein, das erst kürzlich in einer Sonderausstellung des Museums zu sehen gewesen war. Der Künstler hatte mit einer Chemikerin zusammengearbeitet und mit Hilfe deren Fachkenntnis ein Bild geschaffen, das sich nach seiner Fertigstellung innerhalb von zweiundsiebzig Stunden selbst zerstörte. Es hatte aus verschiedenen Kunststofffolien mit hauchdünn aufgetragenen Säuren bestanden. Helen fand die Selbstzerstörung im Nachhinein dann doch zu gewollt, aber Erich Huld fühlte sich erinnert daran, warum er als Pennäler das Rauchen begonnen hatte, und so blieb die von ihm verfasste zehnseitige Beschreibung erhalten.

Helen und Erich Huld waren sich fraglos einig, dass beispielsweise jene Lithographie im Bestand bleiben sollte, die Helen Stream 1955 (17-jährig) auf einem heruntergekommenen Flohmarkt in Baton Rouge für ein Paar Cent erworben hatte. Das Blatt zeigte hochoffizielle Feierlichkeiten des Jahres 1887. Zelebriert worden war, dass sich am 30. April der Beitritt Louisianas zur Union zum 75. Mal und am 4. Juli die Unabhängigkeitserklärung zum 111. Mal jährte. Zu sehen waren ein von Würdenträgern und gemeinem Volk gefüllter Festplatz, eine reich dekorierte Ehrentribüne, die Büsten Jeffersons und Clairbornes, zwei Tafeln mit den gefeierten Daten vorne am Rednerpult, ein antikisierender Triumphbogen mit den Reliefs der amerikanischen Präsidenten und eine verkleinerte Kopie der Freiheitsstatue.

Es war ihre kunsthistorische Bedeutung, die die Lithographie für die Hulds so wertvoll machte. Von geradezu lehrbuchhaftem Modellcharakter war hier der Herkunftsbereich ephemerer Kunst dargestellt, der sich nämlich dem amtlichen Auftrag verdankt, politischen Ereignissen oder herausragenden Persönlichkeiten ehrend zu gedenken. Befremdlich an dieser Lithographie allerdings war, dass der Beitritt Louisianas zur Union nie gefeiert worden war, denn Louisiana war von Jefferson gekauft worden. Möglicherweise hatte es die Feier nie gegeben, und der Graphiker hatte sie aus patriotischen Gründen erfunden. Aber wenn sie denn wirklich stattgefunden haben sollte, so war sie unwiederbringlich vorbei. Die Ehrentribünen mitsamt ihrer reichhaltigen Dekoration, die Büsten von Jefferson und Claiborne existierten nicht mehr, der Triumphbogen, die Kopie der Freiheitsstatue und die Tafeln des Rednerpults: Alles war aus Gips oder Pappmaschee und nur für die paar Stunden dieser Feier gemacht worden.

Am Ende gelang es ihnen, etwa ein Viertel des Bestandes auszusortieren. Die Entsorgung erfolgte in mehreren Schüben, und wenn sie zuerst noch mit Wehmut und Ergriffenheit den verschwindenden Dingen nachgeschaut hatten, so waren sie bald dazu übergegangen, die Ordner und Artefakte mit folgendem Dialog zu verabschieden:

Helen: Prima, wieder eine Kiste weniger für den Umzug.

Erich: Und wieder eine Kiste mehr, deren Inhalt im Sinne der Künstler vergeht.

Als das derart verschlankte, nunmehr inhaltlich konzentriertere Archiv wohlverpackt und zusammen mit einigem anderen Umzugsgut im Bauch eines riesigen Frachters in den Hamburger Hafen einlief, war Helen Huld zum zweiten Mal schwanger und hatte die Wohnung in Wandsbek eingerichtet. Schon in New York hatte sie versucht, deutsche Zeitungen mit Hilfe eines Wörterbuchs zu lesen, denn sie war davon überzeugt, dass es für die Liebe unabdingbar sei, die Muttersprache des anderen zu verstehen. Jetzt besuchte sie einen Deutschkurs, der ihr nicht leicht fiel, den sie aber dank harter Arbeit erfolgreich meisterte. Erich Huld indessen saß bereits seit einer Woche an einem Schreibtisch im Amt für Denkmalschutz, und er hätte sich damals nicht im Entferntesten träumen lassen, dass er den Rest seines Arbeitslebens in dieser Behörde verbringen, noch dass er sie eines Tages leiten werde.

Und hier sitzt er nun, zwei Kinder, einen Umzug nach Othmarschen und ein paar Beförderungen später an seinem Schreibtisch im Chefsessel und döst weg. Fast immer, wenn er für ein paar spärliche Minuten in den Schwebezustand tagträumerischen Halbschlafs abgleitet, gleitet er ins AEA/AkK hinein. Das Archiv war in Hamburg wesentlich langsamer gewachsen als in New York, weil es hier viel weniger künstlerische Aktivitäten gibt als dort. Aber nun ist das große Projekt der elektronischen Erfassung und Speicherung in Arbeit, wofür die Hulds eine Hilfskraft engagieren wollen. Sie haben sich nämlich einen Computer angeschafft, sich mit der neuen Technik vertraut gemacht und denken auch darüber nach, ob nicht damit eine neue, der Kurzlebigkeit besser entsprechende Form der Dokumentation möglich wäre. Und in dem Augenblick, in dem das Telefon in Erich Hulds Wegdösen hineinklingelt, ist er in Gedanken bei dem Bericht einer Performance von 1966, den er damals selbst verfasst und zuletzt in den Computer eingegeben hat.

(Der Bericht hat folgenden Wortlaut:

Performance von Ian Urrit am 22.11.1966

Es ist übrigens der dritte Todestag John F. Kennedys, und es wurde heute Morgen im Radio daran erinnert. Helen und ich finden den chinesischen Imbiss, von dem aus wir laut Flugblatt zum Aufführungsort der Performance gelangen sollen. Das Flugblatt (siehe Signatur: per112266/fly3.42/fi1183) gibt keine Auskunft darüber, worum es bei dieser Performance gehen soll, oder wovon sie handelt. Der chinesische Imbiss befindet sich in der Broomestreet Ecke Bowery. Wir stimmen darin überein, dass wir hier nur dann essen würden, wenn wir ganz sicher wären, dass wir andernfalls verhungerten. Es ist keine Kundschaft da. Der Betreiber, ein öder, altersloser Chinese, steht reglos hinter dem Tresen und sieht mit leerem Blick an uns vorbei. Unvorstellbar, dass er womöglich Gäste erwarten würde, um sie etwa zu bekochen. Es riecht aufdringlich stark nach Kakerlakenspray. Gemüse und Fleisch sehen alt aus. Neben dem Herd steht ein Eimer Geschmacksverstärker. Das Mobiliar und die Wände sind von einer Fettschicht überzogen. Im Fernseher besingt Frank Sinatra diese Stadt. Die Neonröhre, einzige Lichtquelle außer dem Fernseher, flackert in unregelmäßigen Abständen. Rechts neben der Toilettentür ist eine zweite Tür, auf der ein Zettel mit der Aufschrift PERFORMANCE aufgeklebt ist, und ich sage zu Helen, da ist es.

Der Raum hinter der Tür mit der Aufschrift PERFORMANCE ist der schmale Lagerraum des Chinesen, den er sich offensichtlich mit einem Autobastler und einem Kammerjäger teilt. Nur an einer Wand gibt es Regale. Ein Sack mit den vergifteten Haferflocken, die als Rattengift verwendet werden (von Kindern fernhalten!), ist durch nichts als einen verbeulten Felgendeckel von einem Sack Reis getrennt. An der Wand gegenüber der Tür führt eine Treppe in den Keller hinab und ist wieder ein PERFORMANCE-Zettel angeklebt, diesmal mit einem Pfeil nach unten. Man ist hier froh, dass man weitergehen darf. Wir steigen die Treppe hinunter, Helen hinter mir, und ich nehme mein Feuerzeug aus der Tasche, denn es gibt nur das gelbe Licht einer schwachen Taschenlampe, die man in dem Lagerraum zwischen verschiedene Dinge, die ich nicht erwähnen möchte, ins Regal geklemmt hat. Unten stößt die Treppe senkrecht auf einen Gang, rechts absolute Dunkelheit, von links kommt Licht aus einer geöffneten Tür.

Wir betreten einen großen erleuchteten Kellerraum, in dem lose verstreut zahlreiche Stühle stehen. Helen und ich glauben sofort, dass das den nicht ganz einwandfreien Lagerraum oben erklärt, bringen aber bald in Erfahrung, dass dieser Kellerraum weder mit dem Chinesen noch mit dem Autobastler noch mit dem Kammerjäger etwas zu tun hat. An der rechten Seite steht ein Tapeziertisch mit Getränken und Plastikbechern. Wir nehmen uns jeder ein Seven-up. Es sind schon gut zwanzig Leute da, die herumstehen oder sitzen und sich unterhalten. Wir kennen niemanden persönlich, sehen aber zwei bekannte Kunstkritiker (*New York Times* und *Guardian*). Das ist seltsam, denn der Künstler ist unbekannt, und die bedeutenden Kritiker treiben sich meistens nicht in dieser Szene herum. Unterdessen kommt noch mehr Publikum. Alles in allem werden wir etwa fünfzig Personen sein. Anders als wir es sonst von Veranstaltungen dieser Art kennen, besteht das Publikum heute aus recht unterschiedlichen Leuten. Sogar ein Polizist ist anwesend. Der Kammerjäger, der sich den Lagerraum mit dem Chinesen und dem Autobastler teilt, ist auch da. Er geht herum und macht mit allen Leuten Small Talk, um ihnen dann eine Visitenkarte zu geben. Er sei sehr für die Kunst, erklärt er uns, auch wenn seine Arbeit ihm wenig Zeit dafür lasse, und übrigens müsse auch die Kunst vor Schädlingen geschützt werden, wir sollten uns bloß einmal vorstellen, so bedeutende Kunstwerke wie, äh, nehmen Sie, sagen wir die Mona Lisa, seien von Maden, Motten, Ratten, Kakerlaken durchlöchert, zerfressen, zerfallen zu Staub … (Nur das Grüppchen von fünf Hippies, das einen außerordentlich fröhlichen Eindruck macht, spricht er nicht an.) Die etwas ältere Dame im Pelzmantel neben uns hören wir von ihrer Sammlung reden, wir hören »meine Sammlung«, oder »in meiner Sammlung« oder »für meine Sammlung«, erfahren aber nicht, was sie sammelt. Ihr etwas jüngerer Gesprächspartner nickt viel und entfernt zahlreiche unsichtbare Flusen von seinem feinen Wollmantel. Der Raum ist beheizt, in den Ecken stehen Gasöfen, man könnte eigentlich ablegen, aber es gibt keine Garderobe. Helen und ich reden darüber, dass es ganz offensichtlich den meisten anderen hier genauso geht wie uns: Der Gang durch den chinesischen Imbiss und den Lagerraum war beklemmend, niederdrückend, und jetzt atmet man auf, denn man ist wieder in einer gewohnten Situation. Man wartet darauf, dass eine Performance beginnt.

Die Umstände aber steigern die Erwartungen an die Performance erheblich. Ein Kribbeln liegt in der Luft zwischen den unverputzten Ziegelmauern dieses Kellerraums. Allein, dass man durch einen verwahrlosten Imbiss hindurch muss, um zur Kunst zu gelangen, und dass ein Kammerjäger Werbung macht, ist originell und neu. Nun ist ungewiss, ob man den Imbiss und den Kammerjäger bereits zur Performance rechnen soll, und man erwartet, dass man es gleich, in wenigen Minuten nur, erfahren wird. Auch dass man hier mit Leuten zusammen ist, mit denen man sonst keine Berührungspunkte hat, lässt aufhorchen. Und da Ian Urrit unbekannt und alles drumherum so besonders ist, und vor allem, da bedeutende Kritiker anwesend sind, verbreitet sich das sichere Gefühl, gleich werde man Augenzeuge einer echten Entdeckung sein und werde daher in ein paar Jahren solche Sätze sagen können wie: Ian Urrit gilt ja heute unbestritten als Genie, aber ich habe noch seine allerersten Performances erlebt, damals, als noch kein Mensch wusste, wie man Urrit überhaupt buchstabiert, und ich muss sagen, mir fehlt heute das Unverbrauchte, Frische in seiner Kunst, das er damals noch hatte … Man fühlt sich also jetzt direkt am Puls der Zeit und fühlt ihn schlagen und schneller gehen. Und man ist ja auch auserwählt, denn diese Performance hat nicht in der Zeitung gestanden und findet nicht in einer Galerie statt, worüber sich jeder hätte informieren können. Nein, man war auf den Zufall angewiesen, auf der Straße ein Flugblatt in die Hand zu bekommen, oder eben die richtigen Leute zu kennen. Helen und ich zum Beispiel sind hier, weil Helen das Flugblatt im A-Train vom Boden aufgehoben hat. Sie findet, dass diese Veranstaltung etwas von einer konspirativen Verschwörung habe, und da stimmt der junge Mann neben uns in einem schlecht sitzenden Anzug zu und sagt, ja, die Zeiten ändern sich, und es ist was los in der Stadt.

Die Performance ist für 20.00 Uhr angekündigt, es ist 10 Minuten vor. Mein Arbeitstag im Museum war entsetzlich langweilig. Helen, die zurzeit an der Liste der vermissten Bücher arbeitet, ist heute besonders schön. Sie erzählt von ihrer Suche nach den vermissten Büchern, deren Spuren sie noch einmal aufzunehmen hat, um sie eventuell zu finden. Während sie davon berichtet, versenke ich mich in die Betrachtung ihrer makellosen Nase. Erst seit ich Helen und ihre Nase kennengelernt habe, achte ich auf Nasen überhaupt und stelle fest, dass die allermeisten Nasen nicht wirklich eine Zierde im Gesicht ihrer Träger, sondern bloße Riechorgane sind (was leider auch für mich gilt), und die Schönheit von Helens Nase wird mir dadurch noch deutlicher. Ich finde Helens Nase für Helen ideal, und dass sie im Sinne sogenannter ausgewogener Proportionen etwas zu schmal und zu lang ist, macht sie überhaupt erst reizvoll und bemerkenswert. Ich sage, Helen, nie habe ich eine schönere Nase gesehen als deine!

Helen lächelt ein bisschen verlegen und sagt dann schnell, ist es nicht Zeit, dass es losgeht?

Ich reiße also meine Augen von Helens makelloser Nase los, lasse sie durch den Raum schweifen und sehe auf die Uhr. Es ist eine Minute nach.

Die Leute unterhalten sich allesamt gut und angeregt, aber es ist nicht zu übersehen, dass ihre Unterhaltungen jetzt in erster Linie dazu dienen, die hohen Erwartungen, das Kribbeln und den so geheimtippartigen Charakter der Veranstaltung zu überspielen. Jeder möchte seine Erregung darüber verbergen, nun endlich einmal auserwählt und am Puls der Zeit zu sein, und jeder möchte den Eindruck erwecken, es sei das Normalste für ihn, sich selbstverständlich nur in den innersten In-Zirkeln der Avantgarde zu bewegen. Es hat etwas Demonstratives, wie die Studenten links von uns über den europäischen Dadaismus diskutieren, als ob sie sich in einem Seminar an der Universität befänden.

Sie werden nicht pünktlich beginnen, sage ich, aber lange kann es nicht mehr dauern.

Es wird gehustet, es wird vereinzelt gelacht. Herren nehmen Damen ihre Mäntel ab und legen sie sich über den Unterarm. Die letzten Drinks, bevor es losgeht, werden vom Tapeziertisch geholt, die letzten Zigaretten entzündet. Der Polizist steht einsam in einer strategisch sinnvollen Ecke nahe der Tür, von wo er den ganzen Raum überblicken kann. Helen vermutet, dass er vielleicht ein Bekannter oder Angehöriger des Künstlers ist und keine Zeit mehr hatte, seine Uniform abzulegen, und ich möchte nicht ausschließen, dass er möglicherweise mit zur Performance gehört und gleich seinen Auftritt hat. Leute, die bis eben noch gestanden haben, nehmen Sitzplätze ein. Mäntel werden über Stuhllehnen oder Knie gelegt. Da die Stühle nicht ausgerichtet sind und es keine Bühne gibt, vermuten wir, dass die Performance mitten durchs Publikum gehen wird. Auch Helen und ich haben uns freie Stühle gesucht und uns gesetzt. Es ist unmöglich, sich den angespannten Erwartungen zu entziehen, und so glauben auch wir, dass diese Performance viel aufregender, gekonnter, packender und pointierter sein wird als die anderen Performances, die wir bisher im Archiv dokumentiert haben. Deshalb stimmen wir uns darauf ein, indem wir schweigen und den Raum und die ganze Situation auf uns wirken lassen, wobei ich Helens warme, glatte Hand in meiner halte. Und während ich denke, dass ich Helens Hand für immer halten möchte, höre ich Gespräche, Satzfragmente und Wortfetzen um mich herum: … also dieser Raum/unsre Jungs in Vietnam/im Grunde ist heute die Performance die einzig mögliche Form der Kunst überhaupt/Sie haben gewiss nicht ganz unrecht, aber so extrem würde ich es doch nicht/Daves Mathelehrer hat sich wieder beschwert/Ich sage ja nur wie es ist/und Cornflakes kaufen/wann soll es losgehen?/grauenhaft, dieser Imbiss, aber so ein Kellerraum hat/als letzte Woche das chicago art collective seine wunderbare amorphous form performance gemacht hat/und sein Englischlehrer ist auch nicht zufrieden/spät dran/ja, Kennedys Tod war schrecklich für uns/das kann man nicht erklären, was amorphe Formen sind, man muss es erleben/mein Frisör hat gesagt, ich müsse unbedingt etwas gegen die Schuppen unternehmen, und es gibt jetzt ein neues Shampoo, ein medizinisches, das ist zwar sehr teuer, aber/mit Kennedys Tod ist der amerikanische Traum geplatzt wie eine Seifenblase/also ich finde es unhöflich, das Publikum so lange warten zu lassen/Es hätte ja eigentlich amorphance heißen müssen anstatt performance, hahaha!/sehr spät/Ich gehe normalerweise nie zu Performances, ich bin nur hier, weil Rob mich mitgenommen hat, und ja, hey, es gefällt mir, es ist sehr interessant und aufregend, es ist einfach mal was anderes/und jetzt muss ich den Auspuff machen lassen/wo bleibt denn dieser Ian Urrit?/Daves Geschichtslehrerin hat uns aufgefordert, zu einem Gespräch in die Schule zu kommen …

Es ist 20.15 Uhr. Nichts passiert. Die Spannung verbraucht sich und lässt allmählich nach. Die Unterhaltungen werden unverändert fortgeführt, aber die gesteigerten Erwartungen an die Performance kühlen mit dem Warten merklich ab. 20.20 Uhr: Der Kritiker der *New York Times* sagt zu seinem Kollegen vom *Guardian*, Zeitverschwendung, ich hau ab, und der Kollege vom *Guardian* sagt, du wirst was verpassen, ich hab diesen Tipp gekriegt. Machs gut, tschüss. Ein paar Köpfe drehen sich nach dem Kritiker der *New York Times* um, und die Sammlerin im Pelzmantel und ihr flusenreicher Begleiter folgen ihm auf dem Fuß, als Helen zu mir sagt, schau mal.

Sie hält mir das Flugblatt hin, mit dem die Performance angekündigt wurde, und erst auf den zweiten Blick sehe ich den Unterschied zum Original: Auf diesem hier hat die Performance einen Titel. Er lautet: »Das Publikum wartet auf eine Performance« (siehe Signatur: per112266/fly3.43/fil183). Helen flüstert mir ins Ohr, dass wir einfach sitzen bleiben sollen, ganz still, und nichts anderes tun, als das Publikum zu beobachten. Obwohl ich jedes Wort verstanden habe, sage ich, wie bitte?, um noch einmal ihren Atem und vielleicht ihre Lippen an meinem Ohr zu spüren, und dann stimme ich ihr zu. Es ist unklar, und wird auch im Nachhinein unklar bleiben, woher die neuen Flugblätter kommen. Helen hat ihres auf dem Boden neben ihren Füßen gefunden und glaubt halbwegs sicher zu sein, dass zu dem Zeitpunkt, als wir uns hier setzten, noch kein Flugblatt am Boden gelegen habe. Ich beobachte, dass vereinzelt auch andere Leute die neuen Flugblätter entdecken, aber nicht alle betrachten sie sorgfältig genug, um den Unterschied zu sehen. Es beginnt sehr langsam und beschleunigt sich dann sehr schnell. Nachdem endlich circa ein Drittel des Publikums informiert ist, geht die neue Erkenntnis wie ein Lauffeuer durch den Raum. Leute, die es herausgefunden haben, reden plötzlich sehr viel lauter, wir selbst sollen die Performance sein! Und es werden immer mehr, die immer lauter reden. Ich sehe, dass der Polizist beschwörend die Hände hebt, verhalten Sie sich ruhig, es besteht keine Gefahr.

Niemand beachtet ihn. Die Eltern von Dave zum Beispiel sind einfach nur genervt. Sie halten das für einen schlechten Witz, für geist- und substanzlos (Dave würde so etwas machen und dann auch noch beleidigt sein, wenn man nicht applaudiert), aber sie gehen nicht, sondern bleiben. Die gesteigerten Erwartungen leben nämlich wieder auf, und es werden Vermutungen ausgesprochen, dass dies erst der Anfang sei und die eigentliche Performance noch folge. Der Performance-Kenner, der eben noch von der amorphous form performance des chicago art collective geschwärmt hat, ist verunsichert, wie er die aktuelle Situation einschätzen oder bewerten soll. Ist die Performance »Das Publikum wartet auf eine Performance« einfach nur schlecht, blöde und dumm, oder ist sie letzten Endes so raffiniert, dass man den Coup unmöglich gleich durchschauen kann? Er plädiert für Abwarten und mahnt unter Verweis auf einige Koryphäen des Genres an, dass man darüber noch werde nachdenken müssen. Etwa ein Viertel der Leute verlässt empört den Raum, sich veräppeln zu lassen habe man bei Gott nicht nötig, und witzig finde man das nicht.

Die Atmosphäre verändert sich radikal. Alle, die geblieben sind, bilden plötzlich eine Gemeinschaft, die von einem Netz der Befangenheit zusammengehalten wird. Man fühlt sich beobachtet. Jeder gesprochene Satz klingt auf einmal irgendwie künstlich, auswendig gelernt. Man glaubte, im Publikum zu sitzen und findet sich auf der Bühne wieder. Man wollte passiv etwas konsumieren, ist aber jetzt verantwortlich für die Show. Ich sehe, wie manche bereits verstohlen nach neuen Flugblättern Ausschau halten, auf dem Boden, auf leeren Stühlen, wo man sie eben gefunden hat, um einen Hinweis zu bekommen, wie es weitergehen soll. Es gibt aber keinen Hinweis. Nur Helen fühlt sich wohl. Sie ist ganz Aufmerksamkeit. Sie ist durch und durch die Zuschauerin, die eine Performance betrachtet und alles, was sie sehen und hören kann, wie ein Schwamm in sich aufsaugt. Die Menschen, ihre Gesichtsausdrücke, ihre Bewegungen, ihre Sätze, die Kulisse dieses Kellerraums und auch die Unentschiedenheit, die sich in Ermangelung weiterer Hinweise ungemütlich breitmacht. Ich höre die Leute nur noch darüber reden, ob man gehen oder bleiben soll. Man kann sich nicht entscheiden. Es könne noch etwas kommen, heißt es, und wenn man jetzt gehe, verpasse man vielleicht das Beste und stehe hinterher als Kunstbanause da. Aber wenn man bleibe, wird dem entgegengehalten, sei man hinterher möglicherweise doch nur der Dummkopf, der nicht begriffen habe, dass man gefoppt worden sei.

Helen und ich – ich schreibe gerne: Helen und ich – empfinden diese Augenblicke aber auch als etwas Großes, denn andererseits ist doch etwas aufgebrochen. Plötzlich ist alles möglich. Es ist eine einmalige Gelegenheit. Man ist Museums- oder Bibliotheksangestellter, Kritiker, Kammerjäger oder Student und hat beim Betrachten von Kunst immer mal davon geträumt, selber ein Künstler zu sein. Man wusste dabei ganz genau, dass es ein Traum ist und nichts mit der Wirklichkeit zu tun hat, und jetzt plötzlich ist man ein Künstler, auf einmal ist der Traum wahr. Man ist die Performance selbst. Man könnte jetzt alles machen. Man ist durch nichts eingeschränkt. Alles ist erlaubt. Der junge Mann im schlecht sitzenden Anzug neben uns sieht seine Stunde gekommen. Er steigt auf einen Stuhl, bittet um Aufmerksamkeit und beginnt zu sprechen, dies ist die wahre Seele der Kunst, denn die Kunst ist wie Gott, und wie Gott in jeder Kreatur ist, so ist auch die Kunst in jedem von uns.

Es wird still. Er hält inne und greift sich mit beiden Händen an die Schläfen. Er weiß nicht mehr weiter. Dann nimmt er einen neuen Anlauf, in dem aber nur noch von Gott als Künstler die Rede ist, und worin er ins Stottern gerät, sich dann wieder einigermaßen fängt, und als er uns überzeugen möchte, uns von Jesus erwecken zu lassen, verfallen die fünf Hippies in unkontrollierbare Lachkrämpfe. Ein paar Leute setzen ihre Unterhaltungen fort, als ob nichts wäre. Ein anderer junger Mann, der im Unterschied zu diesem einen sehr feinen, möglicherweise maßgeschneiderten Anzug trägt, stellt sich nun auch auf einen Stuhl. Er ignoriert den anderen Redner und gibt sich amüsiert. I declare: I do not perform, sagt er mehrere Male hintereinander und bittet uns dann, zur Kenntnis zu nehmen, dass die Performance, wenn sie daraus bestehe, dass das Publikum auf eine Performance warte, dass diese Performance per definitionem in dem Augenblick beendet sei, in dem das Publikum Kenntnis davon habe, dass die Performance daraus bestehe, dass das Publikum auf eine Performance warte, denn im Augenblick der Kenntnis dieses Umstands warte das Publikum nicht mehr auf eine Performance, und so weiter und so fort … Helen drückt sanft meine Hand, und wir sehen uns kurz an. Nicht nur ihre Nase ist die schönste Nase, die ich je gesehen habe, auch ihre rehbraunen Augen, die bei bestimmten Lichteinfällen leicht ins Bläuliche und Grünliche schimmern, sind die schönsten Augen, die ich je gesehen habe.

Die beiden jungen Männer haben mit ihren Auftritten den kurzen und großen Augenblick, in dem alles möglich war, im Handumdrehen vernichtet und gleichzeitig der Unentschiedenheit, ob man bleiben oder gehen soll, neue Nahrung gegeben. Die Eltern von Dave gehen davon aus, dass die beiden Redner auf den Stühlen ein Bestandteil der Performance sind und die eigentliche Performance erst beginne, wohingegen die Frau mit dem Schuppenproblem davon überzeugt ist, dass sich die Performance wirklich nur auf das Warten des Publikums beschränke. Unausgesprochen und wie ein Kinderwunsch ist die Hoffnung zu spüren, dass sich doch die Verheißungen von vorhin noch erfüllen werden, dass eine Entdeckung noch drin ist, dass irgendjemandem aus dem Publikum jetzt noch irgendetwas ganz extraordinär Künstlerisches einfallen wird. Die Mittvierzigerin, die von Rob mitgebracht wurde und noch nie auf einer Performance war, findet es really exciting und ist total gespannt, was da noch passiert. Es gibt aber durchaus auch Leute, die die Performance abgehakt haben und sich wieder über Schuppenkuren und Auspuffrohre, über Kennedys Tod und die Truppen in Vietnam unterhalten, wobei ihnen zugute kommt, dass die Getränke umsonst sind.

Mittlerweile sind die Studenten in ihrer akademischen Diskussion vom Dadaismus auf den Surrealismus gekommen. Der Performance-Kenner erhält von seinem Bekannten den Tipp, er täte besser daran, die Performance zu loben, denn er spreche dabei nicht über Ian Urrit, sondern über sich selbst, worauf der Performance-Kenner das unübertroffen Authentische, die Echtheit und nackte Unverfälschtheit der Performance preist, ihr die Verwandlung von Leben in Kunst attestiert, ohne dass dem Leben dabei auch nur das geringste seiner Haare gekrümmt worden sei. Helen macht mich darauf aufmerksam, dass der Kritiker vom *Guardian*, der die ganze Zeit über mit niemandem ein Wort gewechselt hat, gemeinsam mit dem Kammerjäger den Raum verlässt.

Die beiden Redner in ihren ungleichen Anzügen stehen nach wie vor auf ihren Stühlen und reden. Der im schlecht sitzenden Anzug gibt sich überhaupt keine Mühe mehr, noch irgendwie die Kunst vorzuschieben. Er ist ein gewöhnlicher, christlich fanatischer Prediger, der uns mit den siedenden Feuern der Hölle droht und uns für den Fall der Umkehr zum Herrn die süßeste Erlösung prophezeit. Er spricht sich auch sehr gegen den Alkohol auf dem Tapeziertisch aus und möchte dringend, dass wir alle ihn eigenhändig oben beim Chinesen in den Ausguss kippen. Der andere, der im feinen, gut sitzenden Anzug, scheint sich sehr gerne reden zu hören und aalt sich in seiner betont lässigen Körperhaltung. Er trägt in leicht variierenden Formulierungen vor, was er eingangs schon sagte, nämlich dass die Performance beendet sei. Dem Prediger hört überhaupt niemand mehr zu, und zum anderen schauen immer mal ein paar Leute hin, wenden sich aber bald wieder ab, weil nichts Neues kommt. Der Polizist auf seinem Stuhl an der Tür ist eingeschlafen. Wenn ich mich konzentriere, kann ich ihn schnarchen hören.

Allmählich nimmt man gezwungenermaßen zur Kenntnis, dass da doch nichts extraordinär Künstlerisches mehr kommt. Die Frage, ob eigentlich jemand diesen Ian Urrit gesehen habe, oder wo der überhaupt sei, erntet bloß noch Gelächter. Diejenigen, die sich schnell wieder ihren Unterhaltungen über ihr alltägliches, wirkliches Leben und im Übrigen den Getränken auf dem Tapeziertisch zugewandt haben, sind zu den Bescheidwissern geworden, die immer schon recht hatten. Sie haben diesen Raum zu ihrem Wohnzimmer oder ihrer Kneipe oder ihrer Party gemacht. Die Hippies zum Beispiel haben sich längst von ihren Lachkrämpfen erholt, und gerade kommt einer von ihnen mit einem Sixpack Budweiser vom Supermarkt an der Ecke zurück.

Helen und ich haben die ganze Zeit geschwiegen und aufgepasst. Sie sitzt immer noch auf ihrem Stuhl und ist durch und durch Zuschauerin und ganz und gar Aufmerksamkeit. Ich liebe und bewundere sie für diese Aufmerksamkeit. Vielleicht ist sie die Einzige an diesem Abend, die wirklich eine Performance dargeboten bekommen hat. Und in diesem Bericht, der nur einen winzigen Bruchteil dessen enthält, was hier geschieht, sind viele Ergänzungen von ihr. Die Eltern von Dave sind mit Rob und dieser Mittvierzigerin ins Gespräch gekommen. Die Studenten haben sich vom Surrealismus abgekehrt und sind zur Neuen Sachlichkeit übergegangen. Der Prediger hat uns, wiewohl nicht bekehrt, so doch abschließend gesegnet. Er tritt von seinem Stuhl herunter und setzt sich. Er ist völlig erschöpft. Der Performance-Kenner tritt zu ihm und klopft ihm auf die Schulter, gut gemacht, Junge, gut gemacht. Die Frau mit dem Schuppenproblem entscheidet sich endlich, nun doch, und zwar gleich morgen, das neue, teure medizinische Schuppen-Shampoo zu kaufen, das ihr Frisör empfohlen hat. Eine andere Frau mit einer intellektuellen Brille im Gesicht ruft dem Redner im feinen Anzug zu, hey du, komm mal runter und trink ein Bier! Es stellt sich heraus, dass die Eltern von Dave und diese Mittvierzigerin die gleichen Rosensorten in ihren Vorgärten züchten, und da sagt Helen, ich habe genug. Was meinst du, wollen wir gehen?

So endet der Bericht.)

Und nun, 24 Jahre später, im Hamburger Amt für Denkmalschutz, auf dem Schreibtisch von Erich Huld, klingelt das Telefon.

Huld, meldet er sich und zieht dabei wie stets das L in die Länge, um dann gleich, wie bitte? zu fragen, weil er seinen Ohren nicht traut. Das Bismarck-Denkmal solle er sich anschauen. Maske auf dem Kopf, Kohl, Karikatur, unbekannte Täter, Bekennerschreiben, Staatsanwaltschaft, Ermittlungen, Entfernung, Zuständigkeit

Denkmalamt. Er muss sich zusammenreißen, um nicht zu sagen, aber das ist ja fabelhaft! Und er reißt sich zusammen. Er gibt sich sachlich, fachlich, unpersönlich. Er zeigt, dass er die Ärmel hochkrempelt, indem er darauf dringt, dass nichts am Corpus Delicti verändert werden darf, was überflüssig ist, weil sowieso keiner da oben rankommt. Er kündigt Inaugenscheinnahme an und versichert, die Angelegenheit persönlich in die Hand zu nehmen. Zum Schluss bittet er, so nachlässig wie möglich, bloß der amtlichen Vollständigkeit halber, um eine Kopie des Bekennerschreibens. Kaum hat er aufgelegt, ruft er sofort Helen an und benutzt, wie immer, wenn er aufgeregt ist, beide Sprachen gleichzeitig, Darling! Imagine! Go, schau dir the Bismarck an! Bring deine camera! Someone put a Maske mit Helmut Kohl an his head! Be there in a halbe Stunde! Und kaum hat er ein zweites Mal aufgelegt, betritt nach einem kurzen Klopfen, ohne eine Antwort abzuwarten, der stellvertretende Abteilungsleiter Friedrich Flauser mit roten Flecken am Hals das Zimmer, knallt seinem Chef die *Hamburger Morgenpost* auf den Schreibtisch und sagt, Mahlzeit! Schauen Sie sich das mal an, ja. So. Das ist nämlich keine Fotomontage. Und jetzt können wir uns überlegen, wie wir das Ding wieder runterholen.

Auf dem Weg zum Denkmal geht Erich Huld Verschiedenes durch den Kopf: Bismarcks Macht-geht-vor-Recht-Attitüde, sein immerwährendes Liebäugeln mit dem Staatsstreich. Seine sprachliche Brillanz, Schriftsteller hätte er werden sollen statt Kanzler. Kohl und die deutsche Sprache, nun ja. Wie groß und dick und machtversessen diese beiden. Bismarck, der aktionistische Macher, Kohl, der Aussitzer. Die Reichsgründung: drei ohne Not geführte Kriege und die kassierte Nationalbewegung. Die Kaiserkrönung in Versailles: ein tristes Zeremoniell mit rot gefrorenen Nasen und großer Betretenheit. Die Einheit: der abgeleitete Aufstand in der

DDR. Der Beitritt: eine Kindergeburtstagsveranstaltung mit ganz viel Konfetti. Er denkt noch einiges mehr, dann ist er beim Denkmal. Helen, die Kamera in der Hand, ist schon da.

Der Bismarck, der jetzt Kohl ist, schaut über die Landungsbrücken hinweg elbabwärts, und das Denkmal ist nichts weniger als monumental. Man sprach, als es gebaut wurde, viel von Wucht. Wucht musste es haben, wuchtig musste es sein, sonst war es nichts. Wenn es wuchtig war, wenn es Wucht hatte, dann war es gut. Und so ist der Bismarck, jetzt Kohl, eine richtige Wuchtbrumme aus kaltem grauem Schwarzwälder Granit. Auf einem zweistufigen rechteckigen Plateau, das, außer an der vorderen Seite, von einer Mauer eingefasst ist, steht ein gigantischer kreisrunder Sockel. Der Sockel, allein schon mehr als acht Mal so hoch wie ein erwachsener Mensch, wölbt sich oben nach außen und erhebt sich dann in abgeflachten Stufen auf ein Säulenbündel zu, das den Sockel abschließend krönt. Und hier oben nun, auf dem Deckel des Säulenbündels, das heißt auf etwa zwanzig Metern Höhe, steht Bismarck, im Augenblick Kohl, der selber noch einmal knappe fünfzehn Meter Höhe draufsetzt. (Er könnte, wenn ein zwölf- oder dreizehnstöckiger Neubau vor ihm stünde, waagrecht ins oberste Geschoss hineinschauen.)

Die Figur ist eine Rolandfigur, ein mittelalterlich anmutender Ritter in stereotypen, reduzierten Formen. Kein schmückender Schnickschnack ist da und kein Dekorationskokolores, kein lebensbildlicher Faltenwurf, nichts Menschlich-Figürliches. Es ist eine strenge Idealfigur, die ein Lineal verschluckt hat. Zwei Adler flankieren die Beine und drehen ihre Schnäbel auf Höhe der Kniescheiben zur Seite nach außen hin weg. Die Hände des Recken umfassen, wie im Gebet gefaltet, vor dem Bauch das Heft eines Schwerts, dessen Spitze vor den Füßen auf dem Boden aufsetzt. Seine Brust hält er überaus angestrengt herausgedrückt, als ob er die Luft anhielte. Das verleiht ihm Haltung und macht ihn noch größer. Ein bodenlanger Umhang bedeckt seinen Rücken.

Ich habe von der Brücke aus ein paar Bilder genommen, sagt Helen Huld, da hat man eine gute Perspektive.

Erich Huld nickt. Es ist nicht einfach, den Koloss gut ins Bild zu kriegen. Er streicht sich mit der Hand übers glatt rasierte Kinn. Die Maske, denkt er, hat durchaus etwas Duschhaubenhaftes, obwohl sie nicht wie eine Duschhaube auf dem Kopf sitzt, sondern den Kopf gänzlich verhüllt und um den Hals herum festgebunden ist. Der Karikatur ist anzusehen, dass sie nicht von der Hand eines professionellen Zeichners stammt, sondern von einer, die sonst andere Dinge tut, aber hierfür geübt hat. Die Proportionen jedoch stimmen tipptopp, und die Wirkung überzeugt. Tatsächlich und leibhaftig sieht man diesen duschhaubenhaften Helmut Kohl höchstselbst als Bismarck-Roland, und die ganze Wucht deutscher Nationalstaatsbildung findet hier ihren sinnfälligen Ausdruck.

Erich und Helen Huld sind erregt, aber auch konzentriert. Das Sammler-Ehepaar, das ganz überraschend einen ungeheuren Fang für die Sammlung macht, spürt den Jagdinstinkt kribbeln. Unvorbereitet, wie aus dem Nichts, zeigt sich im hellen Licht des Tages das Glanzstück all ihres beharrlichen Zusammentragens, Dokumentierens und Archivierens. Jetzt müssen sie gezielt zugreifen. Sie laufen hin und her und fotografieren, als ob die Kohlmaske jeden Augenblick wegfliegen könnte, wie abwegig dies auch offensichtlich ist. Helen wird zwei 36er Filme durchhauen. Das Licht, das milde, klare Oktoberlicht leuchtet alles einwandfrei aus, der Himmel ist weit und blau. Was für eine Idee! Sie sprechen es gleichzeitig aus und nicken einander zu. So naheliegend einerseits, und doch muss man da erst mal drauf kommen! Und sie bewundern, mit welcher dialektischen Raffinesse die Herkunft und die Inhalte kurzlebiger Kunst hier ins Verhältnis gesetzt und ironisiert sind. Wie hier die beiden einander feindlichen Traditionen kurzlebiger Kunst, die herrschaftliche Repräsentation und die anarchistische Subversion, aufs treffendste zusammengebracht sind! Wie allein die Materialien, der harte, durable Granit und das weiche, vergängliche Tuch, einander konterkarieren! Und wie nun ausgerechnet mit dem Verweis auf Vergänglichkeit eine nachgerade schicksalhaft anmutende historische Parallele aufgezeigt wird: Dieses befremdlich merkwürdige Zusammenspiel von Revolution und herrschender Staatsmacht, das 1848 wie 1989 einem aussichtsreich hoffnungsvollen Aufbegehren folgte, um das Aufbegehren so zurechtzufrisieren, dass am Ende die Bewegung mehrheitlich rückwärts marschierte. Helen Huld ist außerdem hin und weg vom technischen Können der Täter. Einen solchen Sack mit dieser Karikatur, der sei ja machbar, aber wie die da wohl raufgekommen seien? Und wieder runter!, ergänzt Erich. Ohne Zweifel eine reife Leistung. Auch hierin, da sind sie sich einig, liegt eine gewisse Pikanterie. Die Täter sind dem erhöhten Kanzler, der dasteht wie eine uneinnehmbare Festung, im wahrsten Sinne des Wortes auf der Nase herumgetanzt und damit natürlich nicht nur dem granitenen Kanzler, sondern der Macht überhaupt.

Erich Huld ist hier sowohl als privater Sammler als auch als amtlicher Denkmalschützer. Er tritt von einem Bein aufs andere. Er verlagert sein Gewicht hin und her und kommt in Schwung. Hier wird endlich einmal alles rund und kommt zusammen: die Leidenschaft fürs Ephemere mit dem Denkmalschutz, Dauer und Vergänglichkeit in einem Objekt, und wohltuend ist, dass diese Balance nur dadurch besteht, dass er sie zerstören muss. Denn runter kommt der Kohl sowieso, die Frage ist nur, wann. Wie weit kann man gehen? Eine Woche, zwei Wochen, wäre ein ganzer Monat denkbar? Bestimmt nicht. Zuständig wäre korrekterweise Flauser. Wenn Flauser die Sache in die Hand nehmen würde, wäre morgen früh alles vorbei. Erich Hulds Interesse für Hierarchien hält sich in sehr engen Grenzen, aber jetzt ist er dankbar, dass er der Chef ist und Flauser unter ihm steht. Flauser wird Zustände kriegen und sich aufdrängen. Das Hinauszögern muss halbwegs plausibel bleiben. Da muss er sich etwas einfallen lassen. Technische Schwierigkeiten sind immer gut, werden aber nicht lange vorhalten. Im Grunde ist es eigentlich undenkbar, dass die Kohlmaske länger als zwei Tage draufbleibt. Das ist eine so unerhörte Provokation, dass etwa der Bürgermeister, selbst wenn er die Installation gut und richtig finden würde, keinesfalls dulden kann. Was lässt man sich aber auch provozieren. Man könnte sich ja ganz locker hinstellen und ein paar geschmeidige Worte finden, freie Meinungsäußerung, Denkanstoß, Verweis auf die Strafbarkeit durchaus, aber auch Lob der technischen Leistung, und die Sache habe kabarettistische Qualität, bravo! Die Täter würden sich schwarzärgern über den Applaus von der falschen Seite, den Bürgern erschiene man souverän, überlegen, und man hätte als Letzter gelacht. Man könnte sogar verfügen, die Kohlmaske bleibe für den und den Zeitraum, damit jeder sie betrachten und sich seine Meinung bilden könne. Damit würde man das Heft in der Hand halten. Aber man lässt sich eben doch provozieren. Die Macht ist immer kleinlich und hat Angst. Der Bürgermeister genauso wie ein jegliches Mitglied einer jeglichen Regierung. Nichtsdestotrotz ist der Bürgermeister ein ehrenwerter Mann, denkt Erich Huld, und es ist unklug, mich bei ihm geradeheraus unbeliebt zu machen, aber diesmal soll der Kunst der Vorrang gebühren.

Helen knufft ihn in die Seite und zwinkert mit dem rechten Auge. Es ist schwer zu sagen, ob sie sich nicht noch mehr freut als er, weil sie genau weiß, was diese Installation für ihn bedeutet. Erich knufft zurück und dankt dem Himmel für dieses Geschenk. Die beiden 36er Filme sind durch, Erich Huld hat auch ein paar

Aufnahmen gemacht, und dann gehen sie noch einmal ganz langsam ums Denkmal herum und hinten runter zur Seewartenstraße und von da noch einmal rüber auf die Kersten-Miles-Brücke und dann zurück über den Fußweg zur Helgoländer Allee und zum Millerntorplatz.

3. KAPITEL.
VORHER ZWEI.

Jens Dikupp und Ulrich Held gehen erleichtert von der Kneipe *In Sicherheit* nach Hause. Ulrich fährt genießerisch langsam mit dem Fahrrad die Reeperbahn rauf, Jens geht zu Fuß zurück in die Gilbertstraße. Diese politischen Ereignisse haben ihnen schwer zu schaffen gemacht. Sie wissen beide ganz genau, es liegt ja auch auf der Hand, dass das Ende der DDR die trostlos jämmerlichen Schlusszeilen jenes Kapitels sind, das mit der Großen Russischen Oktoberrevolution so siegreich begonnen hatte. Ohne dass sie die sozialistischen Staaten geradeheraus bejaht hätten – sie können sie noch nicht einmal mehr um die Ecke herum bejahen –, macht sich doch jetzt eine gewisse Geknicktheit breit, eine Resignation, vermischt mit historisch gut begründeten Ängsten vor einem wieder groß werdenden Deutschland. Zwar sind es durchaus vergangene Jugendträume, passé und vorbei, dass der Sozialismus die Menschen freier, selbstbestimmter und klüger mache, aber müssen denn nun ausgerechnet diese DDRler sich ausgerechnet diesem Kohl so kniefällig zu Füßen werfen? Es ist ein harter Brocken und zum Heulen, wie sie vor silbergrau frisierten Hanseaten in die Knie gehen, wie sie auf so einen Scheißdreck wie Bananen und Begrüßungsgeld reinfallen. War man nicht in diesen Breitengraden hier von Menschengedenken an bis vor ein paar Jahren tadellos ohne Bananen zurechtgekommen? Wieso fragt keiner: Woher kommen die Bananen? Wer hat sie unter welchen Bedingungen gepflückt, verpackt, hierher gebracht? Wer profitiert davon? Und das Begrüßungsgeld: ein lumpiger Hunderter, der dem Einzelnen zwischen den Fingern zerrann wie feiner, trockener Sand, um sich dann in den Kassen des westdeutschen Einzelhandels tonnenweise zu sammeln. Ein Witz war das, an dem am bittersten war, wie die Bürger der DDR artig und umstandslos den Hunderter zurück in den Westen trugen, obwohl doch einem jeden von ihnen schon im Schulunterricht das Werkzeug zum Begreifen solcher Vorgänge in die Hand gegeben war.

Auf seinem kurzen Fußweg von der Kneipe *In Sicherheit* nach Hause verzeiht Jens Dikupp der nervigen Kathrin, aber das wird er sie natürlich nicht merken lassen. Vielen Dank für den Tipp, denkt er und ist froh, dass er ihr das gar nicht sagen darf, weil diese Aktion nicht anders als konspirativ zu machen ist. Allerdings muss man erst mal sehen, ob das überhaupt geht. Ulrich hat manchmal so knallige Ideen, aber wenn ich nicht wäre, denkt Jens Dikupp mit Recht, wäre so manches Idee geblieben. Birne auf Bismarck könnte hinhauen, das ist nicht unrealistisch. Rauf kommt man auf jeden Fall. Schwieriger wird, wenn man oben ist, ihm den Sack über den Kopf zu ziehen. Und wenn es wirklich klappt, dann kann sich die Freie und Hansestadt Hamburg mal überlegen, wie sie das Ding wieder runterholen will. Aber jetzt muss man sich schlaumachen. Wenn man so was Spektakuläres hinstellt, muss es inhaltlich Hand und Fuß haben. Ob man wohl in Kathrins Wohnung reinkommt, um die Bismarck-Unterlagen zu sichten? Jens Dikupp meint mit »reinkommen« durchaus einbrechen. Er hat eine gewisse kriminelle Energie, die allerdings streng dem politischen Engagement für die höhere Sache untergeordnet ist. Nie würde er stehlen, um sich zu bereichern. Der Stoff für den Sack wird käuflich erworben. Die Maße vom Kopf wird man brauchen, und Farbe, Schwarz und Rosa, am besten ein feines Schweinchenrosa. Die Karikatur von Birne wird er machen müssen, Ulrich kann überhaupt nicht zeichnen. Er wird sich Beispiele ansehen und mit Bleistift auf Papier üben, damit er ein Gefühl für die Linienführung kriegt.

Ulrich Held ist zufrieden. Auf dem Nachhauseweg malt er sich aus, wie Birne auf Bismarck den Einheitsfeiertag ziert, wie er umweht vom Glockengeläut des Michels in luftiger Höhe thront und blöde über die Bürger hinweggrinst, die ihn von unten bestaunen. Empörung wird es geben, Gelächter und Unverständnis und wahrscheinlich auch Gleichgültigkeit. Aber eigentlich ist das scheißegal. Am schönsten ist doch, dass, während man feierlich über Demokratie und Freiheit spricht und in den Reden die Souveränität des Volkes hochleben lässt, dass währenddessen jeder sehen kann, was das Denkmal unverblümt zeigt: die märchenhafte Verklärung von nackter Herrschaft und Gewalt, die kalte Macht als Sagengestalt, das Kleinschrumpfen und Untertanwerden des Menschen vor der schieren Größe des Denkmals; und dann stellt Ulrich Held sich vor, wie er mit Jens Dikupp zusammen auf dem Denkmal rumturnt, ha!, da hat er richtig Lust dazu, wie sie ihm den Sack mit Birne drauf über den Kopf ziehen, und er denkt sich das wie im Film, wo so etwas, wenn das Drehbuch es vorschreibt, auch klappt. Und er stellt sich vor, obgleich er weiß, dass das vollkommen unrealistisch ist, wie dann diese Frau mit den Grübchen und den moosgrünen Augen unten steht und ihn dabei bewundert. Es wird ihm warm bei diesem Gedanken, aber er verneint ihn sofort. Nicht nur kommt alles drauf an, dass niemand sie dabei beobachtet, es gibt ja überhaupt keinen Fluchtweg, wenn man auf dem Denkmal ist, sondern es hat auch etwas ganz Verkehrtes, sich so Sympathien erwerben zu wollen, und das hat er auch gar nicht nötig, abgesehen davon, dass er nicht einmal weiß, ob sie sich von so etwas überhaupt beeindrucken ließe. Womöglich findet sie die Einheit prima, wer kann das wissen, und da er gar nichts über sie weiß, aber doch von dem Gedanken an sie nicht loskommt, beschließt er, dass sie von Birne auf Bismarck doch begeistert sein muss.

Die Aussicht jedenfalls, das deprimierende politische Geschehen nicht sang- und klanglos über sich ergehen lassen zu müssen, unabwendbar ist es sowieso, sondern es immerhin ausdrücken zu können, wenigstens die Sache öffentlich auf den Punkt zu bringen, die Aussicht, wenn man so will, selbst ein gut sichtbares Denkmal zu setzen, und, man muss es so sagen, auch wenn Ulrich und Jens damit nicht einverstanden wären, die Aussicht, zu belehren, Aufsehen zu erregen, Applaus für die technische Leistung zu ernten, diese Aussichten beschwingen sie beide, und sie werden nun von jener kitzligen Aufgeregtheit erfasst, mit der die meisten Bürger zur Arbeit gehen, im Stau stehen und Butter kaufen. Jens und Ulrich haben jetzt ein Projekt, sie haben etwas zu tun.

Aber erst einmal passiert gar nichts. Das Leben läuft einfach so weiter, der Alltag, die Arbeit, kaputte Fahrräder. St.-Pauli-Yuppie-Kunden, die zu viel Geld haben und lauter Schnickschnack an ihrem Fahrrad wollen, Schnickschnack, der teuer ist und überhaupt keinen Sinn hat. Sattelstangenfederungen! Grober Unfug. Wenn man Rückenprobleme hat, einen Bandscheibenvorfall etwa oder eine Wirbelsäulenverkrümmung, dann nützt eine Sattelstangenfederung auch nichts, weil sie nichts Nennenswertes abfängt. Und wenn man keine Rückenprobleme hat, dann braucht man auch keine Federung. Ulrich Held erklärt das allen seinen Kunden, aber die Yuppies sind blöd genug, den Schnickschnack zu kaufen. Sie finden es schick. Gerade eine Sattelstangenfederung ist luxuriös, und man weiß ja, wie irre teuer Fahrradersatzteile und -zubehör sind, wenn man auf Qualität und Marken achtet. Eine Kettengangschaltung zum Beispiel kann man nicht nur für 8 bis 40 Mark kaufen, sondern auch für 800, wenn man will, das sind zwei Monatsmieten von Ulrich Helds Wohnung in der Ditmar-Koel-Straße, in der er seit fast dreizehn Jahren wohnt, und die immer noch so aussieht, als ob er vor drei Wochen eingezogen wäre. Es gibt keinerlei Dekoration und noch nicht einmal, wie es für Ulrich Held zeitgemäß und in der Ordnung wäre, das Poster vom Che an der Wand. Aber über dem Herd hängt ein Zitat von Karl Liebknecht. Liebknecht war auf einer Antikriegskundgebung am 1. Mai 1916 auf dem Potsdamer Platz in Berlin verhaftet, sodann des Hochverrats angeklagt und schließlich zu vier Jahren Zuchthaus und dem Verlust der bürgerlichen Ehrenrechte verurteilt worden. Und nachdem nun also diese Hand in Hand arbeitende, verheerend bösartige Brut aus Kapital und Obrigkeit – diese Brut, die es für gut und gerecht befunden hatte, die Bevölkerung nicht nur Europas elend im Schlamm verrecken und verhungern zu lassen, um sich eben daran umfänglich zu bereichern –, nachdem diese also ihr Urteil gesprochen hatte, hatte Karl Liebknecht geantwortet: *Nun wohl, Ihre Ehre ist nicht meine Ehre! Aber ich sage Ihnen: Kein General trug je seine Uniform mit so viel Ehre, wie ich den Zuchthauskittel tragen werde.*

Wie Liebknecht da seine Niederlage als Verurteilter in einen Triumph verwandelt hatte, das findet Ulrich Held brillant. Wie er mit diesen wenigen Worten ihre so verfaulte, verrottete wie übermächtig scheinende Ordnung vom Tisch gewischt hatte, indem er den Spieß umdrehte; wie er sie mit ihrem eigenen Vokabular vorführte. Die vorletzte Ex Ulrich Helds zuckte bloß die Schultern, als sie das Liebknechtzitat las, ja, ja, so hat man damals halt gesprochen, mit diesem Pathos und so, und Ehre stand hoch im Kurs. Sie fand es nicht so besonders. Und lief nicht das Leben gerade so weiter, ob nun Liebknecht einen verbalen Sieg errungen hatte oder nicht, ob er seinen Zuchthauskittel mit oder ohne Ehre trug? Es lief weiter, das Leben, das Leben läuft immer noch einfach so weiter, auch bei Jens Dikupp.

Kurz vor Feierabend weist er die renitente Praktikantin an, die Werkstatt zu fegen, und die fragt prompt, was sie dabei wohl lernen könne. Gar nichts, antwortet Jens Dikupp, und dann holt er Luft und sagt, und jetzt pass mal auf. Ich sags nur einmal. Das ehrenvolle Amt des Werkstattfegens, erklärt er, rotiere hier im Kollektiv. Vielleicht sei ihr ja aufgefallen, dass jeden Tag ein anderer die Werkstatt fege. Schon 1984 habe man, nicht ohne Grund, aber ohne Debatten und einstimmig, den Beschluss gefasst, dass man sich mit Leuten, die Probleme mit dem Fegen haben, nicht mehr auseinandersetzen wolle, sondern sich von denen so schnell wie möglich trenne, was bei ihrem Status als Praktikantin ja von heute auf morgen geschehen könne. Im Übrigen sei beim Werkstattfegen nichts zu lernen. Wenn man hingegen die Werkstatt nicht fege, könne man sehr schnell lernen, dass das tägliche Fegen notwendig sei. Es juckt die Praktikantin, zu fragen, ob sie dann mal bitte nicht fegen dürfe, um die Notwendigkeit des Fegens zu erlernen, weil sie ja zum Lernen hier sei, aber sie hält lieber den Mund. Sie war nämlich bis vorletzte Woche in einer ganz normalen Tischlerei, aus der sie wegen Renitenz hochkant rausgeflogen ist. Also nimmt sie den Besen in die Hand. Aber sie fegt so luschig, husch husch, dass der Vorher-nachher-Unterschied nicht recht bemerkbar werden will. Eigentlich hat sie Jens Dikupp ganz gern, vielleicht möchte sie auch bloß, dass er noch mal mit ihr spricht. Doch Jens, dem ihre Renitenz heimlich gefällt, aber der es viel lieber hätte, wenn sie ihre Renitenz gegen etwas anderes als ausgerechnet gegen das Werkstattfegen richten würde, sieht sie nicht einmal an, als er ihr recht unwillig vorhält, die Werkstatt müsse morgen früh so aussehen, wie sie in der vergangenen Woche jeden Morgen ausgesehen habe. Ende der Durchsage. Dann geht er raus auf den Hof. Er muss die Tür ein bisschen knallen. Er ärgert sich. Warum muss er über solche Dinge wie Werkstattfegen überhaupt reden? Er will das nicht. Er will nur, dass die Werkstatt morgen früh in einem annehmbaren Zustand ist. Wieso fegt er nicht selbst und lässt die Praktikantin in Ruhe? Jens Dikupp ist von Haus aus ein gutmütiger Mensch. Aber es war in diesem tollen Kollektiv von Anfang an nicht anders gewesen als überall sonst im wirklichen Leben: Die einen findens prima, sich vor unangenehmen Arbeiten zu drücken, und fühlen sich super, wenn diese unangenehmen Arbeiten von anderen getan werden. Die anderen sind gutmütig und sagen, ja, okay, dann mach ich das halt. Und ruck, zuck stellt sich heraus, dass es immer die Gleichen sind, die die Scheißarbeit machen, und immer die Gleichen, die eiskalt auf Kosten der anderen ihre ruhige Kugel schieben oder sich in Schwalbenschwanzschnitzereien verlustieren. Und es hatte zu den politischen Ansprüchen des Kollektivs gehört, dass man gerade auch dies ändern wollte. Es sollte, es musste die Arbeit gerecht verteilt werden. Jens Dikupp hat also die revolutionäre Aufgabe, seiner Gutmütigkeit Einhalt zu gebieten. Es ist ihm im Sinne des höheren Ziels der gerechten Arbeitsverteilung verboten, die Werkstatt zu fegen und die Praktikantin in Ruhe zu lassen, wie er auch nicht einfach so sagen darf, ja, dann mach ich das halt, wenn es gilt, von einer Altbautür den Lack abzunehmen oder schwere Platten durch die Gegend zu wuchten oder möglichst rasch mal eben hundert Tischbeine zu bohren und zu schlitzen. Und jetzt steht er da, im Hof, und raucht eine und denkt, um sich abzulenken, an Bismarck.

Wenig später treffen sich Ulrich Held und Jens Dikupp am Denkmal, gehen einmal drumherum und danach an der Elbe spazieren, denn auf Spaziergängen kann man in Ruhe alles besprechen, was nicht für fremde Ohren bestimmt ist. Wenigstens ist heute kein Regen in Sicht, und es gibt sogar recht viel Blau zwischen den majestätischen, millimeterweise ziehenden Kumuluswolken, die so typisch für die norddeutsche Tiefebene sind und gerade dem Hamburger Hafen ein Fernweh machendes Flair verleihen. Jens Dikupp lässt seinen Blick über das Denkmal gleiten, einmal rauf und einmal runter, und sagt, das kann man machen. Wir müssen das vorher mal üben. Und weißt du, was echt cool ist: Kathi ist gestern für eine Woche weggefahren und hat Susanne den Schlüssel gegeben, damit sie den Briefkasten leert und die Blumen gießt. Ich kann einfach mal rein, wenn Susanne Unterricht hat, mir die Bismarck-Unterlagen anschauen und was interessant ist, kopieren.

Jens und Ulrich setzen sich auf ihre Fahrräder und fahren los. Schön die Helgoländer Allee runter mit Schwung, bergab ist herrlich, unten in eine sanfte Rechtskurve, und dann die Landungsbrücken links liegen lassen und immer neben der Elbe her über den Fischmarkt hinaus die Große Elbstraße und Neumühlen längs bis Övelgönne. Das Fahrrad von Jens ist oll und schredderich, damit es keiner klaut. Es rasselt und klappert, erst recht auf Kopfsteinpflaster, und die Kette knarzt. Ulrichs Rad sieht schäbig aus, ist aber natürlich tipptopp in Schuss und verdammt schnell. Sie fahren am Speicher und dann an den eingeschossigen Lagerhallen vorbei, wo nachts der Hausfrauenstrich der Selbstständigen ist, die ohne Zuhälter arbeiten. Zwischendurch stehen ein paar vereinzelte, ziemlich heruntergekommene Häuser und liegen die Asylbewerber-Containerschiffe. Am Ende kommt die Buswiederkehre in Övelgönne, dann noch ein paar Restaurants, und dann fängt der Strand an. Sie schließen ihre Räder an einem Geländer an und gehen los. Schlendern im Sand am Wasser entlang, als ob sie verliebt wären und Weltschmerz hätten, wovon Ersteres auf Ulrich zuzutreffen beginnt. Rechter Hand am ansteigenden Hang die Bäume mit frischen, glänzenden Blättern, im Himmel nach wie vor die Kumuluswolken, und linker Hand der behäbig mächtige Fluss. Die Elbe hat was. Immer wieder. Auch wenn man hier wohnt und es jeden Tag sieht. Davon kann man gar nicht genug kriegen. Die fließt zum Meer hin, gleichmäßig, immerwährend vorwärts treibend, die strömt und strömt mit dieser unterirdischen, endlosen Kraft.

Du musst mal deine Kette ölen.

Ja, ich weiß.

Sie gehen ein paar Schritte, ohne was zu sagen, bleiben stehen und schauen. Ein Frachter läuft ein. Der Matrose, der eilends an der Reling nach achtern geht, ist von hier aus nicht größer als eine Erbse, obwohl der Frachter auf Augenhöhe ist, und der Matrose geht und geht, das dauert ewig, bis der am Heck ankommt. Und vorneweg der Lotse, klein wie ein Floh neben dem Frachter, den er mühelos schleppt.

Jens Dikupp legt los. Lass erst mal überlegen, was wir brauchen, an Material und so, zieht an der Zigarette und stößt den Rauch aus, wir machen das angeschnallt, wir brauchen Kletterausrüstungen, hab ich zu Hause.

Jens hat zwei Ausrüstungen zu Hause, weil Reiner und Geert ihr ganzes Gerümpel bei ihm auf dem Dachboden untergestellt haben. Ich hab mir das gestern Nacht mal angeschaut, sagt er. Ich hab jede Kiste einmal aufgemacht, die haben ja nichts beschriftet, und die Ausrüstungen waren natürlich im letzten Karton. Ist aber alles da und in gutem Zustand. Wir brauchen außerdem eine dünne, reißfeste Schnur zum Werfen, vorne ein Gewicht dran, Sandsäckchen oder was auch immer …

Da können wir einen von meinen alten Jonglierbällen nehmen.

… wunderbar, und das werfen wir dem Bismarck über die Schulter, dann verknoten wir das Ende mit dem Kletterseil und können es so mühelos rüberziehen. Das Kletterseil ist zu schwer, das kriegst du so hoch nicht geworfen. Am besten ist Angelschnur oder Drachenschnur. Vielleicht brauchen wir eine Zwille, wenn wirs mit der Hand nicht hinkriegen. Die würde ich bauen, da brauch ich von dir diese Gepäckträger-Gummispanner. Und dann sollten wir graue Klamotten anhaben, damit man uns nicht so gut sieht. Also ich hab überhaupt nichts in Grau, ich kauf mir so einen grauen Arbeitsoverall, in der Holstenstraße ist doch dieser Berufsbekleidungsladen. Das kann man von der Steuer absetzen. Wir brauchen den Stoff für die Maske und müssen wissen, wie viel davon, und die Farbe. Hast du eigentlich deine Nähmaschine noch?

Ja.

Die Nähmaschine von Ulrich Held ist ein Relikt aus der Zirkuszeit, mit dem er damals seine Kostüme repariert hatte. Die Seiltänzerin hatte ihm gezeigt, wie es geht. Ach, die Seiltänzerin. Wie die damals, wie lang ist das jetzt her? In den Siebzigern war das, 16, 17 Jahre ist das jetzt her, dass sie hinter ihm gestanden hatte, als er an der Nähmaschine saß, im Wohnwagen, und sich über ihn gebeugt und mit beiden Armen um ihn herum den Stoff in der Nähmaschine geführt hatte, und ihre honigsüße Wange war ganz dicht an seiner, hatte ihn nicht berührt, war aber so nah, dass er ihre Wärme spürte, und wie sie dann … Was aus der wohl geworden ist? Kinder wird sie gemacht haben, mit diesem eitlen Lackaffen von einem Raubtierdompteur, und aus dem Leim gegangen sein.

Und, geht die noch?, fragt Jens.

Müsste, ja, muss ich sehen, hab ich schon ewig nicht mehr benutzt. Krieg ich aber hin. Über den Stoff mach dir mal keine Gedanken.

Jens macht in Gedanken ein Erledigt-Häkchen hinter Stoff und fragt sich, was Ulrich da in petto hat. Aber er fragt es nur sich und nicht Ulrich, denn was man nicht weiß, kann man auch nicht verraten, wenn's drauf ankommt, die Klappe zu halten.

Obwohl es dafür eigentlich noch viel zu kühl ist, sitzen doch ein paar Leute auf Decken im Sand und tun so, als ob Sommer wäre. Mit Bier und Chips, und einer hat eine Gitarre dabei und spielt Anfängerblues. So ein Strand macht gleich Urlaubsgefühl. Und dann kann man hier ziemlich weit kucken. Auf der anderen Seite der Elbe sind ein Haufen Kräne, und weiter nach Westen raus wirds grün.

Und wir brauchen noch eine Schnur dazu, fährt Ulrich fort, damit wir den Sack um den Hals herum festbinden können. Aber die wird direkt eingenäht. Da reicht Wäscheleine oder Paketschnur völlig aus.

Genau.

Malen musst du.

Sowieso.

Ulrich fasst zusammen, Stoff mach ich, besorgst du die Angel- oder Drachenschnur? Jonglierball als Gewicht zum Werfen ist da. Ich kauf die Farbe, kann ich auch absetzen, und die Schnur zum Festbinden, kann ich nicht absetzen. Falls wir die Zwille brauchen – frag mal euren Steuerberater, ob man Zwillen absetzen kann –, also falls wir sie brauchen, bring ich dir den Spanner. Aber zuallererst müssen wir bei Kathrin rein.

Find ich gut, dass du mitkommst. Zu zweit ist besser bei der. Die hat doch für ihr Referätchen mindestens drei Regalmeter Literatur aufgestellt.

So?, sagt Ulrich, ich wette ein Bier und einen Klaren dazu, dass es weniger als zwei fünfundzwanzig sind. Wann gehen wir denn?

Es hat sich ihnen eine Gruppe von Spaziergängern genähert, die jetzt in Hörweite ist, und Ulrich und Jens verstummen und schauen aufs Wasser. Von den Spaziergängern flattern ein paar Worte über die internationale Seeschifffahrt an ihren Ohren vorbei und verlieren sich gleich wieder im Wind.

Kannst du morgen? Susanne hat Unterricht von neun bis halb drei. Ich bring Karl in den Kindergarten, aber dann muss ich noch mal zurück und den Schlüssel für Kathi holen, könnte auffallen, wenn ich den vorher schon mitnehm, ich wär dann um neun oder kurz nach da.

Kann ich, geht klar. Du, mal was ganz anderes, wie kommen wir eigentlich rauf auf den Bismarck?

Eine Möwe fliegt über den Strand. Zieht ihre weiten Schlaufen und Kreise und schreit. Unten im Sand hält einer mit einem riesigen Zoom an der Kamera auf die Möwe und folgt ihrem Flug mit ruhiger Hand. Das werden fürchterlich kitschige Bilder. Aber die Möwe bleibt. Ihr königlich spöttisches Gehabe da oben, ihr souveränes, lässiges Fliegen, die ausgebreiteten Flügel, die sparsam und oft im letzten Augenblick schwingen, ihr kunstvolles Gleiten über dem glitzernden Wasser, und, ah, jetzt scheißt sie im Flug, ein Pünktchen fällt senkrecht herunter, und sie nimmt wieder Höhe auf und fliegt weiter.

Im Seil, das ist überhaupt nicht das Problem.

Jens untertreibt. Aber er war vor diesem Treffen schon einmal da und hat sich alles angeschaut. Auf dem Sockel war er schon, das ging kinderleicht, und ist bis zu Bismarcks Füßen gestiegen, wobei allerdings das Ende des Säulenbündels schwierig war. Jens Dikupp kommt nämlich nicht unvorbereitet zu so einem Arbeitstreffen. Als Tischler macht er Nägel mit Köpfen, und bei einer solchen Aktion kommt es ja auf alles an.

Also pass auf, wir steigen auf den Sockel, das geht ganz leicht. Dann befestigen wir das Seil mit Hilfe von Schnur und Jonglierball so um seinen Hals, dass beide Enden am Rücken runterhängen, und dann gehen wir im Seil rauf. Das ist technisch einfach, aber ein Kraftakt. Wir müssen Muskeln trainieren. Das kriegen wir hin. Es ist im Grunde nichts dabei, da raufzugehen und sich nachher abzuseilen. Das eigentliche Problem ist, wie wir ihm den Sack über den Kopf ziehen. Das ist von unten nicht einzuschätzen, wie groß der Kopf ist. Wir brauchen dringend die Maße. Wenn wir die haben, dann machen wir mal eine Trockenübung, einen Test, da muss der Sack fertig genäht sein. Wir müssen uns etwas hinstellen, das können wir bei uns in der Werkstatt machen, das ungefähr so groß ist wie der Kopf, und dann stellen wir uns vor, dass wir auf den Schultern stehen, man kann also nicht mal eben einen Schritt nach links oder rechts gehen, vielleicht stellen wir uns auf Stühle, und dann versuchen wir, den Sack da rüberzuziehen, und da werden wir ganz schnell merken, was geht und was nicht.

Ulrich schlägt vor, dass man Zeltstangen nimmt, die biegsamen aus Glasfaser. Die könne man durch den Saum führen, den er unten am Sack anbringen werde, sie an den Seiten herausstehen lassen und da halten, und dann, sagt er, haben wir die perfekte Führung, weißt du, wie diese Haarreifen für Mädchen. Wir heben das Ding in einem formvollendeten, eleganten Bogen über die Glatze, und auf der Höhe der Stirn halten wir kurz inne und lassen währenddessen aus den schwarz glänzenden Zylindern, die wir umgekehrt auf dem Kopf balancieren, je ein weißes Kaninchen mit einer rosa Schleife herausspringen, die dann auf dem Tuch an der Zeltstange entlang nach oben hoppeln und auf dem Scheitelpunkt Walzer tanzen.

Genau, und dann kommt der Tusch, und damit wir da hinkommen, sollten wir uns vorher, beim Probeklettern, gut einprägen, wie das alles genau aussieht. Also ich nehm 'n Zollstock mit und mach mir Notizen.

Ulrich hat die fertige Aktion vor Augen und denkt an den Applaus. Was glaubst du, wie die Leute reagieren?

Gute Frage, sagt Jens, das wird dir sicherlich Kathi detailliert erklären können. Du kannst sie ja hinterher einmal um eine fundierte Analyse bitten. Kathi freut sich immer sehr über solche interessierten Zuhörer wie dich, weil ihr sonst nie jemand zuhören will.

Komm, wir holen uns ein Bier, Ulrich Held ist versöhnlich, ich geb einen aus. Das Bier holen sie sich am Kiosk in Teufelsbrück, wo die Elbchaussee nah ans Wasser kommt und auf der anderen Seite der Jenischpark liegt. Dann drehen sie um und gehen zurück. Auf dem Rückweg besprechen sie alles noch einmal vorwärts und rückwärts und hin und her. Sie wissen ja noch gar nicht, wann sie überhaupt dran sind. Nüchtern betrachtet sieht es nicht danach aus, als ob die Einheit nächste Woche vom Himmel fallen würde, aber Jens Dikupp hat lieber alles bereit und im Griff und wartet, als dass plötzlich der Feiertag da ist und sie nicht so weit sind. Die Mauer ist auch von heute auf morgen geöffnet worden. Und sowieso treten unterwegs immer Schwierigkeiten auf, für deren Lösung man Zeit braucht. Er besteht darauf, dass sie mit allem, was nötig ist, sofort beginnen. Sie reden auch über die Risiken und Nebenwirkungen. Man ist doch verflixt sichtbar und ausgeliefert da oben. Das macht die Sache schwierig, verleiht ihr aber auch den besonderen Kick. Gerade davon geht ein unwiderstehlicher Reiz aus. Je unmöglicher das Unternehmen erscheint, umso größer sind nachher Überraschung und Wirkung. Sie spucken sich in die Hände und lachen. Das Risiko kitzelt. Die Schwierigkeit adelt. Viel Feind, viel Ehr, aber das ist ein ganz unwesentlicher Aspekt, der eigentlich gar keine Rolle spielt. Inhaltlich finden sie die Sache völlig in Ordnung, möchten sich aber doch mit Hintergrundwissen absichern. Nicht, dass es da noch irgendwelche historischen Umstände gibt, von denen sie bis jetzt nichts wissen, und die der Aktion eine Bedeutung verleihen, die sie gar nicht haben wollen. Das wird sich alles bei Kathrin in den Unterlagen finden. Sie einigen sich auch darauf, dass sie eine Erklärung verfassen werden.

Und dann sollten wir eine Rechnung an die CDU schicken, sagt Ulrich Held, wo wir uns schon so eine Arbeit damit machen, dem Kanzler der Einheit ein gebührendes Denkmal zu setzen.

Am nächsten Morgen um fünf nach neun stehen sie vor der Wohnung von Kathrin Meister. Jens bummelt wegen der gerechten Arbeitsverteilung seine Überstunden ab, und Ulrichs Laden ist um diese Zeit sowieso geschlossen. Sie stehen also jetzt eigentlich nicht unter Zeitdruck. Es ist aber so, dass sie heimlich hier sind. Und nun haben Erfahrung und Praxis gezeigt, dass bei konspirativen Unternehmungen tunlichst nicht nur dem Frisör nichts erzählt werden sollte, sondern sogar der eigenen Freundin sollte man nichts erzählen. Susanne Meister beispielsweise weiß, dass Jens solche Sachen macht, aber nicht, welche, und fragt daher erst gar nicht nach. Zwar liegt es auf der Hand, dass im Augenblick niemand solche gedanklichen Schlüsse ziehen kann wie etwa: Ulrich und Jens sind bei Kathrin in der Wohnung, Kathrin hat das Referat über das Bismarck-Denkmal gehalten, die Einheit naht, klar, dass Ulrich und Jens was mit dem Denkmal machen werden. Aber wenn man eine Tat plant, dann weiß man ja, dass die Vorbereitungen schnurstracks auf die Tat hinführen, man sieht also selber den Zusammenhang, den die anderen noch nicht sehen, und natürlich denkt man immer auch in die Zukunft und von dort rückblickend: Die Tat ist vollbracht, und es wird ermittelt. Leute werden befragt. Harmlose, unbedeutende Tatsachen und Informationsfitzelchen erscheinen plötzlich in einem ganz anderen Licht. Bruchstücke von Mosaikteilchen fügen sich zusammen und erlauben Schlüsse, auf die man sonst gar nicht gekommen wäre. Deshalb sind sie auch froh, dass sie nicht in die Bibliothek müssen, wo hinterher nachvollziehbar wäre, dass Ulrich Held und Jens Dikupp, mit Adresse und Geburtsdatum, im Zeitraum von-bis, Literatur über Bismarck und das Hamburger Bismarck-Denkmal ausgeliehen haben. Solchen paranoid anmutenden Befürchtungen liegen ihre Erfahrungen mit der bundesdeutschen Justiz zugrunde. Die beiden waren jahrelang in der Jugendorganisation der Kommunistischen Partei, und Jens hat erste eine, Ulrich schon drei Hausdurchsuchungen hinter sich. Und dann gibt es jenes Minimum an sozialer Kontrolle, das sich nicht vermeiden lässt, das einhergeht mit anteilnehmendem Miteinander. Es beginnt damit, dass jeder weiß, dass Jens Dikupp Kathrin Meister nicht leiden kann und dass ihm außerdem noch jede Grünlilie im Zimmer verreckt ist. Dass der, und wieso eigentlich mit Ulrich?, bei ihr die Blumen gießen würde, wäre mehr als befremdlich. Es geht weiter damit, dass man Gewohnheiten kennt. Wer mit Ulrich Held befreundet ist, weiß, wenn er ihn telefonisch erreichen will, wird er ihn vormittags eher zu Hause anrufen, nachmittags eher im Laden (Hallo Ulrich, ich hab heute Vormittag mehrmals versucht, dich zu erreichen, unter beiden Nummern sogar, aber du warst nicht da, und dann hat Regine erzählt, dass sie dich am Mittag mit Jens in der Poolstraße gesehen hat ...). Ulrich und Jens werden jetzt eine gewisse Zeit in Kathrins Wohnung verbringen, die sie nachher nicht ordnungsgemäß erklären können. Lügen ist anstrengend und zieht einen Rattenschwanz von Komplikationen hinter sich her, während Geheimnistuerei (Ich hatte was zu tun) erst recht den Verdacht erregt bei Leuten, von denen sowieso bekannt ist, dass sie gelegentlich solche Sachen machen. Sie wollen also nicht länger als unbedingt nötig in Kathrins Wohnung bleiben, allerhöchstens ein Stündchen.

Kathrin Meister wohnt in der Poolstraße, in dem Haus mit der Rossschlachterei, in der die Polizisten von der Wache am Großneumarkt mittags Pferdewurst mit Kartoffelsalat essen und von der rotnasigen Schlachtersfrau, die sonst jeden Kunden unfreundlich anranzt, ganz besonders zuvorkommend bedient werden. Jens und Ulrich gehen das Treppenhaus hinauf. Die Wohnung von Kathrin Meister liegt unter dem Dach und ist sehr unordentlich. Von einem schmalen Flur gehen rechts das Bad und das Zimmer ab und links die Küche und eine kleine Abstellkammer. Überall liegt etwas herum, gleichmäßig über die ganze Wohnung verteilt, hier und da auf dem Boden, auf Sesseln und Tischchen, auf Regalen, auf dem Schrank, auf dem Fensterbrett. Alte Weinsteigen, voll mit kaputtem Werkzeug und unbekannten Gegenständen in fleckigen Stofftragetaschen; bunte Blumenübertöpfe mit Sprüngen, zur Hälfte gefüllt mit längst vertrockneter Erde; Spraydosen: Textilimprägnierung, Insektengift, Autolack; eine Bierkiste, darin ein Wellholz und mehrere Kochlöffel aus dem letzten Jahrhundert sowie durchgebrannte Porzellansicherungen in einem Orangennetz und leere Eierkartons; Schallplatten mit Schlagern aus den fünfziger Jahren; elektrische Haushaltsgeräte: Eierkocher, Fön, Akkuschrauber mit ausgerissenen Kabeln und fehlenden Knöpfen. Kann man ja alles noch reparieren und wieder gebrauchen. Kathrin Meister ist flohmarktsüchtig. Wenn sie sich aber zu der Entscheidung durchringt, dass sie etwas nicht mehr reparieren und nicht mehr gebrauchen wird, dann macht sie Objekte daraus, denen sie allen den gleichen Titel gibt: die allgemeine laufende Nummer (dreistellig), IHK, die Abkürzung für intellektuelle Hobbykunst, dazu Monat und Jahr (vierstellig) sowie die laufende Nummer des Monats (einstellig).

Immerhin, der Schreibtisch unter dem Dachfenster und das an der Wand daneben stehende umfangreiche Regal voller Bücher und Ordner sind weitgehend frei von all diesen Dingen. Es ist dies der Altar für die Wissenschaft. Sogar stehen die Bücher ganz vorne auf Kante mit den Regalbrettern, damit sich da kein

Krimskrams ansammeln kann. Es sind Ausstellungskataloge und kunstgeschichtliche Fachliteratur. An Ordnern hat sie im dritten Semester so viele wie andere Studenten im achten. Das Problem ist jetzt nur, dass Kathrins Beschriftungssystem nicht auf Anhieb zu verstehen ist. Ulrich Held und Jens Dikupp brauchen geschlagene zweiundzwanzig Minuten, bis sie überhaupt die Bismarck-Ordner finden. Auf denen steht S90KUMFOBSHLES02061V5, und auf allen anderen Ordnern stehen auch solche Kombinationen aus Großbuchstaben und Zahlen. Wenn man es weiß, ist es klar und einfach. Es sind nur Anfangsbuchstaben und Jahreszahlen: S für Sommersemester (was jeder normale Mensch an der Uni mit SS abkürzt), 90 für 1990, KUM für Kunst und Macht (das ist der Titel des Seminars), FOBS für Fürst Otto von Bismarck-Schönhausen, HLES für Hugo Lederer und Emil Schaudt, 0206 für 1902–1906. Und wenn Jens Dikupp bei Kathrin Meisters Vortrag aufgepasst hätte, anstatt dauernd Sprüche zu klopfen, dann wüsste er jetzt, dass Hugo Lederer der Bildhauer des Denkmals ist, Emil Schaudt der Architekt und nullzwei bis nullsechs die Bauzeit. 1V5 am Ende besagt, dass dies der erste von insgesamt 5 Ordnern ist.

Nun gilt es zunächst, sich Orientierung zu verschaffen, und dann zu entscheiden, was man mitnehmen und kopieren soll. Zwar hat Kathrin Meister die Literaturliste (24 Seiten, einzeilig, ganz schmaler Rand) obenauf abgeheftet und dankenswerterweise sogar kommentiert, aber leider sind ihre Kommentare größtenteils kryptisch (Großbuchstaben und Zahlen). Jens Dikupp versucht, die Literaturliste zu verstehen, während Ulrich Held sich sofort einen Ordner schnappt und darin blättert und liest. Es dauert eine Weile, es dauert eigentlich viel zu lange, aber dann findet Jens doch heraus, dass der erste Teil des kryptischen Kommentars das Fach betrifft, denn das Seminar ist interdisziplinär, und Kathrin hat die gesamte Literatur ihrer Arbeitsgruppe zum Bismarck-

Denkmal mit abgeheftet. Da sie auf Symmetrie und Systematik besteht, müssen nun aber alle Fächer mit zwei Buchstaben anstatt mit den üblichen, allgemein bekannten Abkürzungen bezeichnet werden. Und nachdem Jens Dikupp die Fachbezeichnungen identifiziert hat, stellt er erleichtert fest, dass die Literaturliste keine 24, sondern bloß schlanke zwölf Seiten umfasst, weil Kathrin sie zuerst in alphabetischer Reihenfolge nach Autoren und dann noch einmal nach Fächern getrennt aufgeschrieben hat. Die Soziologen (SL) tragen einiges statistische Material über die Zusammensetzung der Gesellschaft zur Zeit der Denkmalerrichtung bei, auch und besonders im Hinblick auf Ablehnung und Befürwortung desselben. Die Ethnologen (EL) liefern umfangreiches Material über Funktion, Bedeutung und Praxis von Totems und Ahnenkult. Die Historiker (GE) nennen Schriften zur Biographie Bismarcks und zur Periode von 1890 bis 1914. Die Pädagogen (PG) haben Abhandlungen aus dem letzten Jahrhundert ausgegraben, in denen die moralische Verbesserung und sittliche Erhebung gepriesen werden, die von der guten, wahren und schönen Kunst gerade auf die niederen Schichten ausgehen. Die Politologen, die in Hamburg »Politische Wissenschaftler« heißen (PW), erhellen mit Beiträgen zu Regierungs- und Herrschaftsformen sowie über die charismatische Führerpersönlichkeit. Die Philosophen (PS) räsonieren über Wahrheit und Wirklichkeit von Abbildern des wirklich Seienden. Die Psychologen (PL) beleuchten das Thema aus der Perspektive von klassen- und schichtenspezifischen sowie nationalen und regionalen Gruppenidentitäten und deuten Bismarck als Übervater. Kathrin selbst (KG, Kunstgeschichte) hat von allen mit Abstand am meisten Material zusammengetragen. Dokumente vom Aufruf um Spenden über die Standortdiskussion, den Wettbewerb und den Aufbau des Denkmals bis zu seiner Einweihung und den Kritiken, Aufsätze zur Denkmalgeschichte, zur Kulturreformbewegung und Reformkultur, zum Streit Architektur versus Bildhauerei, zur Denkmalpolitik im Kaiserreich, zum Thema Moderne und Monumentalität, zum künstlerischen Schaffen Lederers und Schaudts, und bei etlichen Titeln können Jens Dikupp und Ulrich Held den Zusammenhang mit dem Denkmal überhaupt nicht sehen.

Der zweite Teil des kryptischen Kommentars bezeichnet den Ordner, in dem der Text abgeheftet ist, und dann folgt meistens, aber nicht immer, eine Anmerkung, zum Beispiel »gegen«, beziehungsweise »so auch« und dazu der ein oder andere Autorenname, oder einfach nur »totaler Schwachsinn«, gelegentlich Stichwörter wie »poststrukturalistischer Ansatz«, selten die Abkürzung APAP, und andere Male finden sich befremdliche Notizen dabei, wie etwa »schlecht geträumt« oder »Johannes versteht mich nicht«, oder »hochfliegende Gedankengänge fliegen außer Sichtweite«.

Ulrich hat eine zeitgenössische Kritik in der Hand. Jens, hör dir das mal an: »Dies Gebirge von Granit erdrückt nicht, es entlastet.« Aber die Verneinung setzt doch voraus, dass das, was verneint wird, existiert.

Jens Dikupp hört gar nicht richtig hin. Etwas später und in die Stille konzentrierten Lesens und Querlesens hinein sagt er ganz plötzlich und sehr schnell, hierhierhier, haste was zu schreiben, die Maße, das gibts ja nicht, alles da, der Kopf Scheitel bis Kinn eins dreiundachtzig, Breite Ohr zu Ohr eins siebenundvierzig, Unterbau neunzehn fünf, Statue vierzehn acht, Hände vierundachtzig breit, Mittelfinger einen Meter lang, Adler vier vierzig hoch, Schwert zehn Meter.

Ulrich hat nichts zu schreiben. Er nimmt sich einen Bleistift vom Schreibtisch und greift in die Kiste mit dem Schmierpapier, in der Kathrin Meister alle A4-Blätter sammelt, die nur einseitig beschrieben oder bedruckt sind, um sie für Notizen oder handschriftliche Entwürfe zu benutzen. Natürlich nimmt Ulrich nicht das oberste Blatt, falls Kathrin im Kopf hat, was obenauf lag. Er hebt einen Daumen breit an, zieht darunter ein Blatt heraus und schreibt auf, was Jens ihm diktiert. Dann dreht er das Blatt um. Es ist eine Fotokopie aus einem Buch in Frakturschrift und der Beginn eines Kapitels mit der Überschrift »Salus publica mein Polarstern«. Der Text beginnt links oben mit einer pompösen, ornamental dekorierten Initiale, deren Höhe über vierzehn Zeilen reicht. Rechts unten ist die Fotografie eines Bismarck-Denkmals in der Nähe von Fürstenwalde abgebildet, eines durchaus esoterischen Denkmals, das mit seinem Standort mitten im Wald und den lose zusammengetragenen Natursteinen ganz auf Archaik setzt, wenngleich das Profil-Porträt Bismarcks mit fotografischer, gestochen scharfer Genauigkeit in den größten der Steine eingemeißelt ist. Ulrich Held lässt seine Augen über den Text schweifen, indem er zunächst die ersten paar Zeilen eines jeden Absatzes liest. Dann bleibt er beim dritten Absatz hängen, liest ihn zu Ende und sagt, du Jens, da gibts doch diesen Satz von Marx, wo steht das noch mal, wenn man die Verhältnisse zum Tanzen bringen will, muss man ihnen ihre eigene Melodie vorsingen.

Es heißt nicht »bringen«, sondern »zwingen«, und es steht in der Einleitung zur Kritik der Hegel'schen Rechtsphilosophie.

Bringen ist mir lieber, egal. Dieser Text hier ist exakt genau die Melodie. Auf den Punkt. Präziser kann man das wirklich nicht formulieren. Erste Sahne. Den nehmen wir für die Erklärung.

Bevor sie gehen, muss Ulrich noch aufs Klo. Sie waren zweieinhalb Stunden in der Wohnung, aber sie haben, was sie brauchen, und es ist überhaupt nichts schiefgegangen. Im Gegenteil: Dass es diesen Vortrag von Bauinspektor Ferdinand Sperber, der nämlich vor dem Architekten- und Ingenieursverein zu Hamburg mit diesen ganzen Maßangaben vom Denkmal bloß Eindruck schinden wollte (Hamburg hat den Größten), dass es so etwas überhaupt geben würde, damit war wirklich nicht zu rechnen gewesen. Und als Ulrich Held fertig ist und das Badezimmer wieder verlässt, fällt sein Blick auf den Handtuchhaken neben dem Spiegelbord, worauf sich Töpfchen, Fläschchen, Döschen und Tuben, teils offen, teils verschlossen, gegenseitig den Platz wegnehmen. Der Handtuchhaken ist obszön. Das hätte er von Kathrin nicht gedacht. Auf ein Stück Sperrholz sind Fahrradschlauchstücke aufgeklebt, platt, manche mit Flicken. Etwa mittig kommt aus einem Schlauch das Gewinderöhrchen für das Ventil heraus, dem etwas untergelegt ist, sodass es leicht nach oben steht. Das ist der Haken. Aber jetzt ist auf diesen Hintergrund aus Fahrradschlauchstücken noch eine aus Papier ausgeschnittene und mit Klarlack imprägnierte Figur aufgeklebt. Es ist ein Mann mit einer schellenbehangenen Narrenkappe, der in jeder Hand ein Schild hochhält, und das Gewinderöhrchen für das Ventil kommt ihm genau im Schritt zwischen den Beinen heraus. Auf dem linken Schild steht: 048IHK, auf dem rechten 04903. Was immer das bedeuten mag, aber ein Ventil-Gewinderöhrchen als Pimmel, ein Pimmel als Handtuchhaken! Also wirklich. Ulrich Held schüttelt den Kopf. Er kann nicht wissen, dass er selbst gemeint ist. Kathrin Meister ist heiß auf Ulrich Held. Sie lässt sich nichts davon anmerken, weil ihre Gefühle nicht erwidert werden und ist viel zu stolz, um irgendjemand hinterherzurennen. Das hat sie auch gar nicht nötig, mit ihren blonden Engelslocken, vor denen die Herrenwelt (außer Ulrich) auf den Knien liegt.

Jens, hast du das gesehen?

Was denn?

Hier.

Die hat sie ja nicht mehr alle. Komm, wir gehen.

4. KAPITEL.
NACHHER ZWEI.

Polizeimeister Lutz Höllenschmidt wird von seinen Kollegen Hölle genannt, was er inzwischen mit Fassung trägt. Am Anfang hat es ihn furchtbar aufgeregt, er hat sie sogar gehasst dafür und hat dann in einem ruhigen, ernsten Gespräch darum gebeten, ihn doch bitte bei seinem Vornamen zu nennen. Aber das hätte er ebenso gut bleiben lassen können. Irgendwann hat er eingesehen, dass seine Gekränktheit viel zu anstrengend ist und hat sich der normativen Kraft des Faktischen gebeugt. Die Kollegen meinen es ja nicht einmal böse, im Allgemeinen ist er durchaus wohlgelitten. Nun ist er auf Streife und hat eben Birne auf Bismarck entdeckt, das ist ja eine Frechheit gedacht und sofort die Feuerwehr gerufen, um der Frechheit ein Ende zu setzen. Der Kollege saß am Steuer und musste sich auf den Verkehr konzentrieren, weshalb es Höllenschmidt war, der die Kohlmaske als Erster sah, du, fahr mal rechts ran. Und jetzt sitzen sie da, im Polizeiauto, im Schatten des Eisernen Kanzlers und warten auf die Feuerwehr. Es ist der Tag der deutschen Einheit, und Polizeimeister Höllenschmidt hat Dienst und muss arbeiten. Er denkt an seine Frau und seine Söhne, mit denen er jetzt eigentlich gern zusammen wäre, auch wenn das Zusammensein, seit wann eigentlich?, irgendwie angespannt und schwierig geworden ist. Zum Beispiel hätte er gestern gern die Einheit mit Familie gefeiert, aber die Söhne wollten die Einheit ohne Eltern feiern, falls sie überhaupt die Einheit gefeiert haben, das weiß man ja alles nicht. Höllenschmidt war also nur mit seiner Frau auf dem Rathausmarkt. Eigentlich hat er nie nationale Gefühle gehabt, und es hat ihm auch nie etwas gefehlt in dieser Hinsicht, wenn man vom Fußball absieht, EM und WM, da hätte er schon gerne so unbeschwert wie die anderen den Namen der Nation gerufen, aber ansonsten war die BRD ohne Deutschland-Hurra vollkommen in Ordnung. Und obwohl er also nie nationale Gefühle gehabt und auch wirklich nicht nah am Wasser gebaut hat, sind ihm auf dem Rathausmarkt doch die Tränen gekommen. Das war eine ganz starke emotionale Situation, allein diese Menschenmassen, und alle haben sich umarmt, und dann hat auch Höllenschmidt seine Frau umarmt, und seine Frau, die seit langem jeder körperlichen Annäherung ausweicht, hat seine Umarmung umstandslos erwidert. Sie haben sich dann auch das Feuerwerk auf der Alster angesehen. Das Feuerwerk war wirklich sehr schön. Bloß die technische Panne war bedauerlich, dass nämlich die Nationalhymne, die um Punkt null Uhr über Lautsprecher einsetzen sollte, dass die nicht kam. Sie kam dann etwas später, eben leider nicht genau zur Einheit, aber die Stimmung war so gut, dass man das mit Gelassenheit hinnehmen konnte, wenn es auch irgendwie seltsam war, weil das doch eigentlich eine der besten deutschen Eigenschaften ist, dass immer alles so zuverlässig und reibungslos klappt. Und jetzt kommt ausgerechnet zur Einheit die Hymne nicht. Das Einzige aber, was Lutz Höllenschmidt wirklich gestört hat, waren diese Gruppen von jungen Männern mit Flaschen in den Händen, die betrunken waren und sich ihrem Suff entsprechend ganz und gar unwürdig benommen haben, und das bei so einem Anlass und Ereignis. Um halb zwei waren Höllenschmidts müde und sind nach Hause gegangen, auch wenn alle anderen noch richtig schwungvoll weitergefeiert haben, aber schließlich hat ja Höllenschmidt auch heute Dienst und muss arbeiten. Es ist ihm immer noch lieber, hier draußen auf die Feuerwehr zu warten als drinnen in der Dienststelle zu sitzen. So. Und nun hat also wirklich jemand dem Bismarck eine Karikatur von Kohl übergestülpt. Keinen Respekt vor nichts haben die, und was das wieder den Steuerzahler kostet. Und ausgerechnet heute, sagt der Kollege, als ob die damit nicht noch ein paar Tage hätten warten können.

Das ist doch, weil Bismarck der Reichsgründer war.

Ach so.

Lutz Höllenschmidt steigt aus und geht den Fußweg zum Denkmal hinauf. Der Weg ist asphaltiert und führt durch den das Denkmal umgebenden Hain von Buchen, Eichen, Pappeln, Kastanien und Ahorn, führt dann an der Vorderseite jenes rechteckigen, zweistufigen Plateaus vorbei und auf der anderen Seite wieder zur Seewartenstraße hinunter. Vor dem Plateau ist eine halbkreisförmige Rasenfläche, umschlossen von einem Sandweg mit Bänken, hinter denen das baumbestandene Gelände abfällt. Im Übrigen geht hier immer so ein Lüftchen nach Urin. Vielleicht auch, weil diese ausgesprochen ungemütliche Anlage so gar nicht als Aufenthalt taugt, weil nie jemand auf einer der Bänke sitzt, und keiner einen sieht, ist das ein geeigneter Ort zum Austreten. Bloß die Rechtsradikalen treffen sich gerne hier, mal, um die Sommersonnenwende zu feiern, mal als Sammelpunkt vor Demonstrationen. Sie scheinen das Denkmal zu mögen. Wenn man vor dem Denkmal steht und mehr als den unteren Teil des Sockels sehen will, muss man den Kopf in den Nacken legen. Lutz Höllenschmidt legt den Kopf in den Nacken und verspannt sich. Er kann von hier aus überhaupt nichts machen, als zu der Kohlmaske aufzuschauen. An diese Frechheit ist kein Herankommen. Polizeimeister Lutz Höllenschmidt ärgert sich. Zuerst ärgert er sich, weil er der Frechheit nicht selber mit einem Handgriff ein Ende setzen kann. Aber dann ist er doch froh, dass er das delegieren muss. Da muss die Feuerwehr ran. Wenn das Denkmal zum Beispiel bloß fünf Meter hoch wäre, dann sähe die Sache anders aus. Dann müsste er selbst etwas unternehmen und würde sich womöglich noch den Knöchel dabei verstauchen. Am besten wäre es, wenn das Denkmal so etwa drei Meter hoch wäre. Dann wäre die Sache ruck, zuck erledigt. Aber so, zu dumm. Als Nächstes ärgert er sich, dass er sich überhaupt darüber ärgert. Was geht es ihn eigentlich an, ob auf dem Bismarck ein Kohlkopf ist oder nicht? Er ist als Polizist für die öffentliche Ordnung zuständig. Gut und schön. Obgleich es kein Gesetz und keine Vorschrift gibt, die ausdrücklich das Anbringen von Stoffverhüllungen mit Karikaturen an Denkmälern verbietet, ist doch der Kohl auf dem Bismarck definitiv nicht in der öffentlichen Ordnung. Einerseits. Andererseits wird weder der Verkehr aufgehalten, noch geht eine Gefahr davon aus, noch ist Eigentum bedroht. Ob nun auf dem Bismarck der Kohl ist oder in Peking ein Sack Reis umfällt. In Wahrheit kann es ihm ziemlich egal sein. Überhaupt nicht egal ist ihm dagegen, dass er am Feiertag arbeiten muss, dass er nicht mit seiner Familie zusammen sein kann, die ihm zusehends entgleitet, was sicher auch daran liegt, dass er nicht mit ihr zusammen sein kann. Da muss er sich mal irgendwie drum kümmern. Lutz Höllenschmidt hat keine Ahnung wie. Wenn das so einfach wäre wie hier, ein Anruf bei der Feuerwehr, und dann kriegen die das hin mit ihrem Spezialgerät. Dafür sind sie ja da. Er geht um den Sockel herum. Nichts. Keine sichtbaren Spuren, keine Löcher im Granit, keine Beschädigungen, keine Geräte, Leitern, gar nichts, kein Handschuh, nichts, was man liegen lassen könnte, wenn man so etwas macht. Profis. Ordentlich. Alles aufgeräumt. Anders als seine Söhne, deren grauenhafter Saustall im Zimmer ein Dauerzustand ist, und die ihn auslachen, wenn er mal zur Ordnung aufruft. Aus den Söhnen wird so nichts werden. Ah, da kommt die Feuerwehr (anständige Leute, aus denen was geworden ist).

Die Feuerwehrleute gehen die Sache mit sportlichem Ehrgeiz an. Das ist mal eine Herausforderung. Sie kommen mit einem Trupp von drei Mann, halten direkt vorm Denkmal, steigen aus, und einer, der schon in der Schule Klassensprecher war, begrüßt Höllenschmidt mit kurzem, kräftigem Handschlag. Moin, Rittmeester. Tach, Höllenschmidt. Rittmeester ist Feuerwehrmann geworden, weil er sich berufen fühlte, der Gefahr ins Auge zu sehen und ihr zu begegnen, weil er der sein wollte, den man ruft, wenns brennt, und wenn andere nicht mehr weiterwissen. Es brennt aber nicht. Und es ist auch keine Katze auf dem Dach, um deren Leben man bangen könnte. Bloß ein Stück Stoff. Die Feuerwehrmänner prüfen die Situation mit wissenden Expertenblicken. Sie legen den Kopf in den Nacken, schauen zur Kohlmaske auf und lassen die Augen über das Denkmal und die gesamte Anlage gleiten. Dann nicken sie gelassen, den holen wir runter. Einer von den Truppmännern sagt sogar, gut gemacht, als ob es das Werk von Kollegen wäre. Überhaupt sind die Feuerwehrleute sehr sachlich und behandeln die Angelegenheit ausschließlich in technischer Hinsicht. Das machen sie immer so. Sie können ja nicht, wenn sie eine Katze vom Dach holen müssen, plötzlich überlegen, ach, diese Katze gefällt mir aber nicht oder: Haustierhaltung in der Stadt ist Tierquälerei, oder ist es eigentlich und überhaupt zu vertreten, dass die Feuerwehr für solche Aufgaben beansprucht wird. Wenn man mit so etwas erst einmal anfängt, gewinnt man keinen Krieg, kriegt kein Feuer gelöscht und keine Katze vom Dach geholt.

Einer von den beiden Truppmännern, der Maschinist nämlich, findet diese Denkmalumgestaltung ganz wunderbar. Er weiß so gut wie nichts über Bismarck, aber er versteht sie auf Anhieb und intuitiv: Sie geht gegen den da oben, der sich aufführt wie die Axt im Wald. Hier kann man sehen, wer der Herr im Haus ist, der mit dem Daumen nach oben oder unten zeigt. Schön, dass das mal gesagt wird, und schön, dass man sich dabei mal nicht an die Vorschriften hält, innerhalb derer sowieso alles beliebig und im nächsten Augenblick vergessen ist. Der Maschinist sagt natürlich kein Wort. Für den Bruchteil einer Sekunde huscht ein Lächeln über sein Gesicht, das ist alles. Und er denkt gar nicht daran, auch nur Bedauern zu empfinden, dass er die Maske abnehmen soll. Denn: Dienst ist Dienst und Schnaps ist Schnaps! Das ist die oberste Regel, mit der man bisher immer gut gefahren ist. Truppführer Rittmeester hingegen hält die Denkmalumgestaltung für das typische Werk von Krawallmachern und Nörglern, die uneinsichtig und prinzipiell anti sind. Friedliche Revolution! Gewaltloser Sieg von Freiheit und Demokratie über die Diktatur! Wenn man schon keine Ahnung hat, denkt Rittmeester, dann soll man einfach mal die Klappe halten und entweder seine Hausaufgaben machen oder gleich arbeiten gehen. Und jetzt ist er froh, dass man sich immer ganz auf den technischen Aspekt beschränkt, denn damit lässt man diese wichtigtuerische Aktion schnurstracks ins Leere laufen. Macht ihr ruhig einen Heidenaufwand, um eine politische Botschaft rüberzubringen. Nur zu. Wir reden über den Aufwand, nicht über die Botschaft. Ignoranz ist eine starke Waffe. Deshalb sagt auch Rittmeester genau wie der Maschinist kein Wort und lässt sich nicht anmerken, was er denkt. Der andere Truppmann schließlich ist ebenfalls froh, dass man immer alles nur rein technisch angeht. Wenn man hier übers Inhaltliche reden würde, ohgottohgott, dann müsste man erst mal nachdenken und überlegen, um sich eine Meinung zu bilden, was schwierig und anstrengend ist, und könnte nachher mit der auch noch falschliegen. Nee, das ist alles nichts. Und darum geht es ja auch gar nicht. Es geht jetzt ums Runterholen, um sonst nichts.

Also sagt Rittmeester, paar Meter zurücksetzen und dann Leiter ausfahren, und die Truppmänner nicken und machen sich ans Werk. Der Fahrer fährt den Wagen ein paar Meter zurück, und der Maschinist auf dem Steuerstand beginnt, erst die seitlichen Abstützungen und dann die Leiter auszufahren. Das dauert. Währenddessen kommt auch noch Fernsehen. Drei Leute vom NDR halten die Kamera drauf und filmen wie verrückt. Rittmeester ist selbst in den Korb an der Leiter eingestiegen, um eigenhändig diesen Schwachsinn abzuräumen. Die Leiter schiebt sich langsam hoch. Alle sehen ihr dabei zu. Auch der Kollege von Höllenschmidt ist vom Auto heraufgekommen. Großartig, wie die Leiter immer größer wird. Da kann man nämlich sehen, wie der Mensch durch Rechnen und Bauen über sich selbst hinauswächst, ja, sogar gegen die Schwerkraft ankommt. Gleich ist die Frechheit weg, freut sich Höllenschmidt. Die Feuerwehr ist toll. Die hat es im Griff. Die Leiter schiebt sich unter dem lauten Motorengeräusch nach oben, wird länger und länger, dehnt sich mit Rittmeester im Korb dem Kanzlergesicht entgegen.

Aber, hm, also jetzt sieht es nicht mehr so gut aus. Man hat hier eine extreme Untersicht, und doch ist eigentlich klar, dass es nicht reichen wird. Die Leiter ist zu kurz. Bismarck ist größer. Obwohl die Leiter dreißig Meter lang ist. Es ist ungünstig, dass man mit dem Auto, auf dem sie angebracht ist, nicht die Treppen auf die obere Terrasse des Plateaus hinauffahren kann, und von dort auf den Sockel. Vom Sockel aus würde die Leiter locker genügen, aber von ganz unten ist sie zu kurz. Mit der Leiter geht es nicht. Da kann man nichts machen. Immerhin ist es nicht unser Versagen, denkt Rittmeester, aber schon blöd, dass das ausgerechnet bei so was passiert. Die Feuerwehrleute haben die Leiter, obwohl klar ist, dass sie nicht reicht, vollständig ausgefahren. Sicher ist sicher. Der Motor läuft immer noch auf Hochtouren. Rittmeester schaut runter zu Höllenschmidt und winkt ab, is nich, keine Chance. Höllenschmidt hat selber Augen im Kopf. Wenn die Leiter zu kurz ist, dann gehts halt nicht. Er nickt. Die Leiter schraubt sich langsam wieder runter, wird kürzer und kürzer, zieht sich zusammen. Schade eigentlich. Beim Einfahren schaut niemand mehr zu. Wie Rittmeester wieder auf der Erde ist, nimmt er ein Päckchen Zigaretten aus der Brusttasche und bietet Höllenschmidt eine an. Höllenschmidt ist Nichtraucher. Danke. Rittmeester zieht erst mal eine durch.

Höllenschmidt überlegt: Wie kommt man dann an die Maske ran? Mit dem Hubschrauber. Jawohl, mit dem Hubschrauber. Er denkt an die Mittel, die ihm zur Verfügung stehen. Im Grunde ist der Hubschrauber die einzige Möglichkeit, um an die Maske zu kommen. Wie haben das die Täter gemacht? Sicher nicht mit dem Hubschrauber. Das müssten ja paramilitärische Verbände sein, die über einen Hubschrauber verfügen. Da ist der Geheimdienst vor. Oder ist das jetzt ein Anschlag, und der Kanzler fliegt gleich in die Luft? Quatsch. Wenn Anschläge sind, hängt da nicht stundenlang vorher ein großes Transparent. Ohne Hubschrauber also. Die Täter können was, was wir nicht können. Das ist eine Blamage. Die Frechheit muss unverzüglich runter. Und jetzt kommt auch noch die Presse, das war ja klar. Die hat noch gefehlt. *Mopo*, *Abendblatt*, *taz*. Die Leiter ist eingefahren und verstaut, und die Truppmänner sitzen schon im Wagen. Rittmeester verabschiedet sich noch von Höllenschmidt, dann fahren sie wieder weg, wie sie gekommen sind, und Höllenschmidt und sein Kollege sind allein mit der Kohlmaske und der Presse.

Die Presse schüttelt Höllenschmidt die Hand, man stellt sich vor. Sie hat eine Erklärung bekommen, von der das *Abendblatt* gleich eine Kopie mitgebracht hat. Es gibt doch noch Leute, die mitdenken. Die Erklärung lautet wie folgt:

»Wir haben am Mittwoch, dem 3. Oktober 1990 im Morgengrauen einen entscheidenden Schlag zur Modernisierung der neuzeitlichen Denkmalpflege geleistet: Wir haben die deutsche Geschichte in eine eherne Form gegossen.

Die Architekten und die Natur schufen ein Werk, in welchem die Größe der Form die Größe des Inhalts deckt; Kohl erscheint als ›reckenhafter Roland‹.

Warum:

In ganz besonders hohem Maße muss ein Volk durch die Verewigung seiner großen Männer auf öffentlichen Plätzen beeinflusst werden. Nicht jeder hat so viel Zeit, dass er die Lebensbeschreibung dieser Wohltäter der Menschheit immer durch Lesen in sich auffrischen kann, in manchen wird über die unabweisbaren Interessen des Lebens die Erinnerung an sie verblassen.

Ein jeder aber kann selbst im raschen Vorübergehen einen Blick auf ein Denkmal werfen und damit die dankbare und anfeuernde Erinnerung, welche er dem Förderer des vaterländischen Glücks schuldig ist, immer wieder erneuern.

Zu den Denkmälern, welche unsere Phantasie am mächtigsten entfachen und unsere Seele immer wieder aus dem kleinlichen, beschränkten Parteileben und Alltagstreiben zum Großen und Ganzen emportragen, gehören die unseres Kohls in erster Linie.

Sie reden eine gewaltige Sprache, nicht bloß zu uns, die wir das Glück hatten, ihn noch im Leben zu kennen, sondern noch zu den fernsten Nachkommen.

Kommando Heiner Geißler.«

Und jetzt ist die Frage: Erkennen Sie die Melodie? Höllenschmidt sagt, Moment mal. Er liest die Erklärung und muss sie gleich noch mal ganz langsam lesen. Er ist sich nicht sicher, ob er das richtig versteht. Macht man sich da über ihn lustig? Aber darum geht es doch gerade gar nicht. Er muss doch im Augenblick nur prüfen, ob es da irgendeinen Hinweis gibt, mit dem er jetzt und hier etwas anfangen kann. Er sieht keinen. Der »entscheidende Schlag« am Anfang und das unterzeichnende »Kommando« am Ende klingen, wie zu erwarten war, linksradikal. Diese Linksradikalen aber auch! Das dazwischen ist nicht ganz klar und mutet altertümlich an. Und wieso eigentlich Heiner Geißler? Auf jeden Fall kommt die Erklärung zu den Akten. Da liegt sie gut. Zwischen Deckeln, in Ordnern, fünf Jahre und dann in den Reißwolf. Die Presse stellt Fragen. Sie will wissen, wie Höllenschmidt es entdeckt und was die Feuerwehr gemacht hat. Hat Höllenschmidt die gerufen?, und warum sie unverrichteter Dinge wieder abfährt. Höllenschmidt berichtet in knappen, sachlichen Worten. Er bemüht sich, es so darzustellen, dass es keine Blamage ist. Die *Mopo* versteht ihn und spielt mit, das *Abendblatt* macht auf neutral. Die *taz* stellt keine Fragen. Der Kerl steht bloß daneben und hört und zu und grinst immer so. Was gibt's da jetzt zu grinsen. Dem gefällt das natürlich. Grinst der womöglich wegen der Erklärung? Steht da etwas drin, das Höllenschmidt nicht verstanden hat? Er muss sie noch mal ganz in Ruhe in der Dienststelle lesen.

Die Presse fotografiert, und Höllenschmidt bespricht sich mit seinem Kollegen. Dann stellt die *taz* doch noch eine Frage: Wie wollen Sie das Ding wieder runterholen?

Mit dem Hubschrauber natürlich, sagt Höllenschmidt, als ob das die dümmste Frage wäre, die er je gehört habe. Der Kollege ist ein paar Schritte zur Seite getreten und gerade dabei, den Hubschrauber über Funk anzufordern. Hubschraubereinsatz, das gefällt der Presse, das möchte sie sehen. Man wartet. Unterdessen rümpft das *Abendblatt* die Nase und fragt, ob hier irgendwo eine öffentliche Toilette sei. Nein, gibt Höllenschmidt Auskunft. Die gesamte Anlage sei eine, sagt die *taz*, das könne man doch riechen, und dass man dagegen etwas unternehmen müsse, das sei ja politisch nicht tragbar. Alle pflichten bei. Höllenschmidts Kollege beendet die Funkverbindung und verkündet, Libelle im Anmarsch!

So, denkt Höllenschmidt, und jetzt ist nämlich Schluss mit der Blamage. Die Polizei sitzt eben doch am längeren Hebel und hat vor allen Dingen das bessere Spielzeug. Er empfindet Genugtuung, als er das lauter werdende Knattern der Libelle hört. Unter akustischen Gesichtspunkten ist der Name Libelle nicht so ganz gerechtfertigt, aber unter visuellen durchaus. Er kommt geflogen wie ein geheimnisvolles, riesenhaftes Insekt. Die Presse hat die Köpfe in die Nacken gelegt und hält sich die Ohren zu. Höllenschmidt und sein Kollege haben ebenfalls die Köpfe in die Nacken gelegt, halten sich aber nicht die Ohren zu, sondern beweisen, dass so was einen Polizisten nicht erschüttern kann. Wenn sie aber als Zivilisten hier wären, dann würden sie sich auch die Ohren zuhalten. Die Libelle ist jetzt unmittelbar im Anflug.

Pilot Petersen und Kopilot Köpper waren froh über den Auftrag. Sie können so für kurze Zeit ihrem Vorgesetzten entkommen, der ihnen mit seinen Chefallüren und seinem hierarchischen Gehabe tierisch auf die Nerven geht. Zuerst müssen sie das Objekt gründlich in Augenschein nehmen und fliegen drei langsame, wie hingezirkelte Kreise um Bismarcks Haupt beziehungsweise Kohls Kopf. Die ersten zwei Kreise im Uhrzeigersinn, dann wenden sie, weil Wenden Spaß und Eindruck macht, und fliegen den dritten mit dem Hubschrauber leicht nach innen geneigt in der anderen Richtung. Gleich nach der ersten Runde werfen sie sich einen kurzen, eindeutigen Blick zu. Sie müssen es gar nicht aussprechen, sie kennen sich seit Sandkastenzeiten und wissen, dass sie genau das Gleiche denken: Den lassen wir drauf. Es ist das allererste Mal in ihrer Polizeikarriere, dass sie sich ganz explizit einer Anweisung widersetzen, und zwar, ohne dass es dafür sachliche Gründe gibt. Keineswegs ist bei der Polizei blinder Gehorsam gefordert, und einen gewissen Spielraum hat jeder Beamte. Man lebt ja nicht in einer Diktatur. In dieser Situation hier kann von Spielraum allerdings keine Rede sein. Die Anweisung lautet »Kohl runterholen«, womit die verletzte öffentliche Ordnung wiederhergestellt wird, und nichts spricht objektiv dagegen, und nichts hindert sie daran. Petersen und Köpper sind ganz normale Beamte. Klar sind sie auch schon mal mit Blaulicht und Martinshorn Zigarettenholen gefahren, aber im Großen und Ganzen erfüllen sie ihre Aufgabe als Polizisten genauso wie zum Beispiel Jens Dikupp Kneipeneinrichtungen baut: Sie wollen ihren Job ordentlich machen. Aber jetzt führt dieser Kanzler die zwei Polizeiflieger an die Grenze ihrer Loyalität Dienstherrn gegenüber. Irgendwo ist bei jedem Schluss, bei ihnen ist es hier.

Sie müssen nur das richtige Theater veranstalten, dass es so aussieht, als ob es technisch nicht möglich wäre. Wenn es technisch nicht möglich ist, ist alles in Butter. Nur wenn rauskommt, dass sie hier Sabotage betreiben, dann sehen sie alt aus. Köpper zeigt auf den Windmesser. Petersen nickt. Das ist die naheliegendste und beste Möglichkeit. Es geht ein Wind, das ist nicht zu leugnen. Schon in dieser Höhe hier kann der Wind erheblich stärker sein als am Boden. Das werden die Kollegen verstehen. Man muss ja nicht ins Detail gehen, zu starker Wind, Punkt, mehr muss man nicht sagen. Starker Wind ist in Hamburg, und besonders am Hafen, die natürlichste Sache der Welt. Wie einfach und leicht es ist, sich zu widersetzen, hätten sie nicht gedacht. Im Grunde ist es bloß eine Entscheidung, die man trifft. Die Dienstherrschaft ist plötzlich wie weggeblasen, man handelt für sich selbst. Jetzt können sie ein bisschen mit der Libelle rumtänzeln, Fliegerhandwerk zeigen, endlich mal nicht das ewige Autobahnabfliegen zur Verkehrsüberwachung oder Demonstranten beobachten oder stressige Personenrettungsflüge absolvieren. Hinterher werden sie den Kopf schütteln, sie hätten alles versucht, es sei nicht drin gewesen. Sie haben einen sehr guten Ruf als Flieger. Man wird ihnen ohne weiteres glauben. Petersen lenkt die Libelle vom Denkmal in Richtung Holstenwall weg, um sich neu positionieren zu können, fliegt wieder ran und kommt direkt am Kopf zum Stehen. Er lässt die Maschine ein Weilchen wackeln und zittern, geht ein klitzekleines bisschen höher, wackelt weniger, noch weniger, aber es hilft alles nichts, da kommt eine Böe. Neuer Anlauf. Diesmal wird besser mitgedacht. Bei Nordwest den Windschatten des Denkmals nutzen und sich Südost positionieren. Der Windschatten des Kohlkopfs ist natürlich viel zu klein für die Libelle. Immerhin, es ist ein Versuch. Man will ja nichts auslassen. Also erst Richtung Michel, dann eine Schleife nach Süden und wieder aufs Denkmal zu. Nutzt natürlich auch nichts. Als sie schließlich und endlich den dritten Anlauf nehmen, gibt Köpper über die Außensprechanlage den Kollegen am Boden Bescheid: zu starker Wind, letzter Versuch. Höllenschmidt flucht.

Bei ihrem letzten Versuch lassen sich Petersen und Köpper richtig Zeit und tragen dick auf. Damit man es ihnen auch glaubt, öffnet Köpper nach vielem Hin und Her die Tür, als ob er jetzt mit der Demontage beginnen könnte. Zur Sicherheit muss Petersen noch mal die Position verändern. Er macht es so, dass es von unten aussieht, als ob er mit dem Propeller die Birne köpfen würde wie ein Frühstücksei. Köpper lässt die Seilwinde ein bisschen raus. Aber dann fängt Petersen wieder an, die Libelle fürchterlich zittern zu lassen. Es geht halt doch beim allerbesten

Willen nicht. Kein Tusch, kein Applaus, sondern Abflug. Und Tschüss. Zum Abschied und Andenken macht Köpper noch ein Foto von der sich die Ohren zuhaltenden Presse und den sich die Ohren nicht zuhaltenden Kollegen. Das Denkmal ist natürlich auch mit drauf.

Und jetzt ist Lutz Höllenschmidt am Ende mit seinem Latein, und deshalb fällt ihm auch plötzlich ein, dass er eigentlich gar nicht zuständig ist. Wozu hat man eigentlich ein Denkmalamt? Eben: Damit es für Denkmäler zuständig ist. Das soll das Denkmalamt machen. Stimmt eigentlich, sagt die Presse, macht letzte Notizen, und dann zieht sie Leine. Höllenschmidt und sein Kollege gehen zum Auto zurück. Was für ein Aufwand und was für ein Theater, und das wegen so was! Haben diese Linksradikalen nichts Besseres zu tun, als Transparente an unerreichbaren Stellen anzubringen? Die sind bestimmt arbeitslos und leben von Sozialhilfe. Wenn man arbeitet, hat man für so etwas doch gar keine Zeit. Und was Höllenschmidt wirklich nicht versteht: Das kostet doch auch Geld! Also für so etwas Geld auszugeben, mit denen stimmt doch was nicht. Wenn sie nicht alles gestohlen haben. Das könnte natürlich sein. Wieso können die sich nicht an die Spielregeln halten. Es ist ja nicht verboten, zu sagen, was man denkt. Warum haben die sich nicht vorher eine Genehmigung beim Denkmalamt geholt. Sie hätten es nur als Kunst deklarieren müssen, Kunst darf ja fast immer fast alles. Man ist in Hamburg doch wirklich liberal. Das Denkmalamt hätte die Sache mit einem erklärenden Prospekt flankiert, und vor allen Dingen wären sie dann auch für die Entfernung verantwortlich, und alles wäre unter Kontrolle gewesen. Die beiden sind am Auto angekommen, steigen ein und fahren los, und Höllenschmidt denkt, dass das ein trauriger Start in die Einheit ist.

Nun hat er es wenigstens ans Denkmalamt abgeben können. Er

hat gestern noch, als sie wieder im Auto saßen, den Bereitschaftsnotdienst des Bezirksamts angerufen, aber der hat verdachterregend schwerzüngig in den Hörer gebellt: Alles klar, in Arbeit, wird erledigt. Darauf wollte Höllenschmidt sich lieber nicht verlassen, und deshalb hat er eben mit Dr. Huld vom Denkmalamt telefoniert. Er hat außerdem die Akte angelegt, und hat, nach der Entscheidung des vorgesetzten Lage- und Führungsdienstes, dass es sich einwandfrei um eine Straftat handle, die Ermittlungen vorbereitet. Jetzt ist zunächst das Denkmalamt dran, das sich damit herumschlagen kann, wie es das Ding wieder abkriegt. Erich Huld, nachdem er von der Inaugenscheinnahme zurück in Barmbek im Amt ist, findet eine Notiz von Friedrich Flauser mit folgendem Wortlaut:

»4. 10. 90, Betr. Bismarck: 8 Anrufe von Bürgern:

Elfriede Merzing: Skandal, Großvater vor Verdun verblutet und jetzt das. 40 Jahre Kaffee nach drüben geschickt und dafür jetzt Nestbeschmutzer. Womit man das verdient habe.

Hanno Brunsdorf: erklärt sich bereit, bei der Entfernung mitzuhelfen, falls Not am Mann (unentgeltlich natürlich), und stellt eine Obstleiter zur Verfügung. Schande für Deutschland.

Eberhard Fiedler: Wer das veranlasst habe, wie lange es bleibe, wer der Künstler sei.

Regina Kamppen: macht Meldung, kommentarlos.

Roland Weber: Meldung, kommentarlos.

Michael Wägner: gibt sich als unehelicher Bismarckspross aus, sein Uronkel, der Reichsgründer, sei von allen missverstanden. Bietet geheime Informationen über Bismarck an, der diese Neubelebung des Denkmals mit absoluter Sicherheit gutgeheißen hätte. Im Namen Bismarcks soll die Dekoration bleiben und haltbar gemacht werden.

Renate Martenk: Meldung, Unverschämtheit. Kohl sei der beste

Kanzler, den Deutschland je gehabt habe, und wofür sie eigentlich mit ihren sauer erwirtschafteten Steuern das Denkmalamt mitfinanziere, wenn es nicht in der Lage sei, Denkmäler vor solchen Anschlägen zu schützen.

Alexander Möhrchen: Meldung, kommentarlos, aber in deutlich schadenfrohem Tonfall.

Fl.«

Erich Huld ist dankbar für die protokollarische Notiz von Flauser, die kommt natürlich ins Archiv. Sicherlich gehen bei der Polizei auch Anrufe ein, aber unmöglich kann er die um Protokolle solcher Anrufe bitten, das sähe zu seltsam aus. Die Erklärung hat er sich gleich, als er beim Denkmal in der Nähe der Wache am Großneumarkt war, in Kopie aushändigen lassen. Sie liegt vor ihm auf dem Schreibtisch, direkt neben Flausers Notiz und dem aufgeschlagenen *Mopo*-Artikel. Ganz offensichtlich haben die Täter den ersten Absatz selbst verfasst, den Rest dagegen zitiert, und zwar aus Texten aus der Zeit der Denkmalerrichtung.

»Wir haben am Mittwoch, den 3. Oktober 1990 im Morgengrauen einen entscheidenden Schlag zur Modernisierung der neuzeitlichen Denkmalpflege geleistet: Wir haben die deutsche Geschichte in eine eherne Form gegossen«.

Das Morgengrauen, findet Erich Huld, zieht die Mundwinkel herunter und schiebt die Unterlippe nach oben, hätte eigentlich den Satz eröffnen müssen: »Im Morgengrauen des 3. Oktober 1990 haben wir …«, denn für die Täter ist ohne Zweifel das Morgengrauen der Begriff für die Einheit. Der Morgen, weil etwas Neues beginnt, das Grauen, weil ihnen das, was beginnt, ein Grauen ist. Ihre Eitelkeit aber hat sie sich selbst an den Anfang stellen lassen, wodurch das Morgengrauen deutlich an Kraft verliert. Das ist nicht weiter schlimm. Aber warum, um Himmels willen, reden sie von der »neuzeitlichen Denkmalpflege«, fragt er sich und zieht die

Augenbrauen zusammen, wann fängt bei denen die Neuzeit und wann die Denkmalpflege an? Auch der nächste Satz ist eine Enttäuschung und zeigt, wie die von ihrer brillanten Idee berauschten Täter, anstatt Sorgfalt walten zu lassen, mit Begriffen um sich werfen, die unzutreffender nicht sein könnten: »… die deutsche Geschichte in eine eherne Form gegossen.« Also so ein Unsinn, Erich Huld schüttelt den Kopf. Ehern, Form und gießen beziehen sich nun einmal auf Metall, und wenn wenigstens der Bismarck aus Bronze wäre, dann wäre es zwar immer noch falsch, das luftige Leintuch der Kohlmaske als ehernen Guss zu bezeichnen, aber man könnte dafür noch irgendwie die Bronze des Denkmals in Anspruch nehmen. Wieso nennen sie nicht einfach die Dinge beim Namen und sagen: »Wir haben zum wehenden Mantel der deutschen Geschichte eine passende Kopfbedeckung gemacht.« Nicht nur hätte der Verweis aufs Textile ihre Kohlmaske treffend bezeichnet. Mit dem »Mantel der Geschichte« hätten sie überdies den Bismarck zitierenden Kohl zitiert und hätten dazu mit der »Kopfbedeckung« 1848 ins Spiel gebracht. Es war ja das i-Tüpfelchen auf dem Sieg gegen die Königlichen Truppen gewesen, dass die Aufständischen nachher den König gezwungen hatten, öffentlich den Hut (die Kopfbedeckung) vor den aufgebahrten toten Revolutionären zu ziehen und ihnen damit Respekt zu erweisen. So wäre nun das Aufsetzen der Kohlmaske (der Kopfbedeckung) die symbolische Umkehrung der Ehrbezeugung gewesen. Erich Huld würde viel darum geben, wenn er jetzt die Zeit zurückdrehen und den Tätern beim Verfassen der Erklärung eine kleine Hilfestellung leisten könnte. Nun ja. Der Rest ist zum Glück nur noch Zitat, was man unter anderem daran erkennt, dass keine solchen Patzer darin enthalten sind. Die Täter haben nämlich schön brav die hauseigene Publikation von Volker Plagemann gelesen, die vor vier Jahren herausgekommen ist, und aus der sie ihre Zitate entnommen haben. Erich Huld ist froh, die hauseigene Publikation zitiert zu sehen. Da gibt man sich eine solche Mühe mit wissenschaftlichen und doch allgemeinverständlichen, gut lesbaren Aufsätzen, die überdies unterhaltsam sein sollen, um den Bürgern die Geschichte ihrer Stadt näher zu bringen, und am Ende liest das kein Mensch. Gerade Volker Plagemann hat dieses Desinteresse gewiss nicht verdient, erfüllen doch seine Aufsätze all diese Anforderungen aufs meisterhafteste. Aber wieso unterzeichnen sie mit Heiner Geißler? Egal. Für das Archiv sollte man den Aufsatz von Plagemann zum Bismarck-Denkmal kopieren, und auf jeden Fall sollte man die Zitate auch im Original beschaffen, denn ihr Kontext ist bestimmt interessant. Und was schreibt eigentlich die *Mopo*? Die *Mopo* kalauert, »Fürst Bismarck verkohlt«, und weiter, »Seit 84 Jahren steht Reichskanzler Otto Fürst von Bismarck am Stintfang und guckt herrisch auf die Reeperbahn.« Aber Bismarck schaut doch nicht auf die Reeperbahn, für seinen Blick liegt doch die Reeperbahn viel zu weit steuerbord. Also das ist wirklich schwach. Es wird nicht besser. »Ausgerechnet am Tag der Deutschen Einheit …« Wann sonst? Und schließlich bezeichnen sie es noch als »Missetat« und »Denkmal-Frevel«. Oh Abgrund aus Unverstand und Blindheit, oh Jammertal. Erich Huld schiebt angewidert den *Mopo*-Artikel zur Seite und nimmt sich ein Beispiel an Helmut Kohl. Er beschließt, dass er die Entfernung der Installation zunächst durch Aussitzen hinauszögern wird. Morgen wird er erst einmal nichts unternehmen, und dann kommt das Wochenende. Am Montag wird er irgendetwas tun müssen. Erich Huld schaut aus dem Fenster in die Bäume des Hofs. Das Fenster geht nach Nordost. Die Blätter der Bäume gehen ins Ockerfarbene. Die Sonne geht unter.

Unterdessen verabschiedet Helen Huld an der Haustür in Othmarschen den zweiten Bewerber. Hulds haben eine Anzeige geschaltet, um eine Schreibkraft für die elektronische Erfassung des Archivs zu finden. Helen Huld hatte noch genug Zeit, um auf dem Nachhauseweg vom Bismarck-Denkmal die zwei Filme zum Entwickeln ins Fotogeschäft zu bringen, *Abendblatt*, *Mopo* und *taz* zu kaufen, sich zu Hause einen Tee zu machen und schließlich den Videorecorder für die Aufnahme der Sendung *extra 3* zu programmieren, in der möglicherweise darüber berichtet werden könnte. Der zweite, eben verabschiedete Bewerber ist ein Student der Geschichtswissenschaften im elften Semester, der nur mit zwei Fingern tippen kann. Er sagte, er nehme den linken Zeigefinger für die Leertaste, den rechten für Buchstaben und Interpunktion. Außerdem roch er nach Alkohol. Er kommt so wenig infrage wie die erste Bewerberin, eine arbeitslose Sekretärin, die zwar ihren Job wahrscheinlich sehr gut machen würde, Helen aber unsympathisch war. Die Dame war befremdet vom Archiv und hat Helen so seltsam prüfend von der Seite angesehen, als ob mit Helen etwas nicht stimmte. Gleich nachher kommt noch eine Bewerberin. Helen Huld bereitet rasch das Abendessen vor. Sie nimmt Butter, Aufschnitt und Eisbergsalat aus dem Kühlschrank, damit sie Raumtemperatur kriegen, taut selbst gemachte Hühnerbrühe auf, schneidet Petersilie, legt Buchstabennudeln daneben und rührt zuletzt eine Salatsoße an. Dann ruft sie ihre Kinder an und bittet sie, die Nachrichtensendungen aufzunehmen. Es ist zwar unwahrscheinlich, dass darüber berichtet wird, aber man kann ja nie wissen. Als alles erledigt ist, legt sie sich auf das Sofa im Wohnzimmer und schließt die Augen. Sie geht im Geiste zurück zum Bismarck-Denkmal und genießt noch einmal den herrlichen Anblick. Es ist wirklich grandios. Während vor ihrem inneren Auge das Bild aus der Perspektive der Kersten-Miles-Brücke steht, geht wieder die Klingel. Das ist die dritte Bewerberin. Helen Huld öffnet die Tür. Die dritte Bewerberin redet wie ein Wasserfall. Was für ein herrlicher Tag heute, so ein Wetter, sie kenne sich gut mit Computern aus, könne zehn Finger blind, habe sich in Grundzügen *Faust* und *Nixas* angeeignet und würde gerne etwa fünfzehn bis achtzehn Stunden die Woche arbeiten, schön sei es hier. Als Helen Huld ihr das Archiv zeigt und erläutert, bekommt sie leuchtende, glänzende Augen und kriegt sich gar nicht mehr ein. Das ist ja toll!, ruft sie immer wieder und lässt sich mit großem Interesse die Signaturen erklären. Sie äußert sich auch sofort zum Thema Kurzlebigkeit, das in der Kunstgeschichtsschreibung, sie studiere nämlich Kunstgeschichte, völlig vernachlässigt sei, was aller Wahrscheinlichkeit nach auch daran liege, dass die Kategorie der Zeit, der die Kurzlebigkeit angehöre, für die bildende Kunst kaum eine Rolle spiele, da gehe es um die Gestaltung des Raums, ganz im Gegensatz zu Musik, Theater und Film, die wesentlich zeitliche Abläufe seien. Sie sagt noch einiges mehr. Helen Huld aber folgt nicht ihrem Vortrag, sondern schaut ihr in die Augen und denkt, sie redet zu viel, aber ich glaub, sie ist in Ordnung, da ist kein Arg, und sie hat einen Sinn fürs Archiv. Darf ich mal?, fragt die Bewerberin mit einem aufgeschlagenen Ordner in der Hand und Blick auf den Bildschirm, ich möchte Ihnen zeigen, wie ich arbeite, dann wissen Sie gleich, woran Sie mit mir sind.

Das Tippen der Bewerberin klingt wie ein Maschinengewehr, sie tippt schneller, als sie sprechen kann. Es stellt sich heraus, dass sie auf zwei ganzen Seiten nur einen einzigen Tippfehler macht, den sie sofort korrigiert. Danach, beim prüfenden Lesen, sagt sie an einer Stelle weiter unten im Text, kucken Sie mal, hier fehlt im Original ein Komma, ich will Ihnen nicht zu nahe treten, aber zwei vollständige Sätze, Subjekt Prädikat Objekt verbunden mit und, da muss wirklich ein Komma hin, ich habe es in geschweifte Klammern gesetzt, die kommen ja sonst nicht vor, dann wissen Sie, dass das eine Ergänzung von mir ist, wenn Sie das noch mal lesen, aber Sie können auch gleich mit der Suchfunktion direkt zu den Klammern springen …, und in diesem Augenblick betritt Erich Huld den Raum. Er kommt vom Amt und hat Hunger. Helen Huld stellt vor, mein Mann, Kathrin Meister, und zu Kathrin gewandt, wollen Sie vielleicht zum Abendessen bleiben?

Natürlich will Kathrin. Erich Huld deckt den Tisch, Helen Huld macht die Suppe fertig, und Kathrin Meister, kann ich was helfen?, nachdem sie den Salat anrichten durfte, steht herum, weiß nicht, wohin mit den Händen und redet über den Widerspruch von Kurzlebigkeit und Archivierung. Erich Huld ist amüsiert. Das Mädchen gefällt ihm. Sie hat etwas Frisches und ist jugendlich begeistert. Sie will noch die ganze Welt der Kunst so richtig verstehen und macht sich viele Gedanken, die hin und wieder etwas voreilig und unüberlegt sind. Aber das ist völlig in Ordnung und gehört dazu. Im Übrigen haben es die beiden Hulds ganz gern, dass mal wieder ein »Kind« mit ihnen am Tisch sitzt. Ihre zwei Ältesten sind lange schon, der Dritte seit einem halben Jahr aus dem Haus. Nur die Jüngste lebt noch bei ihnen, nimmt aber fast nie an den Mahlzeiten teil, weil sie ihre Eltern echt anstrengend, voll nervig und mega uncool findet. Beim Essen kommt die Rede selbstverständlich wieder auf das Bismarck-Denkmal.

Sagen Sie mal, fragt Erich Huld, würden Sie auch Recherchearbeit für uns machen?

Ja, natürlich, auf jeden Fall, um was geht es denn?

Es geht um die Erklärung. Ich habe sie mitgebracht, wir können sie gleich nach dem Essen anschauen. Die Täter zitieren aus historischen Texten, nämlich von Hofmann und Garlepp, die Quellenangaben finden Sie bei Volker Plagemann 1986. Ich würde Sie bitten, mir Kopien von den Originalen zu besorgen und den Kontext der Zitate zu prüfen.

Kathrin kann ihr Glück kaum fassen. So ein Traumjob, und dann interessieren die sich auch noch für ihr Bismarck-Referat! Sie wirft ihre frisch gewaschene Lockenpracht mit einem triumphalen Schwung über die Schulter zurück und schießt los, das hab ich alles schon, das kann ich Ihnen mitbringen, ich hab nämlich eine Hausarbeit über das Denkmal geschrieben, alles da, das Seminar war sogar interdisziplinär, Historiker waren auch dabei, und …, und da fällt Kathrin ein, dass das ein Fehler ist. Wenn sie das nicht gesagt hätte, dann hätte sie zum Beispiel nach Altona ins Bismarck-Bad in die Sauna gehen können, die Füße hochlegen, sich entspannen, und hätte nachher mit den Zitaten ankommen und sich die Arbeit bezahlen lassen können. Helen und Erich werfen sich einen Blick zu. Die ist ehrlich. Sie werden sie für die Arbeit entlohnen, schlagen ihr eine Probezeit von zwei Wochen vor und wollen, wenn die gut geht, einen Vertrag machen. Als Kathrin Meister aus dem Haus ist, wiegen sie beide noch einmal bedenkend den Kopf. Der Mitteilungsdrang dieser jungen Frau ist doch anstrengend. Helen wird die Entscheidung treffen müssen, sie wird sie die meiste Zeit um die Ohren haben.

Kathrin Meister macht auf dem Weg zur S-Bahn innerlich Luftsprünge. Das ist der feinste Job, den man als Studentin der Kunstgeschichte kriegen kann. Ordentlich bezahlt, inhaltlich interessant und dann auch noch so nette Leute. Das Beste ist natürlich, dass die sich für ihr Bismarck-Referat interessieren. Endlich mal jemand, der nicht ihr Prof ist und trotzdem kapiert, was sie draufhat und ihre Arbeit würdigt. Das ist ja echt super, dass solche Freaks dem Denkmal diese Kohlmütze übergezogen haben, vielen Dank!, ohne die Kohlmütze hätte sie ihr Bismarck-Referat nicht anbringen können. Aber noch hat sie den Job nicht, sie muss jetzt so schnell, ordentlich und umfassend wie möglich die Arbeit erledigen und damit Eindruck schinden, und überhaupt, in diesen zwei Wochen Probezeit darf nichts schiefgehen. Kathrin Meister kann zwar mit der Einheit gar nichts anfangen, aber für sie fängt die Einheit sehr gut an.

5. KAPITEL.
VORHER DREI.

Es ist Mitte Juni. In Italien hat vor einer Woche die Fußballweltmeisterschaft begonnen. Unterdessen informiert sich Ulrich Held im allgemeinen Vorlesungsverzeichnis der Universität Hamburg darüber, wann sein Vater Vorlesungen hält, damit er seine Mutter besuchen kann, ohne ihn anzutreffen. Er besucht seine Mutter ungefähr drei- oder viermal im Jahr, und er besucht sie immer dann, wenn er weiß, dass der Vater mit Sicherheit nicht zu Hause ist. Das Haus von Ulrichs Eltern ist ein bescheidenes Häuschen mit einem Gärtchen am Leinpfad. Und während nun also der Herr Professor Heinrich Held am Katheder steht und die Elite des Landes wirtschaftlich bildet, damit sie den Umbruch im Osten sinnvoll zu nutzen verstehe, radelt Ulrich Held den Leinpfad hinauf, um seine Mutter zu besuchen. Zu seiner Linken wiegt sich das Wasser im Alsterkanal und spiegelt schaukelnd die Sonne, zur Rechten stehen sehr schöne Häuser, die allesamt überaus gepflegt sind. Ulrich fährt im frischen Schatten alter Bäume dahin. Der Leinpfad ist eine Anwohnerstraße. Die Mutter freut sich wie immer, kocht exzellenten Kaffee, füttert Ulrich mit exzellentem, selbst gebackenem Kuchen, nimm doch noch ein Stück!, und fragt, ob er Geld brauche. Sie sorgt sich grundsätzlich um ihn und leidet außerdem unter dem Zerwürfnis zwischen Vater und Sohn. Wie jedes Mal lehnt Ulrich die Bitte, dem Vater entgegenzukommen, ab und verneint mit einem stummen Kopfschütteln die vorsichtig angedeutete Frage nach einer Frau. Er beruhigt seine Mutter, es gehe ihm gut, Geld brauche er keines, wirklich nicht, Mama, jetzt hör doch auf!, ich hab doch alles, was ich brauche. Und dann, wie immer außer im Winter, stellt Ulrich ihr Fragen zum Garten. Margarete Held bestellt ihren Garten mit Hingabe und in Dankbarkeit für die göttliche Schöpfung. Und wie immer außer im Winter geht Ulrich mit ihr durch den ganzen Garten und lässt sich alles zeigen und hört sich alles über jedes Grashälmchen an. Wenn man das fromme Gedöns abzieht, ist es gar nicht uninteressant, die Mutter versteht wirklich etwas von Pflanzen. Sie zieht vielerlei Kräuter, Obst und Gemüse, die unter ihren wissenden Händen und dem erbetenen Segen prächtig blühen und gedeihen. Selbstverständlich darf, oder soll man sagen »muss« Ulrich immer einiges mitnehmen. Diesmal gibt es Feldsalat, Mangold, Tomaten, Kirschen und Erdbeeren, und alles wird gemeinschaftlich geerntet und in Stofftragetaschen verpackt, die Margarete Held wieder zurückhaben möchte, aber die Ulrich erst beim nächsten Besuch mitbringen wird, um sie gefüllt wieder mit nach Hause zu nehmen. Am Ende, als er sich aufmachen will, fragte er sie noch, du, kann ich mir ein Quittengelee mitnehmen?

Aber natürlich, freut sie sich, nimm doch gleich zwei oder drei Gläser, es ist ja genug da.

Ulrich Held geht in den Keller, packt vier Gläser Quittengelee ein und steigt dann nicht wieder die Treppe hinauf, sondern huscht erst noch den Flur entlang. Auf der rechten Seite steht ein Kellerregal, auf dem ganz oben uralte, löchrige Gummistiefel stehen, und es ist wirklich vollkommen irrational, aber im linken Stiefel verwahren die Helds ihre Ersatzschlüssel fürs Haus. Die angelt Ulrich sich zügig heraus, und dann huscht er zur Treppe zurück, geht nach oben, lobt das Quittengelee, sagt auch, dass er sich vier Gläser genommen habe statt drei, verabschiedet sich mit einem flüchtigen Kuss auf die magere, faltige Wange im Muttergesicht und fährt wieder zurück nach St. Pauli.

Jens Dikupp ist auch nicht faul. Nach Feierabend sitzt er am Schreibtisch und rechnet. Er ist ausnahmsweise allein in der Wohnung. Karl übernachtet bei einem Kindergartenkumpel, und Susanne ist mit einer Freundin in die Frauenkneipe gegangen, wo sie beim Eintreten zwar kurz von den Lesben abgecheckt wird, aber dann ihre Ruhe hat, vor Männern und Fußball und der ganzen Welt und leider auch meistens vor der Bedienung. Zu Hause hat Jens zahlreiche Kopien von Fotos aus Kathrins Unterlagen vor sich ausgebreitet, legt den Zollstock an und rechnet. Es stellt sich heraus, dass der waagrechte Umfang des Kopfes gerundet fünf zwanzig ist. Diese Zahl wird Ulrich zum Nähen brauchen. Auf den Firlefanz mit der Zeltstange kann man jedenfalls verzichten, und auf die Trockenübung in der Werkstatt auch. Jens mit seinen Orang-Utan-Armen könnte ja fast, wenn er vor dem Kopf stehen würde, den Bismarck gleichzeitig an beiden Ohrläppchen ziehen, den Schlingel. Nicht ganz, es fehlt ihm doch auf jeder Seite ein guter halber Meter. Nüchtern betrachtet ist es unvernünftig, zu zweit auf das Denkmal zu gehen. Aber wenn er, auf Bismarcks Schulter stehend, alleine den Sack über den Kopf ziehen würde, dann würde der Sack am Ohr auf der anderen Seite hängen bleiben. Da kommt er wirklich nicht ran, da muss Ulrich mit anfassen. Der soll jetzt mal flott mit dem Stoff in die Puschen kommen, damit man anfangen kann.

Bei Ulrich Held klingelt der Wecker. Ulrich liegt angezogen auf dem Bett, es ist halb zwei Uhr nachts. Er hat sich schon um zehn hingelegt und schläft nur ganz flach. Sofort ist er hellwach, springt aus dem Bett, zieht Turnschuhe an, schnappt sich die Schlüssel, federt die Treppen runter, schwingt sich aufs Rad und fährt zu seinem Laden in die Taubenstraße. Dort hängt er in Windeseile dem Fahrrad einen Fahrradanhänger an, die Kupplung dafür hat er erst vorgestern angebaut. Und dann tritt er mit aller Kraft in die Pedale. Er muss sich beeilen, bald wird es wieder hell. Er nimmt den schnellsten Weg über die Glacischaussee zum Dammtorbahnhof hinunter, die Rothenbaumchaussee schnurgrad hinauf bis zum Klosterstern, der frische nächtliche Fahrtwind kühlt seine Stirn, rechts in die St.-Benedictstraße, und dann ist er fast schon da. Das Fahrrad mit dem Anhänger lässt er unabgeschlossen vor dem Elternhaus stehen. Langsam und vorsichtig schiebt er den Ersatzschlüssel, den er am Abend noch gereinigt, geölt und mit einem trockenen Tuch wieder abgerieben hat, ins Schloss und öffnet die Tür. Er tritt ein und dreht sich um und schließt die Tür so leise es geht und macht alles in einer einzigen fließenden Bewegung. Dann bleibt er kurz stehen und lässt die Augen sich an die Dunkelheit gewöhnen. Er hört seinen Vater schnarchen. Heinrich Held schnarcht gleichmäßig, tief und sehr laut. Ulrich macht sich leicht und schleicht im Dunkeln die Treppe hinauf. Seine Muskeln sind angespannt, kaum berühren die Füße den Boden. Die vierte Stufe übersteigt er, weil sie knarrt. Vor der elterlichen Schlafzimmertür bleibt er stehen und atmet einmal tief durch. Wie kann die Mutter bei so einem Lärm schlafen? Wer sagt, dass sie schläft? Was macht er, wenn jetzt einer aufwacht. Aufwachen gibt's nicht. Weiter. Er macht sich noch leichter, er tritt kaum mehr auf, wie er auf der hölzernen Treppe nach oben auf den Dachboden geht. Ganz langsam lässt er bei jedem Schritt das Gewicht in den Fuß hineinsinken, damit er ihn zur Not sofort zurückziehen kann, weil er bei dieser Treppe nicht mehr weiß, wo es knarrt und wo nicht. Fast ohne Geräusche gelangt er nach oben und öffnet die Tür des Bodens. Und auf dieselbe Art und Weise, aber jetzt noch konzentrierter und angespannter, bewegt er sich hinüber in die gegenüberliegende Ecke des Raums. Dass die Eltern aber auch direkt unter ihm liegen müssen. Das Schnarchen des Vaters dringt gedämpft durch die Fußbodenritzen. Durch die Dachluke fällt schwaches nächtliches Licht herein und wirft ein helles Rechteck auf den Boden. Kisten und Möbel, sehr gute Möbel, die nicht mehr benutzt werden, aufgerollte Teppiche und Kleiderschränke, in denen die Woll- und Pelzmäntel für den Winter hängen, ein Kronleuchter, Stapel von wissenschaftlichen Fachzeitschriften, Batterien leerer Einmachgläser und nicht zuletzt die von Ulrich damals verschmähte und nicht ein einziges Mal angerührte Spielzeugeisenbahn, der sich dann allen Ernstes der Herr Professor mit Inbrunst gewidmet hatte, all dies ist in mäßiger Ordnung im Raum verteilt. Es würde Ulrich ausnehmend gut gefallen, den ganzen Plunder, mit Ausnahme der Einmachgläser, in einem großen Feuer verbrennen zu sehen. Vor ihm aber liegen, des Staubes wegen unter einer Plastikplane, fünfzig unberührte Ballen hochwertigen weißen Baumwollstoffs in verschiedenen Breiten und Qualitäten. Der saarländische Urgroßvater von Ulrichs Mutter hatte eine Baumwollspinnerei betrieben und unter Bismarck einen traumhaften Aufschwung erlebt. Sein Enkel hat sich aber nicht mehr halten können, mit Stahl wäre er besser dran gewesen zu seiner Zeit. Jedenfalls haben die Frauen der Familie, vielleicht auch, weil es für sie günstig war, das Material gehortet und weitervererbt. Die Aussteuer fürs Weißzeug, gewebt aus ihrem »eigenen« Garn. Ulrich fasst verschiedene Stoffe an, reibt sie zwischen Zeigefinger und Daumen und zieht an ihnen in verschiedene Richtungen. Er entscheidet sich für einen der größeren Ballen. Das ist ein solider Stoff von etwa eins sechzig Breite. Er muss so, dass man direkt unter ihm nichts davon hört, eine

Kiste und zwei Stühle zur Seite räumen, damit er ihn herausziehen kann. Er schwitzt. Er zieht den Ballen heraus. Die Ballen, die darüber liegen, sind verdammt schwer, und der Stoff hat Reibung. Nach ein paar kräftigen Rucken und einigem Gezerre hat er ihn in der Hand und stellt ihn hochkant ab. Und jetzt die zwei Stühle und die Kiste lautlos zurück, und dann das Ganze retour mit der Last. Der Ballen ist schwerer, als man denkt. Als Ulrich den Fuß auf die zweite Stufe der obersten Treppe setzt, scheint Licht auf und geht die Badezimmertür. Der Vater schnarcht nach wie vor. Die Mutter geht aufs Klo. Ulrich Held ist froh, dass sie das nicht eine halbe Minute später tut. Er setzt sich auf die Treppe und wartet.

Als die Mutter wieder im Schlafzimmer ist, stellt sich für Ulrich die Frage, wie lang sie zum Einschlafen braucht, ob sie überhaupt einschlafen wird, ob er, falls sie nicht einschläft, unbemerkt das Haus verlassen kann. Wenn man nachts wachliegt, hört man ja alles ganz deutlich, und natürlich kennt sie die Geräusche des Hauses. Er will aber auch möglichst schnell los, je später es wird, umso heller wird es auch, und umso mehr Leute sind auf den Straßen. Er überlegt hin und her und merkt, dass er damit nicht weiterkommt. Er will aufstehen, lässt sich sofort wieder sinken und wartet noch ein bisschen. Er hat überhaupt kein Zeitgefühl mehr. Aber dann geht er los, denn etwas anderes bleibt ihm auch gar nicht übrig. Er strengt sich furchtbar an, so lautlos wie möglich zu sein. Als er kurz vor der Haustüre ist, hört plötzlich das Schnarchen des Vaters auf, und das untere Ende des Stoffballens streift eine auf dem Boden stehende Vase. Die Vase fällt um. Es ist ein Riesenglück, dass die Vase nicht bricht, wenn auch der Aufschlag des Glases auf dem Parkett in Ulrichs Ohren grauenhaft dröhnt. Die Vase liegt auf dem Boden, das Wasser läuft heraus, die Sonnenblumen, mit den Stielen noch in der Vase, liegen in der größer werdenden Lache. Ulrich hält inne. Seine Sinne arbeiten präzise und fokussiert.

Die Gefahr macht, dass er ganz bei sich ist, wie auf dem Hochseil im Zirkus. Er lauscht. Es tut sich nichts. Er stellt die Vase auf. Er rollt etwas Stoff von dem Ballen ab und legt ihn aufs Wasser. Er spürt das Blut in seinen Schläfen pumpen. Die Eltern können durchaus etwas gehört haben, können weiter angestrengt horchen und jeden Augenblick herunter kommen. Er muss mehr Stoff abrollen, das Wasser aufnehmen, den Boden der Vase trocknen, den Stoff wieder notdürftig aufwickeln. Halt, wenn er wirklich unbemerkt bleiben will, muss er Wasser in die Vase nachgießen, sonst lassen die Blumen morgen früh verräterisch die Köpfe hängen. Auf Zehenspitzen geht er mit der Vase in die Küche, gießt Wasser nach und bringt die Vase zurück an ihren Platz. Als er endlich bei seinem Fahrrad ist, schlägt er den Ballen in die Decke ein, die er dafür mitgebracht hat, und dann fährt er los. Der Himmel ist bewölkt, die Dämmerung setzt ein, alles ist voller Zwielicht und grau. Beim Losfahren dreht er sich noch einmal um und schaut zurück. Im Fenster über dem Ginster steht die Mutter. Sie trägt ein helles Nachthemd und winkt. Oder täuscht er sich? Die Fensterscheibe spiegelt, und bei diesem dunklen Dämmerlicht weiß man nicht recht.

Er fährt denselben Weg zurück, den er gekommen ist, und er gibt Gas. Beim Völkerkundemuseum in der Rothenbaumchaussee holt ihn die Angst vor dem Entdecktwerden ein, die er im Elternhaus so vorbildlich gemeistert und gedeckelt hat. Sie überfällt seinen Magen und zieht hoch bis zur Gurgel, verdammt, hat nun die Mutter im Fenster gestanden oder nicht? Dieses Dämmerlicht ist irreführend. Und wenn bloß der Wasserfleck bis morgen trocken ist. Der schnarchende Vater, widerlich, der alte Sack, wieso hat der nicht bis zum Ende durchschnarchen können. Die Treppe zum Boden. Das ganze elende Gerümpel. Dass die Mutter aufs Klo muss. Wäre die bloß eine halbe Minute später gegangen, er wäre ihr direkt in die Arme gelaufen. Wie die sich erschrocken hätte, entsetzlich. Dass sie im Fenster stand, war bestimmt eine Täuschung. Die Vase. Nicht auszudenken. Wie diese ganz billigen Gags im Zirkus, bei denen garantiert alle lachen. Und wie absurd laut der Aufschlag in die Stille krachte. Haben die Eltern wirklich nichts gehört? Er hat den Stoff, das ist die Hauptsache.

Am Millerntorplatz muss er an der Ampel halten. Nicht, dass er wegen einer roten Ampel halten würde, es kommen Autos. Er schaut links runter auf den Verkehr und wartet darauf, dass die Straße frei wird. Er denkt, dass ers gleich hat, er muss nur noch den Ballen in die Wohnung bringen, den Anhänger zurück in den Laden, und dann, da freut er sich riesig drauf, das hat er redlich verdient, wird er sich zu Hause einen Teelöffel nehmen, sich an den Küchentisch setzen, ein Glas …, und in diesem Augenblick spürt er den Schlag. Ein Aufprall. Etwas ist von rechts gegen den Anhänger gestoßen. Er fährt herum. Eine Radfahrerin ist frontal in den Anhänger gefahren, und das, wo er still steht. Ist aber gar nicht so schlimm, sie war schon im Bremsen begriffen, hat kaum noch Tempo draufgehabt, nichts ist passiert. Es ist die Frau mit den Grübchen. Sie hängt über dem Lenker und hat einen leichten Schwips. Sie richtet sich auf und kommt aus dem Lächeln gar nicht mehr raus, ihre Grübchen tanzen Tango. Sie entschuldigt sich und kichert. Ulrich Held ist überfordert. Wieso ausgerechnet jetzt. Kann die nicht zu einer anderen Zeit in ihn reinfahren? Über ihm reißen die Wolken auf und lassen das Blaue durch, vom Osten her wird es heller. Er spricht mit ihr, bei dir alles okay? Sie schaut ihm in die Augen und glaubt, dass bei ihr alles okay ist, und bei ihm? Er will, dass das Gespräch nie aufhört, du sag mal, wir kennen uns doch. Aber das Gespräch muss sofort beendet werden. Sofort! Er ist in konspirativer Mission unterwegs. Was hastn da?, fragt sie arglos und neugierig und zeigt auf den Ballen. Sie ist beschwingt und unternehmungslustig und hüllt Ulrich in eine Wolke aus Wonnegefühl und Verheißung. Das ist zum Verrücktwerden. Jetzt ist er da, dieser seltene, kostbare Augenblick, in dem nichts naheliegender und natürlicher ist, als »Was hältstn du davon, wenn wir jetzt noch …« zu sagen, und dann gemeinsam etwas zu tun, bei dem sich alles wie von selbst ergibt. Aber das geht nicht. Im Anhänger liegt der Ballen, Jens würde ihn lynchen. Ulrich Held bringt kein Wort heraus. Die Frau mit den Grübchen sieht ihn abwartend an, und dann nickt sie und verabschiedet sich mit einem hinreißenden Lächeln, ich fahr dann mal weiter, tschüss, und macht beim »Tschüss« einen Mund wie zum Küssen, und schon ist sie weg. Ulrich Held schlägt mit der geballten Faust auf den Lenker und tut sich dabei weh. Er hat sie nicht einmal nach ihrem Namen gefragt.

Als er endlich alles erledigt hat, setzt er sich sofort an den Küchentisch. Er öffnet ein Glas Quittengelee, sticht mit dem Teelöffel hinein und lässt mit geschlossenen Augen den ersten Mundvoll auf der Zunge zergehen. Das Quittengelee von Margarete Held ist legendär. Ulrich löffelt ein ganzes Glas aus.

Jens Dikupp ist unglücklich darüber, dass Ulrich Held den Sack für die Maske erst eine Woche später macht. Sind doch nur schnurgrade Nähte, da ist doch nichts dabei. Die Einheit kann jetzt schneller kommen, als man kucken kann. Schon wird in der Volkskammer der Antrag auf Beitritt zur Bundesrepublik nach Artikel 23 Grundgesetz gestellt, und der Antrag lautet auf sofort und unverzüglich. Der Antrag wird rundweg abgelehnt, er sei unrealistisch. Aber Jens Dikupp möchte nicht überrascht werden, sondern vorbereitet sein, und er weiß aus seinen Erfahrungen im Tischlerei-Kollektiv, dass man am Ende doch selber bestimmt, was Realität, was realistisch ist, und was nicht. Ulrich Held jedoch bestimmt erst einmal, dass er ausschläft nach seiner nächtlichen

Expedition. Und dann muss er Fahrräder reparieren, die machen das immer noch nicht von selber, und im Sommer läuft das Geschäft naturgemäß am besten. Jetzt steigen auch die Sonntagsfahrradfahrer aufs Rad, denen fällt jetzt plötzlich ein, lass uns doch mit dem Rad durch den alten Elbtunnel rüber ins Alte Land, bei dem Wetter! Vor allem die Frauen stehen Schlange bei ihm wie sonst nie. Sie wollen was zusammen mit dem Fahrrad unternehmen, während die Männer Fußball kucken. Ulrich Held muss also erst einmal schlafen, dann Schläuche flicken, Speichen wechseln, Ritzel austauschen, Schaltaugen einsetzen, Bremsbacken erneuern, Laufräder zentrieren, Dynamos anbringen, Ketten spannen, Schaltungen justieren, Rechnungen stellen, Ersatzteile einkaufen und muss zwischendurch auch noch gewissen Kunden, die ebenso wissbegierig wie begriffsstutzig sind, den Freilauf erklären.

Da kann Jens Dikupp nichts machen. Er ist inzwischen so weit, dass er »Birne« sehr überzeugend zeichnen kann. In den vergangenen Wochen hat er jeden Abend, wenn die anderen endlich im Bett waren und schliefen, am Schreibtisch gesessen und geübt. Es musste ja heimlich geschehen, und das Gesicht von Susanne hätte er nicht sehen mögen, wenn die ihm dabei über die Schulter geschaut hätte, gehst du jetzt unter die Künstler? Immer ist alles gut gegangen, bloß einmal stand plötzlich Karl in der Tür, du, Papa, ich kann nicht schlafen. Jens Dikupp war heilfroh, dass Karl nicht bis zum Schreibtisch rüber kam, sondern in der Tür stehen blieb. Er stand also sofort auf, ging zu seinem Sohn, hockte sich vor ihn hin, strich ihm über den Kopf und sagte, schau mal, wir machen jetzt Folgendes, du legst dich ins Bett, und ich setz mich dazu und erzähl dir eine Geschichte. Wie findest du das?

Eine Geschichte von Papa erzählt, das gabs nicht alle Tage. Karl nahm sofort seinen Vater an der Hand und führte ihn in sein Zimmer, und Jens Dikupp fing an zu erzählen. Er erzählte von dem Jungen, der es über alles liebte, in der Nacht, wenn die anderen schliefen, wach zu sein. Warum liebte der das?, fragte Karl. Jens erklärte, dass der Junge dann das Gefühl hatte, die Nacht gehöre ihm. Niemand konnte ihn zwingen, sein Spielzeug aufzuräumen, kein anderes Kind konnte ihn ärgern, und doch, falls er sich ängstigen würde, könnte er jederzeit die Eltern aufwecken. Außerdem mochte er die nächtliche Stille mit den interessanten kleinen Geräuschen. Deshalb gab sich der Junge die größte Mühe, bloß ja nicht einzuschlafen. Das war allerdings furchtbar schwierig, weil die Eltern ihm immer Gutenachtgeschichten erzählten, und das Problem war, dass diese Geschichten entsetzlich langweilig waren. Auch waren die Eltern nicht sehr gut im Erzählen. In ihren langweiligen Geschichten waren immer langweilige Jungs und langweilige Mädchen und machten andauernd langweilige Sachen und sagten langweilige Sätze, und das war alles so sterbenslangweilig, dass man vor Langeweile einschlief. Und deshalb musste der arme Junge wie verrückt gegen das Einschlafen ankämpfen. Er strengte sich furchtbar an, überhaupt nicht hinzuhören, wenn die Mutter oder der Vater diese grässlich langweiligen Geschichten erzählten. Er sagte sich dann in Gedanken unablässig vor, ich will nicht einschlafen, ich will nicht einschlafen, ich will nicht einschlafen. Und da hörte Jens die gleichmäßigen Atemzüge des Kindes. Er dachte, dass er so etwas eigentlich öfter machen müsse und ging zurück an den Schreibtisch.

Dort hat er Butterbrotpapier auf Kohlkarikaturen gelegt, die er aus Zeitungen ausgeschnitten hat, und ist dann die Linien mit einem weichen Bleistift nachgefahren. Später hat er es freihand versucht. Die ersten Exemplare waren wirklich schlecht. Technische Skizzen, ja gut, die kann er natürlich aus dem Effeff. Eine Karikatur ist freilich etwas ganz anderes. Man muss da etwas treffen. Nun ist zwar die karikaturistische Helmut-Kohl-Ikonographie nach acht Jahren Kanzlerschaft gut entwickelt und ausgereift, und im Grunde braucht es bloß eine Birne mit Brille, damit jeder weiß, wer gemeint ist. Aber nicht jede Birne mit Brille sieht aus wie der Kanzler. Jens Dikupp möchte schon, dass der Kanzler persönlich erkennbar ist. Man stelle sich bloß vor, es prange nachher auf dem Bismarck eine mittelmäßige oder gar schlechte Karikatur. Das sähe aus wie Spaxschrauben in Rosenholzfurnier und kommt nicht in die Tüte. Er hat also ganz stur ein Kohlgesicht nach dem anderen gezeichnet, und allmählich sind sie besser geworden, und er hat gemerkt, worauf es ankommt. Auf dem Stoff wird er mit Bleistift vorzeichnen.

Die Woche nach der Beschaffung des Stoffs für die Maske vergeht wie im Flug. In Italien kickt sich die Mannschaft der Bundesrepublik Deutschland nach vorn; im Osten wird neben vielem anderem über die Modalitäten des Schwangerschaftsabbruchs und ungeklärte Vermögensfragen im Beitrittsgebiet debattiert; in Magdeburg wird Inge Viett verhaftet; durch den alten Elbtunnel fahren Leute mit dem Rad hinüber ins Alte Land; in der Taubenstraße, in seinem Laden, macht Ulrich Held Überstunden. Und dann holt er endlich seine Nähmaschine raus. Sie muss nur ein bisschen geölt werden. Auch er gibt sein Bestes. Ich arbeite immerhin an einem Staatsdenkmal, sagt er sich, da ist Nachlässigkeit bei Gott nicht erlaubt. Zum Beispiel bringt er den Saum, durch den die Schnur zum Festbinden läuft, nicht einfach ganz unten durch Umschlagen des Stoffes an, sondern etwas höher, direkt unter dem Kinn, damit die Form des Denkmals erhalten bleibt und die Kohlmaske nicht verrutschen kann. Er schneidet extra noch einen Streifen aus, appliziert ihn an entsprechender Stelle, und natürlich werden die Kanten sauber vernäht. Nach der Anweisung von Jens bringt er außerdem unten an den Seiten je eine Schlaufe an, die man bequem über das Handgelenk ziehen kann. Am wichtigsten für den ästhetischen Gesamteindruck ist gewiss, dass er eben nicht einfach nur schnurgrade Nähte macht, sondern die oberen Ecken abrundet, und zwar sowohl formgerecht als auch seitengleich. Man stelle sich bloß vor, er hätte die dran gelassen, das sähe ja aus wie ein Gepäckträger mit Korb auf einem Rennrad von Colnago und kommt nicht infrage.

Es ist wirklich erstaunlich, wie ihnen alle möglichen Leute zugearbeitet haben, ohne es zu wissen: der Barkeeper Magister als Stichwortgeber, Kathrin Meister mit ihrem Bismarck-Referat, Ulrichs Mutter mit ihrer baumwollenen Erbschaft, Reiner und Geert mit ihrer Kletterausrüstung. Alles fliegt ihnen zu, sie müssen nur noch die Hände aufhalten, die Dinge zusammenbringen und ihnen dann ihre eigene Wendung geben.

Tags drauf spielt Kamerun gegen Kolumbien. Jeder, der noch einen Funken Anstand im Leib hat, ist in dieser WM für Kamerun. Dass endlich einmal eine Nation von den Verdammten dieser Erde bis in die K.-o.-Runde hinein mitspielen darf, darauf hat man lange warten müssen. Aber jetzt ist es so weit. Es ist ein Samstag. Ab kurz vor Spielbeginn 17.00 Uhr ist die Stadt wie ausgestorben, als ob die Pest wüten würde. Die Straßen sind leer, aber die Fenster sind offen und alle Fernseher an. Hin und wieder hört man vielfaches und doch einstimmiges Stöhnen und Raunen. Jens Dikupps Tischlerei-Kollektiv lässt das Plenum WM-halber ausfallen und hat stattdessen einen Fernseher aufgestellt, aber dann schauen die meisten doch anderswo. Das wird auf dem nächsten Plenum eine Beschwerde geben, dass die Auswärts-Kucker das auch vorher hätten ansagen können, dann hätte nämlich Hans-Jörg sich nicht die Mühe machen müssen, extra mit dem Auto den Fernseher hierher zu schaffen. Zwei Stunden vor dem Spiel jedenfalls treffen sich Jens und Ulrich bei Ulrich in der Ditmar-Koel-Straße, wo Jens endlich die Kohlkarikatur auf den Sack malen darf. Er hat seine beste Zeichnung mitgebracht, auf die er stolz ist, hier, schau mal. Und Ulrich Held ist wirklich beeindruckt, Mensch, Jens, du könntest glatt unter die Künstler gehen.

Danke. Und du unter die Schneider, dein Sack ist echte deutsche Wertarbeit.

Sie breiten ihn flach auf dem Boden aus, legen dick Zeitungspapier zwischen die zwei Stoffschichten und einen großzügigen Rand drumherum, damit nichts auf die Dielen kommt. Jens markiert zuerst mit dem Bleistift ein paar Striche für die Proportionen und lässt die birnenförmige Außenkontur des Gesichts entstehen. Dann klebt er alles außerhalb des Gesichts mit Malerkrepp ab. Ulrich Held sitzt auf dem Boden mit dem Rücken an die Wand gelehnt und schaut Jens Dikupp zu, während er ihm erzählt, was er Neues über Bismarck gelernt hat. Jens fragt ihn, was es eigentlich mit dieser Sozialversicherung auf sich habe, die man ihm so hoch anrechne. Vergiss es, Ulrich Held winkt ab, gabs vorher schon, aber halt privat, nicht staatlich, also nicht kontrollierbar, und außerdem hat das Arschloch die Verbesserung des Arbeiterschutzes verhindert, obwohl alle Parteien des Reichstags das wollten.

Die Farbe aus den Sprühdosen riecht stark nach Verdünnung. Nachdem Jens zum letzten Mal auf den Sprühknopf gedrückt hat, stehen die beiden andächtig schweigend vor dem großen Werk. Das kann sich sehen lassen. Ganz der Kanzler. Es ist sogar noch besser geworden, als die beste Karikatur, die Jens auf einem Stück Papier gestern schon Ulrich gezeigt und heute noch einmal als Vorlage mitgebracht hat. Es ist wirklich tipptopp. Profikarikaturisten machen das auch nicht besser, manche sogar schlechter. Also gut, die Nase ist vielleicht nicht hundertprozentig die Kanzlernase, aber das fällt kaum auf. Die leicht hängende Völle der dicken Backen zum Beispiel wirkt echt und ist überzeugend. Und man fragt sich, wie es Jens Dikupp bloß gelungen ist, den Kanzler so feist grinsen zu lassen. Der Mund ist gekonnt, das kann man anders nicht sagen. Das Beste an der Karikatur sind ohne Zweifel die Augen, in Wahrheit sind sie ein zufälliger Glückstreffer, so gut kann Jens nämlich auch wieder nicht zeichnen. »Ich und meine Freunde, wir werden euch fressen«, sagen diese Augen, und sie schauen in die Welt, als ob das würdig wäre und recht. Die Karikatur ist um ein Vielfaches besser geworden, als man vernünftigerweise hätte hoffen dürfen. Ulrich Held und Jens Dikupp werden richtig high davon, aber das liegt sicher auch an den Ausdünstungen der Farbe. Sie schlagen ein, sie loben und preisen einander und versichern sich, dass man es darunter wirklich nicht gemacht haben würde. Sie stellen sich die Karikatur auf dem Denkmal vor und in der Zeitung, und schließlich entscheiden sie, dass sie jetzt ein Bier verdient haben, oder zwei oder drei, und bis man das geholt hat, ist der Gestank aus dem Zimmer weg, und das Fußballspiel fängt an. Alles super. Könnte nicht besser sein. Jetzt muss nur noch Kamerun gewinnen.

Beim Abpfiff nach neunzig Minuten steht es immer noch null zu null. Es gibt eine Verlängerung. Ulrich Held steht auf, ich hab keine Lust mehr, ich geh spazieren. Kommst du mit?

Wasn jetzt los? Hastse nich mehr alle?

Kannst ja hier bleiben und kucken. Ich geh nur mal kurz um die Häuser.

Da spielt Kamerun im Achtelfinale, und Ulrich geht spazieren, wenn Verlängerung ist. Was der jetzt wieder will. Jens Dikupp hat im Augenblick keine Lust, über Ulrichs spinnerte Einfälle nachzudenken, er will Kamerun gewinnen sehen, sonst nichts. Er muss die Verlängerung alleine kucken, das ist zwar nicht so schön, aber dafür fallen drei Tore, und Kamerun gewinnt, und wirklich allein ist er auch nicht, weil doch alle kucken und das Gejohle durch die offenen Fenster zu ihm hereinkommt. Gleich nachdem die Verlängerung zu Ende ist, ist Ulrich wieder zurück.

Und, wer hat gewonnen?

Kamerun. Wieso bistn du überhaupt weg?

Bisschen frische Luft schnappen.

Ulrich Held ist mit dem Rad gemütlich zur Balduintreppe gefahren, und zwar über die Bernhard-Nocht-Straße. Unterwegs hat er frische Luft geschnappt. Der Treppenabsatz vor dem *Onkel Otto* ist leer gefegt. Immer lungern sonst ein paar Leute auf diesem Treppenabsatz herum, saufen und kiffen und sind faul, worin sich ihre Formen des Widerstands noch lange nicht erschöpfen, aber jetzt sitzen sie alle schön brav vor dem Fernseher. Die Bewohner der Hafenstraße und ihre Freunde sind sehr für Kamerun, obwohl auch Kamerun eine Nation ist und sie ansonsten sehr vehement gegen jede Form von Nationalismus sind. Auf ihren Hausfassaden bekennen sie sich gar zu der Parole, dass die Grenzen nicht zwischen Nationen und Völkern verliefen, sondern zwischen oben und unten. Beim Fußball ist das natürlich etwas ganz anderes, und wer das nicht versteht, dem kann man es auch nicht erklären. In der 105. Spielminute kommt Ulrich Held auf dem Treppenabsatz vor der Kneipe an. Drinnen, die Fenster sind abgedunkelt, leuchtet das Spielfeldgrün. *Onkel Otto* ist rappelvoll und wird gerade eben totenstill. Roger Milla ist am Ball. Die Leute halten die Luft an. Das wird was. Man spürt es. Ulrich Held vor der Tür spürt es auch und nimmt seine Fernbedienung aus der Jackentasche. Man kann gerade noch Roger Milla zum eins zu null gegen Kolumbien ansetzen sehen, aber das eins zu null selbst sieht man nicht mehr, sondern ältere Damen und Kinder beim Basteln mit Filz. Es ist der Regionalsender N3 mit einer liebevoll gemachten Reportage über die »Aktiven Seniorinnen« aus Oersdorf bei Kaltenkirchen, die das Schöne mit dem Nützlichen verbinden, indem sie Kinder von berufstätigen Eltern hüten, damit sich die Kinder nicht auf der Straße herumtreiben, solange die Eltern arbeiten müssen. Was in der Folge im *Onkel Otto* passiert, hat eine gewisse Ähnlichkeit mit dem, was damals auf dem Politischen Aschermittwoch in Passau geschah. Der wichtigste Unterschied jedoch besteht in dem gravierenden Vorteil für Ulrich Held, dass er es von außen steuern kann und dabei von niemandem bemerkt wird. Er kann gemütlich zu seinem Fahrrad oben an der Treppe zurückgehen, kann währenddessen noch einmal frische Luft schnappen, und dann fährt er wieder nach Hause.

Wie jetzt, frische Luft schnappen? Nun sag halt mal an, was los ist.

Ne gewalttätige Auseinandersetzung im *Onkel Otto*, sagt Ulrich Held, nö, nix, keine Faschos, keine Bullen, bloß WM-Patienten.

Wieso haun die sich jetzt, wo Kamerun gewonnen hat? Mann, muss ich dir jedes einzelne Wort aus der Nase ziehen?

Ich weiß es ja auch nicht so genau. Es soll da irgendwie ein technisches Problem gegeben haben, sagt Ulrich Held, nimmt die Fernbedienung aus der Jackentasche, schaltet den Fernseher ab und legt sie obenauf, also da war plötzlich das Spiel weg, und das auch noch genau in dem Moment, als es so aussah, als ob Roger Milla ein Tor schießen würde, und stattdessen war da N3 mit »Aktiven Seniorinnen« oder so, und dann ging's los mit der Keilerei. Ich hab noch jemand schreien gehört, dass das eine Aktion vom Verfassungsschutz sei.

6. KAPITEL.
NACHHER DREI.

Wie stets sitzt auch am 4. Oktober am schönen Leinpfad das Ehepaar Held pünktlich um Viertel nach sieben am Frühstückstisch. Man hatte das Spektakel im Fernsehen verfolgt, denn Herr Held rechnet sich nicht zu den Massen, für die das Volksfest inszeniert worden war. Der Herr Professor überfliegt Überschriften und Artikelanfänge in der Zeitung, die er mit der Linken hält, während er mit der Rechten nach dem Brötchen auf dem Teller tastet. Margarete Held schenkt Kaffee nach. Herr Heinrich Held blättert um, macht tzs, schüttelt den Kopf, blättert weiter.

Was denn?

Oh nichts, ein Dummer-Jungen-Streich, Seite acht, falls es dich interessiert.

Am Abend desselben Tages sitzt die Familie Meister Dikupp in der Küche, und Susanne hält Jens die *taz* hin. Die *taz* bringt ein Foto und die Erklärung im vollen Wortlaut.

Schau mal, hast du das gesehen?

Jens macht auf Nummer sicher. Er lacht und haut mit der Faust in die hohle Hand, schade aber auch, dass ich da nicht drauf gekommen bin, das wär doch was für mich und Ulrich gewesen!

Tja, sagt Susanne, wer zu spät kommt …

Währenddessen haben die Hulds hinter Kathrin Meister die Türe geschlossen, haben die Köpfe bedenkend gewogen (wegen Kathrins überbordenden Mitteilungsdrangs) und widmen sich jetzt dem Fernseher. Erich Huld macht eine Flasche Rotwein auf, und Helen Huld spult die Videokassette zurück. Sie setzen sich aufs Sofa, legen die Beine hoch und schauen *»extra 3: die wahre Wochenschau«*, die gleich mit dem Bismarck eröffnet. Der Beitrag dauert 34 Sekunden. Zunächst sind ein paar wunderschöne Aufnahmen aus der Luft zu sehen, die von niemand anderem als von den Piloten des Hubschraubereinsatzes gemacht worden sein können, und die Erich und Helen dazu veranlassen, den Film anzuhalten, zurückzuspulen, auf Zeitlupe zu stellen und dann jedes Bild noch einmal anzuhalten, um es detailliert zu betrachten. Erich findet es erstaunlich, dass die Proportionen der Karikatur aus der Untersicht besser stimmen als aus der frontalen Draufsicht, und das, wo die Karikatur selbst gar nicht so besonders gelungen ist. Helen glaubt, es könne daran liegen, dass der Zeichner beruflich etwas Technisches mache, für das man räumliches Vorstellungsvermögen benötige. Architektur oder Maschinenbau, vielleicht sei er auch ein Handwerker. Die Hulds wollen aber auch übereinstimmend nicht ausschließen, dass der perspektivische Treffer möglicherweise gar nicht auf Absicht und zeichnerisches Vermögen des Urhebers zurückgehe, sondern bloß dem blanken Zufall geschuldet sein könne. Nach den Bildern aus der Luft zeigt der Bericht den erfolglosen Versuch der Feuerwehr, die Kohlmaske zu entfernen, aber der Hubschraubereinsatz fehlt. Die Täter werden als Künstler bezeichnet, wenn auch bloß als Kletterkünstler und nicht als Karikatur- geschweige denn als Installationskünstler. Ihre Erklärung allerdings wird rundweg verschwiegen, jedoch nicht ihre Unterschrift. Der Namensgeber des Kommandos, so die Erläuterung von *extra 3*, sei bekanntlich auch ein tüchtiger Bergsteiger. Schade, sagt Helen, sie hätten doch einfach die Erklärung vorlesen können, das wäre interessanter gewesen. Vor allem ist Helen irritiert über die Rede vom »verkohlten Bismarck«, von dem sowohl die *Mopo* spricht als auch der Kommentar dieser Sendung. Damit werde eindeutig Kohl zum Mittel und Bismarck zum Opfer des Spotts gemacht, obwohl doch diese Installation genau umgekehrt gemeint sei, es handle sich ja tatsächlich um einen »verbismarckten Kohl«, oder nicht? Auf jeden Fall. Erich glaubt, dass diese Umkehrung ein Zeichen wenig bewusster, aber entgegen allem Anschein doch ungebremst fortdauernder Verehrung für den Reichsgründer sein könne, wie sie dem Kanzler der Einheit nicht zuteilwerde. Nur zum Spaß schlägt er »verkohlen« im Grimm'schen Wörterbuch nach und findet dort unter anderem ein Zitat von Goethe, das als Beispiel für den Gebrauch des Verbs angeführt wird: »und unten krachend, schwer belastet, dumpf gedrückt, verkohlt so vieler menschenjahre werther fleisz.«

Die Hulds schauen sich diese vierunddreißig Sekunden noch ein paar Mal hintereinander an. Immerhin, man hat offensichtlich bei *extra 3* großes Vergnügen an der Installation, wahrscheinlich gibt es deutlich mehr Sympathie für die Denkmalumgestaltung, als sie zunächst vermutet hatten. Erich holt sich die selbstklebenden Etiketten heraus, lässt sich von Helen die Signatur ansagen und beschriftet sowohl die Videokassette als auch ihre Hülle in Schönschrift nicht nur mit der Signatur, sondern auch mit dem Titel der Sendung, dem Namen der Sendeanstalt und dem Datum, obgleich das Datum in der Signatur schon enthalten ist. Als die Flasche Wein zur Neige geht, rufen die Kinder an. Sie melden, teils gelangweilt, teils engagiert, dass in keinem Sender ein Sterbenswörtchen über das Denkmal gefallen sei.

Unterdessen trägt Kathrin Meister ihre inneren Luftsprünge nach Hause, wo sie sich sofort auf ihre Bismarck-Literaturliste stürzt und sich als Erstes den Plagemann schnappt. Das ist die Publikation vom Denkmalamt von 1986. In der Tat finden sich in Plagemanns Aufsatz zum Bismarck-Denkmal beide Zitate der Erklärung, sowohl das von Albert Hofmann, der 1906 geschrieben hatte, dass die Größe der Form die Größe des Inhalts deckt, als auch das von Bruno Garlepp, der 1915 das Volk durch die Verewigung seiner großen Männer auf öffentlichen Plätzen beeinflussen wollte. Aber huch, der Hofmann stimmt ja gar nicht überein! Was ist denn das? In der Erklärung heißt es:

»Die Architekten und die Natur schufen ein Werk, in welchem die Größe der Form die Größe des Inhalts deckt; Kohl erscheint als ›reckenhafter Roland‹.«

Aber Plagemann zitiert Hofmann wie folgt:

»Der Bildhauer Hugo Lederer und der Architekt Emil Schaudt trugen den Sieg davon. Sie schufen ein Werk, in welchem …«

Und der Rest stimmt wieder überein, aber der Satz nach dem Semikolon fehlt. Kathrin holt sich den Hofmann raus und liest noch einmal nach. In seinem Aufsatz schwingt viel von der damaligen Begeisterung zahlreicher Kunstexperten über das Denkmal mit, auch Bürgermeister Mönckeberg war enthusiastisch bei der Sache. Kathrin fällt wieder ein, wie das Seminar vor einem halben Jahr gewesen ist, und wie sich Ulrich bei dem Essen bei Susanne für ihr Referat über das Denkmal interessiert hatte, aber für mehr leider nicht. Sie legt an der Stelle, wo im Ordner der Hofmann abgeheftet ist, einen Zettel ab, auf dem »Hofmann bei Huld« steht, nimmt die Hofmann-Seiten heraus, um sie den Hulds mitzubringen und macht sich Notizen aus der Literaturliste von anderen Veröffentlichungen Hofmanns, die sie nicht in den Unterlagen hat, und in denen sie das Hofmann-Zitat aus der Erklärung suchen muss. Den

Garlepp hat sie leider nicht abgeheftet, aber er steht natürlich auf der Liste, *Bismarck-Denkmal für das deutsche Volk*, und zwar mit dem Kommentar APAP, der Abkürzung für Altpapier. Sie hatte damals in der Bibliothek etwas daraus kopiert und dann zu Hause beim Lesen festgestellt, dass wirklich nichts damit anzufangen war. Das Altpapier von damals ist natürlich längst verbraucht, sie hätte ihn doch abheften sollen.

Am nächsten Morgen sitzt Kathrin Meister also in der Stabi an einem Mikrofilm-Lesegerät und liest drei Stunden lang die *Deutsche Bauzeitung* auf Artikel von Hofmann über Bismarck-Denkmäler rauf und runter. Das ist furchtbar unbequem und entsetzlich anstrengend. Man kann sich an diesen Lesegeräten hinsetzen wie man will, immer verspannt man sich dabei, und für die Augen ist es sowieso eine Tortur. Der vorbeilaufende Text, von dem man Überschriften und Datum erfassen muss, gibt einem das Gefühl, man sei auf einer Autobahn, und wenn man ihn anhält, um zu lesen, ist es immer unscharf, und man muss wieder scharf stellen, und zu allem Überfluss sind diese Mikrofilme in einem ganz schlechten Zustand, sie sind fleckig, sodass das Auge beim Lesen viel ergänzen muss. Außer über eine einzige Artikel-Überschrift, nämlich *Die Auswirkungen von Sauerkraut auf Beton*, hat die arme Kathrin Meister nichts zu lachen. Nach den ermüdenden drei Stunden hat sie nicht das gesuchte Zitat gefunden, sondern einen verspannten Rücken und leichte, aber penetrante Kopfschmerzen. Sie hat bloß gelernt, dass Hofmann das Hamburger Denkmal auch in Artikeln über andere Bismarck-Denkmäler lobend erwähnt, leider aber nicht mit dem gesuchten Satz. Lustlos wirft sie ihre Haare über die Schulter zurück und macht eine Pause. Sie holt sich im Foyer einen Kaffee am Automaten, der natürlich nicht schmeckt, geht aufs Klo, füllt den leer getrunkenen Kaffeebecher mit Wasser und schluckt eine Kopfschmerztablette. Dann geht sie zurück, lässt sich den Garlepp geben und setzt sich mit dem an einen Tisch im Lesesaal im ersten Stock.

Die Stabi ist ein Siebzigerjahrebau mit Betonwänden und dunkelbraunen Holzläufen als Treppengeländer. Studenten und Studentinnen gehen für eine Zigarettenpause hinaus oder kommen von einer Zigarettenpause zurück. Manche tummeln sich zwischen den Bücherregalen und suchen nach Literatur, andere sind an ihren Leseplätzen eingeschlafen, die Arme auf dem Tisch, den Kopf auf den Armen. In der angestrengten Stille des Lesesaals sind aber doch leises Getuschel, Geraschel vom Umblättern in bedeutsamen Büchern, hier ein fallendes Federmäppchen, dort ein Husten, regelmäßiges Räuspern wegen der trockenen Luft und die sich öffnende und schließende Schwingtür zu hören, und alles ist durch die schallschluckende Auslegeware gedämpft.

Bruno Garlepp war von Haus aus studierter Theologe, hatte sich dann bedenkenlos der Schriftstellerei in die Arme geworfen, war mit einigen Abenteuerromanen für die reifere Jugend ans Licht der Öffentlichkeit getreten, und hatte mit patriotisch Erbaulichem auch den erwachsenen Leser angesprochen. Das Werk *Bismarck-Denkmal für das deutsche Volk*, ist nicht bloß ein Buch, es ist ein Foliant, den man seines Alters wegen nur im Lesesaal benutzen darf. Kathrin Meister hat die Jubiläumsausgabe von 1915 (zum 100. Geburtstag Bismarcks) vor sich, die mit ihrer 10 000er Auflage an bereits 100 000 verkaufte Exemplare anknüpft. Das Papier einer einzigen Seite des gewichtigen Folianten ist so dick wie bei normalen Büchern das Papier von drei Seiten zusammen, und davon hat er fünfhundertundsieben. Er ist in einer Frakturschrift gesetzt, bei der jeder einzelne Buchstabe aussieht wie eine gotische Kathedrale, ganz zu schweigen von der monumentalen Wucht und erhabenen Größe der Initialen an den Kapitelanfängen. Er enthält zahllose Abbildungen. Der Text ist grässlich. Das Werk soll, so der Verfasser, ein literarisches Denkmal sein. Kathrin Meister muss sich zwingen dranzubleiben, dauernd wollen ihre Gedanken weg. Dem Garlepp fällt immer noch etwas ein, ein Schlenker, eine Anekdote, ein Zitat aus der Antike, und dann ist da eine Bismarck-Rede untergebracht und dort ein Bismarck'sches Bonmot, und alles, was von Bismarck je ausgegangen ist, war bedeutend genug, um in voller Länge wiedergegeben zu werden. Alle vierhundertundfünf Ehrenbürgerschaften, die ihm hinterhergeworfen worden waren wie sauer Bier, sind einzeln und in alphabetischer Reihenfolge aufgezählt. Bestimmt gab es Lehrer, die das für den Geographieunterricht benutzt haben. Kathrin Meister hat emotionale Schwierigkeiten beim Lesen. Die tiefernste Laudatio auf Bismarcks Hund schließlich, im Volke bekannt, beliebt und verehrt unter dem Namen »Tyras, der Reichshund«, gibt ihr den Rest. Es handelt sich um eine Deutsche Dogge, und zwar nicht um ein bloßes Haustier, sondern vielmehr um eine Kraftnatur, die das Leben eines Kraftmenschen auf Schritt und Tritt begleitete. Wenigstens stimmt das Zitat aus der Erklärung genau mit dem Original überein. Kathrin zieht ein paar Kopien, macht sich Notizen, packt ihre Sachen und geht raus. Ah, das tut gut, frische Luft und Bewegung.

Auch Höllenschmidt darf an die frische Luft. Er muss ermitteln. Die Spurensicherung am Denkmal kann man in der Pfeife rauchen. Die polizeilichen Erkenntnisse über die linke Szene kann man ebenfalls in der Pfeife rauchen. Es gibt da zwar einen gewissen Jens Dikupp, dessen Hobby nach der Aussage eines Informanten das Klettern ist, aber die Zuverlässigkeit des Informanten ist zweifelhaft, und dieser Jens Dikupp hat vor neun Jahren eine Tischlerei gegründet und ist seitdem politisch nicht mehr aktiv, woran man die heilsame Wirkung regelmäßiger Arbeit erkennen kann. Aus dem ist doch noch etwas Anständiges geworden. An seine Söhne darf Höllenschmidt in diesem Zusammenhang gar nicht denken, vielmehr muss er die Anwohner befragen, eine reine Formalität. Unmittelbar am Denkmal ist die Jugendherberge, die Höllenschmidt als Erstes aufsucht. Der Rezeptionist ist dienstfertig und hält Höllenschmidt sofort ein großes Buch mit vorgedruckter Tabelle und handschriftlichen Eintragungen hin, aus denen einwandfrei hervorgeht, dass alle Gäste, die in der fraglichen Nacht registriert waren, bereits wieder abgereist sind. Die Adressen seien ja da, wenn er wolle, könne er mit denen Kontakt aufnehmen.

Und Sie? Haben Sie etwas bemerkt?

Wenn Sie mir erklären können, wie das gehen soll. Sie sehen doch selber, dass man von meinem Standort aus das Denkmal nicht sehen kann, ich kann ja nicht einmal die Auffahrt zu unserem Haus überwachen, und den Fußweg zum Denkmal erst recht nicht! Der Rezeptionist redet mit Höllenschmidt, als ob Höllenschmidt einer von diesen jugendlichen Lausebengeln wäre, mit denen er sich jeden Tag herumstreiten muss.

Reine Routinefrage, sagt Höllenschmidt und ändert den Ton, kommt es vor, dass Sie Ihren Standort während der Arbeitszeit verlassen, wenn ja, warum, wie oft, zu welchen Uhrzeiten und wohin begeben Sie sich dann? Das fragt er aber nur, weil der Rezeptionist so pampig geworden ist. Der Rezeptionist wird sofort wieder zahm. Auf die Toilette gehe er mal, die sei da hinten, dann müsse er auch gelegentlich ein Zimmer abnehmen, obwohl das nicht zu seinem normalen Aufgabenbereich gehöre, und ab und an gehe er zum Rauchen vor die Tür, das sei hier drin nicht gestattet.

Aha.

Wie viel Zigaretten haben Sie in der Tatnacht zu welchen Uhrzeiten geraucht?

Na, so höchstens drei oder vier, die Uhrzeiten müsste ich noch mal überlegen, ich bin kein starker Raucher. Aber leider ist mir dabei überhaupt nichts aufgefallen. Hätte ich das vorher gewusst, dann hätte ich natürlich aufgepasst.

Jugendherberge erledigt. Als Nächstes fragt er im *Hotel Hafen Hamburg* in der Seewartenstraße nach. Man müsste von den Fenstern in den höheren Stockwerken des Turms den denkbar besten Platz gehabt haben, um die Täter bei ihrer Tat zu beobachten, aber auch diese Befragung bleibt erfolglos. Anschließend klingelt sich Höllenschmidt durch ein paar Wohnungen in der Seewartenstraße zwischen Neumayerstraße und Zeughausstraße sowie am Venusberg. Die haben zwar keinen Blick auf das Denkmal, aber wenn die Täter von dieser Seite gekommen oder nach dieser Seite hin abgehauen sind, dann hätte man sie von den Fenstern aus sehen können. Nachdem er den Dritten befragt hat, merkt Höllenschmidt, dass seine Frage recht ungünstig ist. In der Nacht vom 2. auf den 3. Oktober: Klar hat man gerade in dieser Nacht nichts anderes im Sinn gehabt, als mit Opernglas und Apfelsaft am Fenster zu sitzen und die Straße auf auffällige Personen hin zu beobachten. Herr Ohlert zum Beispiel, der Höllenschmidt in Unterhemd und Trainingshose empfängt, will wissen, ob das ein Witz sein solle, verarschen könne er sich selber, er habe jetzt noch einen Kater davon. Höllenschmidt klärt Ohlert über die rechtliche Grundlage der Befragung auf. Ohlert fängt an zu lachen, allerdings nicht wegen der rechtlichen Grundlage. Was ist da passiert? Das hab ich ja noch gar nicht gemerkt. Dolles Ding. Kommen Sie rein, das müssen Sie mir noch mal in Ruhe erzählen, einen Klaren nehmen Sie doch, dann sag ich Ihnen auch alles, was ich gesehen habe.

Der arme Höllenschmidt. Zuletzt muss er sich noch ein paar Wohnungen in der Feldstraße vornehmen. Von denen hat man einen Blick auf das Denkmal wie im Theater vom Rang. Höllenschmidt steht im Treppenhaus vor der Tür mit dem Namen Günüzgünüm. Türkische Mitbürger, denkt er, spricht sich den

Namen ein paar Mal vor und klingelt pflichtbewusst, sind bei Befragungen ganz und gar aussichtslos. Selbst wenn sie seit zwanzig Jahren in Hamburg ein unbescholtenes Leben als Obst- und Gemüsehändler oder als Imbissbudenbetreiber führen, haben die meisten von ihnen eine ebenso tiefe wie unbegründete Angst vor der deutschen Polizei. Das ist Höllenschmidt nicht recht, und er denkt, dass man da einmal etwas unternehmen müsste, damit sich das ändert, zum Beispiel die türkischen Mitbürger am Tag der offenen Tür ganz speziell ansprechen. Die Tür wird geöffnet. Vor ihm steht eine türkische Mutti mit einem Balg auf dem Arm. Frau Günüzgünüm hat ganz offensichtlich überhaupt keine Angst vor der deutschen Polizei, zumindest nicht vor Höllenschmidt. Das ist ihm auch wieder nicht ganz recht, denn wenn der Mensch keine Furcht hat, wird er leicht unverschämt. Er muss sich aber keine Sorgen machen, Frau Günüzgünüm hat nichts weniger im Sinn als unverschämt zu werden, sondern lässt im Gegenteil türkische Gastfreundschaft walten. Höllenschmidt darf noch nicht einmal sein Anliegen in der Tür stehend vortragen. Zuerst muss er hereinkommen, muss sich setzen und muss mit Tee bewirtet werden. Dann kann man reden. Frau Günüzgünüms Deutschkenntnisse sind sehr bruchstückhaft, aber das macht ihr nichts aus, gleich gratuliert sie Höllenschmidt zur Deutschen Einheit, Deutschland jetzt große Familie!

Frau Günüzgünüm, können Sie Deutsch, können Sie mich verstehen?, fragt Höllenschmidt, als ob Frau Günüzgünüm schwerhörig wäre.

Verstehen!, ja!, verstehen!, begeistert sie sich und lässt das Kind auf dem Arm an ihrer Begeisterung teilhaben. Das Kind ist ein etwa anderthalb- bis zweijähriges bildschönes, aufgewecktes Knäblein. Die Mutter redet mit ihm auf Türkisch, strahlt ihn an und zeigt strahlend auf Höllenschmidt. Das Knäblein sieht Höllenschmidt aus seinen großen Kinderaugen an, beginnt herzerwärmend zu lächeln und winkt mit der Hand. Höllenschmidt will es eigentlich nicht, denn er ist im Dienst und muss sachlich bleiben, aber er kann nicht anders und lächelt zurück, und ach, da lächelt der Junge noch lieblicher und nimmt die andere Hand zum Winken dazu. Hier ist Höllenschmidt willkommen. Er beginnt, sein Anliegen in möglichst kurzen, leicht verständlichen Sätzen vorzutragen. Den Tee will er eigentlich nicht anrühren, das ist ihm genau genommen von Amts wegen verboten, aber er spürt deutlich, wenn er nicht zumindest daran nippt, ist das eine grobe Beleidigung für Frau Günüzgünüm, die sie gewiss nicht verdient hat. Er nippt also am Tee. Der Tee ist süß und bitter. Als er das Bismarck-Denkmal erwähnt, sagt Frau Günüzgünüm, schön, schön!, und der Wonneproppen auf dem Arm winkt ihm wieder zu. Die Kohlmaske wird von Frau Günüzgünüm genauso überschwänglich gelobt wie das Denkmal, und Höllenschmidt fragt sich, ob nicht Frau Günüzgünüm grundsätzlich alles, was irgendwie mit Deutschland zu tun hat, rein aus Höflichkeit loben und schön finden würde. Gut möglich, dass auch dies die türkische Gastfreundschaft gebietet. Der Junge auf ihrem Arm ist aber noch zu klein für das Reglement der Gastfreundschaft, er lässt nicht locker und zeigt immer auf Höllenschmidts Kopf. Die Mutter entschuldigt sich, will das Mütze, schönes Mütze. Leider kann auch sie keine Informationen zur Tatnacht beitragen. Die Familie zieht immer, wenn es dunkel wird, die Vorhänge zu und hat also nichts gesehen. Es tut Frau Günüzgünüm von Herzen leid, sie würde ihm zu gern helfen. Als Höllenschmidt aufsteht, fängt der Kleine an zu schreien. Er streckt sich nach der Dienstmütze auf Höllenschmidts Kopf, er sieht die Dienstmütze an, als ob er ohne sie nicht mehr leben könnte. Türkische Gastfreundschaft hin oder her, das kommt nicht infrage, denn der Polizeistern auf der Dienstmütze ist ein Hoheitszeichen,

Verunglimpfung und Missbrauch sind strafbar. Höllenschmidt sieht den Kleinen an und scheitert schon im Ansatz. Eigentlich möchte er ein strenges Polizeigesicht machen, aber das gelingt ihm nicht, kaum kann er ein Lächeln unterdrücken. Immerhin erhebt er den Zeigefinger und sagt, nein, nein, nein! Die Mütze ist der Staat! Wie soll er es denn sonst sagen? Die wissen doch nicht, was ein Hoheitszeichen ist.

Oh, schönes Staat! Wunderschönes Staat!, ruft Frau Günüzgünüm und sieht ihn bittend an, und der Kleine geht in ein Heulen über, in dem alle Wut und aller Schmerz der ganzen Welt enthalten sind. Höllenschmidt wird weich. Rein theoretisch könnte er auf Wiedersehen sagen und gehen, aber in der Praxis kann er es nicht, weil er weich wird. Noch glaubt er, er könne seine Dienstmützenehre verteidigen. Er streicht dem Jungen über den Kopf, um ihn zu trösten, aber der türkische Teufelsbraten fasst mit der einen hilfesuchend die streichelnde Hand, greift mit der anderen in Richtung Dienstmütze und lässt dazu aus großen Kinderaugen schwere Tränen kullern. Höllenschmidt kapituliert. Es sieht ja niemand. Auf der Straße würde er so etwas freilich nicht machen, aber hier drin kann man mal fünfe grade sein lassen. Man ist ja kein Unmensch. Er fasst sich ein Herz und setzt dem Kleinen die Dienstmütze auf. Aber, oh weh, im selben Augenblick schmeißt der Kleine das gute Stück mit seinen Patschhändchen vom Kopf und schreit weiter. Da hat mans, Undank ist der Welten Lohn. Die Dienstmütze (der Staat) liegt auf dem Boden, und die Mutter findet überhaupt nichts dabei. Das kommt, weil sie keine Furcht hat. Im Gegenteil, sie lacht, hebt sie auf und muss dann auch noch die Dienstmütze wie ein Kinderspielzeug vor dem Gesicht des Kleinen hin und her schwenken und dazu noch Duziduzi-Schnuckiputzi-Gebrabbel auf Türkisch machen, und endlich greift der Wonneproppen danach, ach, das gefällt ihm, er strahlt, er lacht wieder, Gott sei Dank.

Nichts zu lachen hat zur Stunde Friedrich Flauser im Denkmalamt. Er ist in einer Besprechung mit dem Amtsleiter. Das Denkmalamt ist in der 1905 erbauten Volksschule Imsted für Knaben und Mädchen untergebracht. Die Flure sind weit und die Räume hoch, und im Treppenhaus sind die Decken gewölbt. Das Gebäude steht in einer kleinen Straße in Barmbek, wo vereinzelte Bäume genossenschaftliche Arbeiterwohnhäuser beschatten, an deren roten Klinkermauern »Aus Spargroschen wurden Ziegel« geschrieben steht. Es ist eine stille Gegend. Erich Huld sitzt im dritten Stock und bespricht sich mit Flauser. Friedrich Flauser ist der stellvertretende Leiter der Abteilung Kunst- und Baudenkmalpflege. Der Abteilungsleiter selbst ist wegen Herz-Kreislauf-Problemen für vier Wochen zur Kur, und die Kur wird wahrscheinlich verlängert. Flauser muss sich in Stellvertretung als Abteilungsleiter bewähren. Abgesehen von der leichten Verstimmung des Amtsleiters, die er, Flauser, durch eine unbedeutende Kompetenzüberschreitung verursacht hatte, macht er seine Sache recht ordentlich. Das Vorkommnis am Denkmal aber brennt ihm unter den Nägeln. Es ist eine Panne in seiner Amtszeit als Abteilungsleiter, eine öffentliche Panne gar. Von Haus aus ist nämlich Flauser zuständig, und an dieser Zuständigkeit ändert auch die Tatsache nichts, dass der Amtsleiter den Vorgang an sich genommen hat. Selbstverständlich kann Flauser hinterher sagen, den Vorgang hat der Amtsleiter persönlich bearbeitet, damit hatte ich nichts zu tun, aber gut steht er damit nicht da. Er spricht den Amtsleiter auf das Vorkommnis an, Herr Dr. Huld, eine Sache noch, er bietet an, behilflich zu sein, aber der Amtsleiter bedankt sich. Schlimm, wie Flauser sich abwimmeln lassen muss, und ausgerechnet in dieser öffentlichen Sache, und überhaupt ist der Amtsleiter so anders als sonst. Der hat so einen Schwung. Flauser ist davon ausgegangen, dass der Fall selbstverständlich längst erledigt sei, am Donnerstag noch, spätestens Freitagmorgen, musste aber zu seinem Entsetzen am gestrigen Sonntag von einem Nachbarn erfahren, dass der Kohl immer noch auf dem Bismarck hängt. Wieso hat keiner im Amt das gesagt? Im Amt hat schon am Freitag niemand mehr darüber gesprochen. Am Donnerstag gab es ein paar Kommentare. Die Hinrichsen von der Verwaltung sagte mit einem Schulterzucken, es sei kein Problem, man brauche bloß einen Kran, und Hartmann von der »Kunst- und Bau« meinte, dass das auch mal ein Thema für eine Magisterarbeit wäre: Nichtamtliche Denkmalumgestaltungen in Vergangenheit und Gegenwart, das habe ja Tradition, man denke nur an den Film von Staudte, und dann wusste niemand, welcher Film von Staudte gemeint war, und einige kannten noch nicht einmal Wolfgang Staudte. Bötticher von der Inventarisation erzählte in der Kaffeepause, dass in Glasgow, wo sein Schwager lebe, irgendjemand jede Nacht dem Duke-of-Wellington-Reiterstandbild einen Absperrkegel, eines von diesen orange-weiß gestreiften Verkehrshütchen, auf den Kopf setze, und dass das Hütchen jeden Morgen von einem Polizisten mit Hilfe einer Leiter heruntergeholt würde. Bötticher habe es nicht glauben wollen, woraufhin der Schwager mit ihm zur entsprechenden Uhrzeit zum Denkmal gegangen sei. Sie hätten dem Polizisten dabei zugeschaut, wie er dieses Verkehrshütchen mit Hilfe einer Leiter vom Kopf des Duke of Wellington heruntergeholt und dabei viermal herzhaft gegähnt habe. Inzwischen lasse man es einfach drauf. Das würde man in Deutschland sicherlich anders regeln. Den würde man sich schnappen und haftbar machen. Flauser jedenfalls würde es so machen, wenn man ihn ließe. Er würde sich persönlich so lange auf die Lauer legen, bis er ihn hätte. Aber man lässt ihn ja nicht, nicht einmal da, wo er wirklich zuständig ist. Was kann er denn machen? Wenn der Amtsleiter ihn nicht lässt, kann er gar nichts machen. Jedem anderen Mitarbeiter hätte er den Vorgang sofort aus der Hand genommen, und jeder andere Mitarbeiter wäre ihm sogar dankbar dafür gewesen. Und dann wäre das eine Sache von maximal fünf Minuten, ein Telefonat, einen Kran zum Denkmal ordern, nachher die Rechnung verbuchen lassen, und die Panne wäre behoben. Aber dem Amtsleiter kann er den Vorgang nicht aus der Hand nehmen, gerade, wo der eben ärgerlich geworden ist. Oder könnte er dem Amtsleiter in dieser Sache Schwierigkeiten machen? Der Amtsleiter hat hier versagt. Schwierigkeiten könnte er ihm machen, ja, aber zu Fall bringen könnte er den Amtsleiter damit nicht, und wenn er ihm jetzt tatsächlich Schwierigkeiten machen würde, dann wird er, Flauser, nie Abteilungsleiter werden, sondern immer in Stellvertretung ausharren müssen. Es bleibt Flauser nichts anderes übrig, als das Brennen unter den Nägeln auszuhalten, indessen der Amtsleiter mit seinem neuen Schwung die Demontage der Kohlmaske in Angriff nimmt.

Das Denkmalamt unterhält Rahmenverträge mit zwei Verleihern von Kränen, Hebebühnen- und Hubfahrzeugen, nämlich erstens mit dem Anwärter auf den Posten des Platzhirschs unter den Hamburger Kran-, Hebebühnen- und Hubfahrzeug-Verleihern, Bernd Ahrens, und zweitens mit Arne Behrens, der keine Anwartschaft auf den Posten des Platzhirschs hält, sondern größenordnungsmäßig bloß in der zweiten oder dritten Liga spielt. Die beiden Unternehmer sind persönlich verfeindet, ihre Väter waren es schon, und sogar ihre Kinder hatten sich in der Schule bekriegt. Zuerst ruft Erich Huld bei Ahrens an, weil Ahrens im Alphabet vorne steht. Der Mitarbeiter am anderen Ende der Leitung stellt ihn gleich durch, und zwar zum Chef persönlich, der auf diesen Anruf gewartet und die Mitarbeiter im Büro entsprechend instruiert hat. Nicht zuletzt aufgrund des Rahmenvertrages ist Herr Ahrens mit seiner Firma so gut im Geschäft, dass er für die nächsten zwei Monate komplett ausgebucht ist. Er könnte neue Kräne,

Hebebühnen und Hubfahrzeuge anschaffen, seine Auftragsbücher sind seit Jahren voll. Wenn er etwas risikobereiter wäre, wenn er auf seine Frau gehört hätte, hätte er längst vergrößert, hätte jetzt eine Maschine übrig und könnte diesen Schietkram wegmachen. Er war aber nicht risikobereit, und er hat nicht auf seine Frau gehört, und darum muss er sich jetzt ärgern, dass er den Schietkram nicht wegmachen kann, sondern ertragen muss:

Herr Dr. Huld, ich will es Ihnen ganz offen sagen, in dieser Angelegenheit hätte ich einen Sonderpreis gemacht, und zwar mit Vergnügen, Sie verstehen, es wäre mir eine Ehre gewesen. Aber woher nehmen, wenn nicht stehlen? Sehen Sie, wir verfügen über sieben Pabs, die hoch genug sind, wie bitte? ach so, Personen-Arbeits-Bühne, wissen Sie, mit Teleskop und Gelenkarm, anders kommt man an den Bismarck nicht ran, die sind im Einsatz zum Beispiel in der Universität am Philosophenturm, an der Neuen Flora oder in Bahrenfeld. So. Und jetzt habe ich am Freitagmorgen eine Pab-Anfrage gekriegt, habe herumtelefonieren lassen, und keiner hat eine solche Pab frei gehabt. So etwas ist mir in meinem ganzen Arbeitsleben noch nicht untergekommen, dass keiner die Maschine frei hat, die man braucht. Zwanzig Meter Höhe wäre überhaupt kein Problem, von denen hat man immer ein paar rumstehen. Aber fünfunddreißig, ich kann noch nicht einmal Ihren Auftrag annehmen und weiterverkaufen. Dann habe ich natürlich sofort eruiert, ob eine von meinen eigenen abkömmlich ist. Aber Sie können sich ja vorstellen, wie …

Erich Huld kann es sich vorstellen und hat großes Verständnis dafür, dass weder die Universität noch die Neue Flora noch der Kunde in Bahrenfeld bereit sind, ihre Bauarbeiten durch die Herausgabe der Pab verzögern zu lassen. Er lässt Herrn Ahrens reden, er hört ihm geduldig zu und macht sich währenddessen Notizen von Ahrens' Sermon. Es sei ja keine Frage der Weltanschauung, sagt Ahrens, man könne über den Kanzler denken wie man wolle, aber er sei immerhin der Kanzler, und man habe die Pflicht, wenn man sich schon zum Kritisieren aufwerfe, die Kritik auf eine sinnvolle Weise konstruktiv einzubringen, und dieses Lumpengesindel sei sich offenbar nicht bewusst, auf wessen Schultern es historisch sitze und unter wessen Tisch es seine ungewaschenen Füße strecke. Erich Huld fühlt sich versucht, Herrn Ahrens zu fragen, wie er das meine, aber er hält sich zurück. Er befürchtet zu Recht, sich damit bei Ahrens verdächtig zu machen, und Ahrens ist ein gesprächiger Mensch und kennt viele einflussreiche Leute in der Stadt. Es ist auch fraglich, ob Ahrens diesen Gedanken überhaupt erklären könnte. Am Ende betont er noch einmal, dass er das aus Überzeugung für so gut wie umsonst gemacht haben würde, wenn er nur hätte können, und empfiehlt sich. Erich Huld legt auf. Er vervollständigt seine Gesprächsnotizen fürs Archiv, steckt den Zettel gleich in die Hosentasche und wählt die Nummer von Behrens. Er lässt nicht etwa die Sekretärin anrufen, dafür ist die Angelegenheit viel zu wichtig. Den Behrens wird der Ahrens natürlich nicht gefragt haben. Arne Behrens ist gleich selbst am Apparat, weil die Schwangerschaftsvertretung sich das Bein gebrochen hat, und die Sekretärin auf einer Beerdigung ist.

BehrensKräneHebebühnenHubfahrzeugeBaumaschinenVerleihundLogistik, Arne Behrens, was kann ich für Sie tun?

Huld, Denkmalamt. Tach, Herr Behrens, es geht um das Bismarck-Denkmal.

Herr Huld, ja, das Bismarck-Denkmal, sagt Herr Behrens in einem Ton, als gelte es, das Wasser der Elbe zum Stillstand zu bringen, ich gehe wohl recht in der Annahme, dass es eilt, näch, ich habe ja schon in der Zeitung von den zwei gescheiterten Versuchen gelesen.

Sie gehen recht, Herr Behrens, es ist schon der sechste Tag.

Ahrens ist übrigens ausgebucht. Das sagt Erich Huld nur, damit Behrens weiß, dass er Zeit hat, falls er mitspielen will.

Passen Sie auf, Herr Huld, antwortet Behrens mit seiner schönen Bassstimme, wir kriegen das hin. Die Pab, das heißt die Personen-Arbeits-Bühne, die wir dafür brauchen, kommt morgen, Dienstag, 9. Oktober, 18 Uhr vom Berliner Tor zurück und steht dann erst wieder am Freitag, 12. Oktober, voraussichtlich 16 Uhr zur Verfügung. Und jetzt haben wir folgende Möglichkeiten und müssen sorgfältig abwägen. Erstens: Wir machen das am Freitag ab 16 Uhr, dann ist alles in Ordnung, außer, dass wir bis Freitag warten müssen, was niemand will. Zweitens: Wir machen das morgen 18 Uhr. Das bedeutet, dass es etwas teurer wird, Überstundenzuschlag, womit man sicher leben kann, aber nun haben wir ja in Deutschland die besten Sicherheitsvorschriften weltweit, und daher auch die wenigsten Unfälle, und ich bin gesetzlich verpflichtet, die Maschine morgen nach dem Einsatz am Berliner Tor erst inspizieren zu lassen, bevor ich sie wieder rausgeben darf.

Aha.

Wenn ich mich daran halte, geht es eben erst am Freitag. Wenn es morgen sein soll, dann müssten Sie mir eine Ausnahmegenehmigung erwirken, wenn das in der Kürze der Zeit machbar ist. Oder Sie müssten den Verstoß gegen die Sicherheitsvorschriften auf Ihre Kappe nehmen.

Hm.

Ich will mal so sagen, Unfälle mit der Pab kommen so gut wie nicht vor, eben wegen der Sicherheitsvorschriften, aber ich möchte Ihnen nicht verhehlen, dass ich gerade eben, unmittelbar bevor Sie angerufen haben, mit dem Bediener gesprochen habe, der zurzeit mit ihr arbeitet. Und der sagte, sie macht so ein seltsames Geräusch, ein Geräusch, das sie noch nie gemacht hat, er kann es nicht identifizieren, es kommt unregelmäßig, wissen Sie, es klingt so ähnlich wie Metall auf Metall, bloß ein bisschen dumpfer, aber funktionieren tut vorerst noch alles einwandfrei.

Schweren Herzens einigt man sich auf Freitag, den 12. Oktober, 16 Uhr, und abermals vervollständigt Erich Huld die Gesprächsnotizen fürs Archiv. Im Grunde müsste er jetzt das Branchenbuch zur Hand nehmen beziehungsweise, wenn alles mit rechten Dingen zuginge, die Sekretärin dazu auffordern, und dann müsste man alle Hamburger Pab-Profis durchtelefonieren und würde nach ein paar vergeblichen Telefonaten garantiert eine kriegen. Es geht aber nicht mit rechten Dingen zu, sondern Erich Huld zieht es vor, die Aussagen von Ahrens und Behrens in Bezug auf die Verfügbarkeit einer Pab mit 35 Metern Höhe ungeprüft für richtig zu halten. Ahrens hat sowieso nicht gelogen, aber Behrens ist nicht der Einzige, den Ahrens nicht anruft. Und auch Behrens ruft nicht alle an, die es gibt. Es ist im Übrigen zu wenig Geld im Spiel. Ginge es um einen vier- oder gar fünfstelligen Betrag, hätte man sofort einen, der es sofort erledigen würde, aber für die schlappen fünfhundert Krötchen, die bei so einem Einsatz rumkommen, legen sich Leute nicht krumm, die mit Maschinen im Wert von Hunderttausenden hantieren, und die, wenn sie so eine Maschine für eine Woche verleihen, schon das Zehnfache dessen einnehmen, was sie für das Runterholen der Kohlmaske verlangen können. Erich Huld freut sich darauf, wie er heute Abend Helen von Behrens' herrlichem Geräusch an der Pab erzählen kann, da klingelt das Telefon. Es ist ein ungewöhnlicher Anrufer, nämlich der Bürgermeister selbst. Der Bürgermeister ist etwas zu freundlich, als dass man ihm seine Freundlichkeit glauben könnte. Er fragt Erich Huld, wie es ihm gehe, und kommt dann recht schnell zur Sache. Erich Huld möge, angesichts dessen, wie man ihm, dem Leiter des Denkmalamtes, den Verbleib der Karikatur auf dem Denkmal zwangsläufig auslegen müsse, angesichts dessen möge er die Bereinigung des Bismarck-Denkmals zur ersten Priorität machen.

Aber sie ist es doch!, sagt Erich Huld und täuscht Empörung vor, es ist im Grunde genommen ein Skandal, dass ad hoc keine Pab zu haben ist!

Und nun muss Erich Huld dem Bürgermeister erklären, was eine Pab und warum keine zu haben ist.

Es wird gebaut und saniert wie verrückt. Zum Beispiel hat Ahrens eine am Philosophenturm stehen, da ist die Regenrinne kaputt, das Wasser ist schon im Mauerwerk, die Fassade …

Dann müssen die Philosophen eben einen halben Tag länger auf die Reparatur ihrer Regenrinne warten.

Ja, sehen Sie, genau das war das Erste, was Ahrens und ich auch gesagt haben, aber die Philosophen haben es anders gesehen und …

Es wäre mir neu, dass die Philosophen sich dazu herabließen, ihre Gebäude eigenhändig zu betreuen, Sie meinen die Hausverwaltung?

Wieso sagt der Bürgermeister das jetzt?

Natürlich, die Hausverwaltung, selbstverständlich, verzeihen Sie meine Nachlässigkeit. Die Hausverwaltung jedenfalls beruft sich auf ihren Vertrag mit Ahrens, der im Kleingedruckten exakt die Bedingungen auflistet, unter denen sich Ahrens die Pab vor Ablauf der vereinbarten Mietzeit zurückholen darf, aber keine der Bedingungen lässt sich auf die aktuelle Situation hinbiegen, da ist von Zahlungsunfähigkeit, Naturkatastrophen und Notständen die Rede.

Der Bürgermeister ist nicht in der Stimmung, sich in dieser Angelegenheit über das Kleingedruckte in den Verträgen von Pabverleihern zu unterhalten und weist deshalb Erich Huld noch einmal in aller Güte darauf hin, was jetzt seine Aufgabe ist. Dann legt er auf.

7. KAPITEL.
VORHER VIER.

Es ist August, es ist heiß. Ulrich Held und Jens Dikupp sind angespannt und sitzen in den Startlöchern. Bald ist es so weit. Sie sind nicht die Einzigen, die angespannt sind. Deutschland fiebert. Auch der Kanzler und der Ministerpräsident sind vorbildlich angespannt. Es ist ein deutsches August-Gefühl, dass man angespannt ist und glaubt, es müsse etwas passieren, weil es so nicht mehr weitergehe. Die Gründe der Anspannung mögen bei den Einzelnen verschiedene sein, aber für alle ist nur noch die Frage: wann? Inzwischen hört man jeden Tag etwas anderes über den Termin des bevorstehenden historischen Ereignisses. Ein Hin und Her und Hü und Hott ohnegleichen, das ein Symptom dieser Anspannung ist. De Maizière fährt Kohl in den Urlaub an den Wolfgangsee nach. Im Zenit der deutschen August-Anspannung, als es, so wie es ist, wirklich nicht mehr weiter geht, rattern an einem einzigen Tag alle paar Minuten neue Beitrittsnachrichten durch den Ticker, die sich alle widersprechen.

Zu diesem Zeitpunkt sind Jens Dikupp und Ulrich Held bereits seit einer Woche startklar. Alles ist da. Kohlmaske, Kletterausrüstungen, Drachenschnur, Jonglierball, graue Arbeitsoveralls, und Jens hat eine Zwille gebaut, die ebenso formschön wie funktional ist, und an der man unten noch einen Riegel im rechten Winkel ausklappen und mit zwei Klettverschlüssen am Arm befestigen kann. So hat man einen besseren Halt. Wenns jetzt nicht bald losgeht und Jens nicht daran gehindert wird, weiter an der Zwille rumzufeilen, dann wird er bald ein Patent darauf anmelden können. Er hat außerdem Ulrich gezeigt, wie man mit Seil, Gurt, Steigklemmen, Karabinern und Abseilgeräten umgeht. Zum Beispiel musste Ulrich üben, den in der Materialschlaufe des Gurts hängenden Schraubkarabiner blind, einhändig und in Nullkommanichts zu öffnen, aus der Materialschlaufe zu nehmen und in die Sicherungsschlaufe einzuhängen, oder etwa die Steigklemme ins Seil zu hängen und wieder herauszunehmen. Das ist alles gar nicht schwer, aber wenn man es bei Dunkelheit eilig hat, dann sollte man damit vollkommen vertraut sein. Jens Dikupp hat kurzerhand bei Ulrich in der Werkstatt einen stärkeren Haken in die Wand unter der Decke gedübelt und das Seil daran befestigt, damit Ulrich all diese Handgriffe gleich im Seil sitzend üben kann, weil das für Anfänger doch etwas ziemlich anderes ist, als wenn man mit beiden Beinen auf dem Boden steht. Es ist günstig, dass Ulrichs Ladenräume eine Höhe von drei Meter achtzig haben, eine Höhe, über die er der Heizkosten wegen schon viel geflucht hat, aber jetzt hat er sie nutzen können, um auch gleich zu üben, wie man mit Hilfe von zwei Steigklemmen hochsteigt. Auch das ist wirklich simpel, aber auch dabei empfiehlt es sich, dass man, wenns drauf ankommt, nicht zum ersten Mal dabei ist. Ulrich Held hat brav geübt, und ihm ist ganz wehmütig dabei geworden, weil es eine Brise Zirkusluft war. Und dann ist Jens Dikupp x-mal den genauen und detailliert durchdachten Ablauf mit ihm durchgegangen, und zwar trocken, bei Ulrich in der Werkstatt, bis sie ihn auswendig intus hatten. Die ganze Aktion muss vom ersten bis zum letzten Handgriff wie am Schnürchen laufen, anders geht es nicht. Jens hat sich für eine Variante mit nicht vorschriftsmäßiger Sicherung und minimalem Zeitaufwand entschieden. Er hat sehr sorgfältig abgewägt und hält dies für die beste Lösung. Selbstverständlich hat er Ulrich genau über alles aufgeklärt, und Ulrich hat zugestimmt. Zum Beispiel werden sie im Seil an einer Steigklemme hängen. Eine Steigklemme ist aber kein Sicherungsgerät und nicht für Stürze gebaut. Wenn man in eine Steigklemme fällt, kann es passieren, dass der Mantel des Seils bricht. Der Kern des Seils ist dann noch heil, aber man sollte zusehen, dass man runter kommt. Allerdings ist die ganze Sache so überschau- und planbar, dass es keinen Grund für einen Absturz gibt. Jens ist sich sicher, dass er das so verantworten kann. Und nun sind also Ablauf und Technik theoretisch in trockenen Tüchern und sollen sich jetzt in der Praxis bewähren. Jedoch ist das Probeturnen in der Zwischenzeit in einer harten, aber fairen Auseinandersetzung noch einmal zur Disposition gestellt worden. Bei immer schwächer werdenden Argumenten fürs Probeturnen errang, wenig überraschend, die Lust aufs Klettern und Sich-dabei-nicht-erwischen-Lassen am Ende einen triumphalen Sieg. Jens Dikupp und Ulrich Held würden es nie so formulieren, aber die Wahrheit ist, dass man auch mal unvernünftig sein muss, weil man sonst nie zu was kommt. Und als am Tag, nachdem die Ticker von den Beitrittsnachrichten heiß gelaufen sind, als am 23. August die DDR ihren Beitritt zur BRD mit Wirkung vom 3. Oktober 1990 erklärte, machten die beiden sofort einen Termin. Pass auf, wir machen das am Wochenende. Dann haben wir gleich die richtigen Bedingungen. Halligalli auf der Reeperbahn, nächster Tag Feiertag. Sagen wir Samstagnacht, sagen wir vier Uhr.

In der Nacht vom Samstag auf den Sonntag verlässt Ulrich Held um 3.56 Uhr seine Wohnung. Vorher ist er noch aufs Klo gegangen. Das macht er immer, wenn er möglicherweise flüchten muss, weil es sich mit voller Blase so schlecht rennen lässt. Er trägt den grauen Arbeitsoverall, Turnschuhe, dünne Handschuhe und hat den Klettergurt schon angelegt. Das ist zwar verräterisch, spart aber Zeit am Denkmal. Er fährt mit dem Fahrrad über den Venusberg und kommt um Punkt 4 Uhr an. Jens ist schon da. Jens kommt immer fünf Minuten früher, damit er auch dann pünktlich ist, wenn auf dem Weg noch etwas dazwischenkommt, und außerdem kann er, weil ja doch nie etwas dazwischenkommt, die Lage sondieren, bevor es losgeht. Das größte Samstag-Nacht-Halligalli auf der Reeperbahn ist vorbei, aber immer noch ist einiges Volk in Sachen Amüsemang unterwegs. Die Nacht ist kühl, die Arbeitsoveralls sind überhaupt nicht zu warm. Der Himmel ist teilweise bewölkt, der Mond nicht zu sehen. Am Denkmal selbst ist keine Menschenseele. Jens und Ulrich schlagen wortlos ein und gehen über die Treppe auf die obere Terrasse des Plateaus. In Bismarcks Rücken klettert Jens auf den Sockel hinauf, wofür er nicht mehr als zwanzig Sekunden braucht, und reicht Ulrich das Seil hin. Sie reden kein Wort. Jens geht nach vorne, schnallt sich seine patentfähige Zwille an den Arm, legt den Jonglierball locker ins Gummi, zielt auf einen Punkt etwas über Bismarcks linker Schulter, spannt das Gummi, zielt noch einmal, lässt den Jonglierball los, hält die Luft an. Der Jonglierball fliegt eine vorschriftsmäßige, bilderbuchartige Parabel, deren Scheitelpunkt neben Bismarcks linkem Ohr liegt. Jens kommt der Flug endlos vor. Ulrich Held, immer noch in Bismarcks Rücken, sieht seinen alten Jonglierball über die Schulter fliegen und sofort in den Schatten eintauchen, verliert ihn einen Augenblick aus den Augen, sieht ihn wieder, rennt ihm entgegen, stolpert dabei, fängt sich im Laufen, kommt unter dem Ball zum Stehen, greift ihn aus der Luft und zieht dreimal kurz hintereinander an der Schnur. Daraufhin atmet Jens wieder und verknotet das Ende der Drachenschnur mit dem Ende des Kletterseils. Ein Martinshorn heult auf, ganz nah, beim Hafenkrankenhaus, und entfernt sich. Ulrich holt die Schnur ein, und so wandert vorne das Kletterseil, von Jens nachgegeben, zu Bismarcks linker Schulter hinauf. Jens schwingt das Kletterseil über die rechte Schulter, und Ulrich führt die Schnur durch den Schraubkarabiner, den Jens in die Mitte des Seils geknotet hat, und dann ziehen sie daran und ziehen, bis sich die Schlinge um Bismarcks Hals zuzieht. Sie sind so sehr bei der Sache, dass sie das Plätschern am Fuße des Sockels nicht hören. Es ist der sternhagelvolle Herr Ohlert auf dem Heimweg in den Venusberg, der eben mal austreten muss, sich am nächsten Tag an gar nichts wird erinnern können und im Oktober von Polizeimeister Höllenschmidt ergebnislos befragt werden wird. Ulrich beginnt mit dem Aufstieg, Jens folgt. Ulrich hat mit der Rechten in die obere Steigklemme gegriffen, in deren Trittschlaufe sein rechter Fuß steht, und mit der Linken in die untere Steigklemme, an der sein Gurt hängt. Im Gurt sitzend, schiebt er die obere Steigklemme hoch, sodass sein rechtes Bein angewinkelt wird, steht dann in der Trittschlaufe auf, schiebt die untere Steigklemme nach, setzt sich in den Gurt, schiebt wieder die obere Steigklemme hoch, steht wieder in der Trittschlaufe auf, und immer so weiter. Es ist ein gewaltiger Kraftakt, sich senkrecht nach oben zu ziehen. Die Arbeitsoveralls sind jetzt doch zu warm. Ulrich und Jens schwitzen. Der Schweiß steht ihnen auf der Stirn und läuft an den Schläfen hinunter. Erste Klemme hochschieben, aufstehen, zweite Klemme hochschieben, in den Gurt setzen, erste Klemme hochschieben, aufstehen, zweite Klemme hochschieben. Gleichmäßig, Zug um Zug, klimmen und stemmen sie sich nach oben. Immer noch haben sie kein Wort gesprochen. Zwanzig Meter müssen sie so zurücklegen. Jens Dikupp denkt nicht ans Erwischtwerden, weil Ulrich dabei ist, aber er denkt durchaus daran, dass er keine Zeit zu verlieren hat und am besten unsichtbar wäre. Ulrich Held lässt die körperliche Anstrengung an nichts anderes denken. Oben packt er Bismarck am Kragen, hebt das linke Bein seitlich auf die Schulter, zieht sich hoch, ruckt sich nach, richtet sich auf, sitzt auf der Schulter. Puh! Aber einen tollen Blick hat man hier. Die Elbe, ein schwarz glänzendes, fließendes Band, südlich davon die beleuchtete Werft, auf der rund um die Uhr gearbeitet wird, die Straßenlampen von Waltershof, vom Petroliumhafen, von Finkenwerder. Diesseits die Reeperbahn, eine glitzernde Leuchtschnur. Und jetzt kann man sehen, dass Bismarcks blöder Blick genau und gerade mittig zwischen Reeperbahn und Elbe geht. Tatsächlich aber blickt Bismarck nirgendwo hin, sein Blick ist hohl und leer, als ob er unter Drogen stünde. Hugo Lederer hat ihm römische Cäsaren-Augen geschaffen, säuberlich präzise heraus gehauene Augenlider, die säuberlich präzise heraus gehauene Augäpfel umgeben, aber die Augäpfel haben keine Pupillen, sind blank und leer.

Jens ist aus dem Seil auf die rechte Schulter gekommen. Er hat sich gar nicht erst hingesetzt, sondern hat gleich die Füße angezogen und ist aus der Hocke heraus aufgestanden. Zwar hat dieses bloße Hochklimmen im Seil mit dem, was Jens unter Klettern versteht, nicht viel zu tun. Aber dennoch ist dieser Augenblick da, für den er es eigentlich macht. Ein flüchtiges Glücksgefühl, ein skeptisches High, eine brunnentiefe Zufriedenheit für den Bruchteil einer Sekunde, von deren Erinnerung man später noch zehren wird. Wieso hat eigentlich Jens Dikupp Ulrich nie zum Klettern mitgenommen, dass man das gemeinsam erleben kann? Weil Ulrich einmal gesagt hat, dass ihn das nicht so sehr interessiere, und Jens danach nicht mehr gefragt hat. Seis drum. Jetzt haben sies ja, und zwar auf dem Bismarck. Hinter seinen Ohren wächst Moos. Sie stehen beide auf dem Mantelkragen und halten die Schlinge, die sie ihm anstatt der Kohlmaske versuchsweise überziehen.

Alles klar?

Jau!

Sie holen aus zu einem großen Kreis mit ausgestrecktem Arm. Verbunden durch das Seil an den Händen, malen sie, synchron wie im Wasserballett, den Kreis in die Luft. Sie heben es um den Hinterkopf, führen es über die Glatze und senken es vorm Gesicht bis unters Kinn, heben es vor dem Gesicht wieder zurück, führen es über die Glatze und senken es am Hinterkopf wieder ab. Ulrich würde gerne noch ein bisschen bleiben. Es gefällt ihm ausnehmend gut, mit Jens zusammen den Bismarck bewältigt zu haben. Anders als bei der Hochseilnummer am Ende seiner Zirkuszeit, als er den Sturz vorgetäuscht hatte, ist er hier sogar gesichert, wenn auch nicht ganz vorschriftsmäßig, und bequem setzen kann man sich auch noch.

Jens?

Ja?

Ich brauch noch 'n Augenblick.

Hastn Problem?

Nö, is so schön hier.

Jens weiß nicht, was er sagen soll, und schweigt. Er müsste sagen, dass Ulrich nicht mehr alle Tassen im Schrank hat. Nein, das wäre nicht gut in dieser Situation. Er müsste ganz ruhig so etwas sagen wie, pass auf, wir machen es jetzt genau so, wie wir es besprochen haben, und müsste ihm die nächsten Handgriffe nennen. Aber er sagt es nicht, sondern schweigt. Und dann fragt er, willst du nicht mal mit mir klettern gehen?

Ulrich ist dankbar, dass Jens nicht sagt, Alter, hast du noch alle Tassen im Schrank, oder, pass auf, wir machen das jetzt genau wie besprochen. Er schindet noch einen extra Augenblick zum Genießen, und dann sagt er, coole Aussicht hier.

Klar.

Und du meinst, wir sollen mal klettern gehen.

Also, ich fahr nächstes Frühjahr wieder in die Pyrenäen. Überleg halt mal, ob du mitkommen willst.

Mit Jens klettern gehen, ja, das ist gut. Aus eigener Kraft wo hinaufkommen, wo dieser ganze Dreck nicht hinkommen kann, die Steuererklärung, die Einheit, die Reklame von Bushaltestellen und Häuserfassaden. Vor allem aber, dass man aus eigener Kraft hinaufkommt, senkrechte Wände hinauf, das ist es, dass man nämlich, was einen hindert, durchaus überwinden kann.

Klingt gut.

Müsste dir vorher noch ein paar Sachen zeigen, und wir müssten passende Routen aussuchen.

Am Millerntordamm hat es gekracht. Ein Auffahrunfall. Trunkenheit am Steuer. Geschrei. Warndreieck raus. Man kann es von Bismarcks Schultern aus wegen der Bäume nicht sehen, aber hören, und inzwischen steht auch ein Blaulicht da und funkelt durch die Bäume hindurch.

Ist doch ideal, meint Ulrich, da glotzen jetzt alle hin, und wir gehen solang in aller Ruhe nach Hause.

Er macht es wie besprochen und lässt sich runter. Die Beine leicht gespreizt, die Füße gegen Bismarcks Mantel, saust er dem Sockel entgegen, lässt sich fallen, indem er Seil nachgibt, bremst ab, lässt sich weiter fallen, ein paar Mal, setzt auf dem Sockel auf, bindet sich ruck, zuck aus dem Seil, wartet, bis auch Jens Boden unter den Füßen und sich ausgebunden hat, zieht das Seil vom Denkmal ab, und dann runter vom Sockel und tschüss.

Sie fahren zügig, aber nicht hektisch zu Ulrich nach Hause, während auf dem Millerntordamm Polizeimeister Höllenschmidt die Personalien des betrunkenen Unfallverursachers aufnimmt. Mannomann, ist das glattgelaufen. Wie geölt. Reibungslos. Das war die perfekte Show. Alles eins nach dem andern und immer auf

Anhieb. Sie haben es voll drauf. Sie haben es gut geplant, gekonnt durchgeführt und keinen einzigen Fehler gemacht. Alles unter Kontrolle. Und das war erst die Generalprobe. Wenn die Generalprobe schon so makellos läuft. Diese Makellosigkeit hat fast etwas Beunruhigendes. Fraglich, ob die wiederholbar ist. Wird Jens auch im Oktober so zielsicher den Jonglierball über die Schulter kriegen? Was macht man eigentlich, wenn das Wetter nicht mitspielt? Bei welchem Wetter geht man noch raus? Und bei welcher Windstärke? Wie doll muss es regnen, damit man es bleiben lässt? Oder dass man jetzt nicht erwischt worden ist. Reiner Zufall. Darauf hat man keinen Einfluss.

Komm, hör auf, das haben wir doch schon hundertmal besprochen.

Auf jeden Fall ist es gut, dass man mal oben war. So weiß man Bescheid und kennt sich aus. Und eigentlich ist es super, dass alles so überaus perfekt gelaufen ist, denn wenn man es so gut unter Kontrolle hat, dann ist ein Spielraum für unvorhergesehene Ereignisse da. Falls irgendetwas nicht klappt oder dazwischenkommt. Zum Beispiel: Es sind Leute am Denkmal und feiern die Einheit.

Du spinnst doch. Wer geht denn freiwillig und auch noch in einer Herbstnacht ans Bismarck-Denkmal?

Man kann ja nie wissen.

8. KAPITEL.
NACHHER VIER.

Gleich nachdem der Bürgermeister aufgelegt hat, fertigt Erich Huld auch von diesem Gespräch Notizen an und steckt sie zu denen von Ahrens und Behrens in die Hosentasche. Der Bürgermeister war böse. Erich Huld entschließt sich, ihn ab sofort auf dem Laufenden zu halten. Er muss ihm zeigen, dass er nichts unterlässt, um den Vorfall so schnell wie möglich zu bereinigen. Natürlich hat er ihm bei seinen telefonischen Ausführungen über die Pabknappheit nichts von Behrens' Sicherheitsvorschriftendilemma gesagt. Nicht, dass noch der Bürgermeister selbst das Sicherheitsrisiko auf seine eigene Kappe nimmt, und die Kohlmaske morgen schon wegkommt. Das wäre zu früh, Freitag reicht völlig. Sogleich verfasst er einen Bericht, der noch mit der heutigen Post an den Bürgermeister geht, Betreff Bismarck-Denkmal, sehr geehrter Herr Bürgermeister, vielen Dank für das Gespräch vom 8.10.90, und in dem er soldatisch knapp den Stand der Dinge dokumentiert. Um sich kurzzufassen und dem Bürgermeister nicht die Zeit mit unnötigen Details zu stehlen, lässt er das Datum der Auftragserteilung an Ahrens und Behrens weg. Er zieht aber in Erwägung, ob er nicht zur Beruhigung noch dazu schreiben soll, dass der Auftrag des Denkmalamts bei den Pabverleihern vorgemerkt ist, sodass er, sollte eine Pab wider Erwarten frei werden, unverzüglich bedient wird. Ahrens wird es ohnehin so halten, aber eine solche Vereinbarung ist nicht ausdrücklich getroffen worden. Lieber doch nicht. Keine unnötigen falschen Aussagen. In erster Linie kommt es Erich Huld darauf an, dass der Bürgermeister den Termin Freitag, 12. Oktober, 16 Uhr als frühestmöglich und gebucht schriftlich vorliegen hat. Dann weiß er nämlich gleich Bescheid, dass vorher gar nichts läuft, und kann sich vergebliche Anrufe im Denkmalamt sparen. Außerdem spricht nichts dagegen, dass der Bürgermeister noch einmal schwarz auf weiß nachliest, woran die Entfernung der Kohlmaske bislang gescheitert ist. Zusammen mit den drei Gesprächsnotizen geht eine Kopie dieses Berichts ins AEA/AkK.

Am Abend sitzt Helen Huld beim Inventarisieren in einem der drei Archivräume. Es ist ein ehemaliges Kinderzimmer, und Helen denkt an den Bürgermeister. Sie hat ihm gelegentlich mit dem obligatorischen Lächeln offizieller Anlässe die Hand geschüttelt und fragt sich jetzt, wie er den Bericht ihres Mannes aufgenommen haben mochte, falls er ihn überhaupt zu Gesicht bekommen hat. Auf den offiziellen Anlässen ist der Bürgermeister ihr stets etwas farblos erschienen, wie einer, der genauso gut einer jeden beliebigen anderen Stadt vorstehen könnte, und der überhaupt auf jedem anderen Posten auch eine passable Figur machen würde, solange er ein paar Leute mehr unter sich hätte als seine Kollegen. Selbstverständlich wird er sich nicht zu Erichs Bericht äußern, schon gar nicht schriftlich. Diese Lücke macht sich Helen Huld zu eigen und verfasst folgenden Kommentar:

»Kommentar (H. H.): Nicht gegebene Antwort des Bürgermeisters auf den Bericht von E. H. vom 8. Oktober 1990 (siehe Signatur: inst100390/rep01.1/fil457):

Sehr geehrter Herr Dr. Huld,

Ihr Bericht hat mich nicht amüsiert. Bedenken Sie Folgendes: Sie erhalten die Kunst- und Baudenkmäler der Stadt. Wir regieren die Stadt, die tadellos ohne Kunst leben könnte. Es adelt die Regierung, dass sie sich der Kunst dennoch verpflichtet fühlt und viel für sie tut. Gerade weil sie nicht der Nützlichkeit unterworfen ist, sind wir stolz auf sie und schmücken uns mit ihr, wo sie nicht von selbst in unsere Dienste getreten ist. Die Nützlichkeitsferne Ihrer Tätigkeit wiederum, Herr Dr. Huld, entbindet Sie nicht von der Pflicht, sich bei Gelegenheit nützlich zu machen. Ich erwarte, dass Belästigungen wie die in Betracht stehende ohne mein persönliches Zutun, bestenfalls, ohne dass ich überhaupt davon erfahre, so rasch wie geräuschlos behoben werden, und dies umso mehr, als ich gerade jetzt in dieser historischen Stunde bedeutend Wichtigeres zu bewältigen habe.

Der Bürgermeister«

Und im Anschluss daran verfasst Helen Huld gleich noch eine alternative, nicht gegebene bürgermeisterliche Antwort:

»Kommentar (H. H.): Alternative nicht gegebene Antwort des Bürgermeisters auf den Bericht von E. H. vom 8. Oktober 1990 (siehe Signatur: inst100390/rep01.2/fil457):

Sehr geehrter Herr Dr. Huld,

Ihr Bericht hat mich amüsiert. Stellen Sie sicher, dass Ihre Maßnahmen in der Öffentlichkeit nicht falsch verstanden werden. Ab Freitag 18 Uhr werde ich nicht mehr amüsiert sein.

Mit freundlichen Grüßen,
der Bürgermeister«

Aber kaum hat sie die beiden nicht gegebenen Antworten des Bürgermeisters abgespeichert, löscht sie sie wieder. Das Archiv ist schließlich für Augenblicke da, die lebendig sind, weil sie sich der Kontrolle entziehen, eben wie die Installation auf dem Bismarck-Denkmal oder die Plastiktüte im Wind, oder weil sie andererseits, wie die Lousiana-Lithographie, die Flüchtigkeit der Kontrolle so eindrücklich bezeugen. Etwas später kommt Erich herein und setzt sich zu ihr an den sogenannten Computertisch, an dem früher Hausaufgaben gemacht wurden. Er bedauert die Löschung der Bürgermeisterantworten. Er ist der Ansicht, dass man das eigentlich noch viel mehr als bisher betreiben sollte, und zwar, darauf komme es an, ohne es als Erfindung kenntlich zu machen. So lege man eine zusätzliche Schicht über das Material, von der man nicht mit Bestimmtheit sagen könne, ob und wann sie mit ihrem Untergrund verschmelze. Helen ist im Prinzip sofort d'accord, aber die Bürgermeisterantworten will sie außen vor lassen, denn der Bürgermeister sei doch gar nicht so wichtig. Ich denke, sagt sie, ich werde morgen einen Spaziergang am Denkmal machen und darauf achten, ob das Ding überhaupt zur Kenntnis genommen wird, und wenn ja wie.

Inzwischen hat die Staatsanwaltschaft das Ding zur Kenntnis nehmen müssen. Höllenschmidts Akte ist auf dem Schreibtisch von Staatsanwalt Altmann gelandet, der kurz vor der Rente steht. Staatsanwalt Altmann führt sich den Fall zu Gemüte und reicht ihn dann zu Ausbildungszwecken weiter an Referendar Rettich, einen gewissenhaften, hoffnungsvollen Referendar, der eine solide Laufbahn vor sich hat. Referendar Rettich legt die angebissene Pumpernickelklappstulle, die mit Leberwurst bestrichen und sauren Gurken belegt ist, zurück in die Butterbrotdose, wischt sich die Hände an einem Papierhandtuch ab, wovon er immer einen Stapel in der Schublade liegen hat, schlägt ein Bein über das andere, stützt den Kopf in die Hände und studiert Höllenschmidts Ermittlungen so eingehend und teilnahmslos, wie das Amt es verlangt. Nachdem er fertig studiert und noch ein paar Verordnungen, Gesetze und Kommentare nachgeschlagen hat, isst er das Brot auf, säubert erneut seine Hände, macht einen Tee und muss sich dann mit Altmann über den Fall unterhalten.

Altmann lehnt sich in seinem Sessel zurück, ich höre.

Rettich räuspert sich. Erstens: zureichende tatsächliche Anhaltspunkte für eine verfolgbare, von Unbekannt begangene Straftat liegen vor.

Altmann riecht die Leberwurstwolke, aus der heraus Rettich spricht.

Die Grünflächenverordnung, referiert dieser, verbietet bei Denkmälern nur Beschädigung, Diebstahl oder Verschmutzung. Beschädigungen weist das Denkmal nicht auf. Es wäre sachlich unrichtig und darüber hinaus auch anrüchig, das corpus als Verschmutzung zu bezeichnen.

Altmann nickt. Er sieht durchs Fenster auf den schmucklosen Innenhof und freut sich auf die Rente.

Belästigung der Allgemeinheit, 118 OwiG, fährt Rettich fort, wäre ganz im Sinne der Verletzten, ist aber chancenlos.

Altmann nickt wieder, diesmal mit geschlossenen Augen.

Mit ihrer sogenannten »Modernisierung der Denkmalpflege« erstreben die Täter in ihrer Erklärung – gewollt oder ungewollt – die Anklage auf Amtsanmaßung, 132 StGB. Diesen Gefallen wird man ihnen nicht tun können, denn die Tat entspricht nicht den Amtshandlungen des Denkmalamts (Erforschung, Schutz und Erhalt von Kunst- und Baudenkmälern), ist somit nicht als angemaßte Amtshandlung aufzufassen und sollte auch durch eine solche Klage nicht dazu erklärt werden. Überdies liegt kein Missbrauch von Amts- oder Dienstbezeichnungen oder derartigen Abzeichen vor.

Altmann nickt. Er bewegt seinen Kopf mit dem grau durchwachsenen Haar wie zeitverzögert auf und ab, er ist in ein ununterbrochenes, langsames Nicken übergegangen, und Rettich erfreut sich der deutlichen Zustimmung.

Höchstens könnte Herr Geißler gegen die unerlaubte Verwendung seines Namens klagen, aber das wäre unverhältnismäßig.

Korrekt. Und weiter.

Rettich hat alles bedacht. Zwar wurde das Bismarck-Denkmal gerade, wenn nicht ausschließlich, in seiner Symbolfunktion für Deutschland attackiert, aber Verunglimpfung des Staates und seiner Symbole, 90a StGB, ist ausgeschlossen, weil das Bismarck-Denkmal weder die Bundesrepublik Deutschland noch eines ihrer Länder noch ihre verfassungsmäßige Ordnung noch eines ihrer Hoheitszeichen ist.

Altmann hört nicht auf zu nicken, Sie sagen es.

Im Grunde bleibt nur die Verunglimpfung des Andenkens Verstorbener, 189 StGB, die denn auch zweifelsfrei vorliegt und sicher zu einer Verurteilung führen würde. Problematisch ist hierbei ein Aspekt, der außerhalb der juristischen Erörterung liegt. Wenn man darauf klagt, dann erklärt man damit, dass das Abbild des Bundeskanzlers eine Verunglimpfung für Bismarck ist. Der Kanzler versteht bekanntlich in diesen Dingen keinen Spaß, ist vielmehr empfindlich heikel und überdies klagefreudig in solchen Angelegenheiten, sodass man bei dieser Klage möglicherweise ein Folgeverfahren zu gewärtigen hat. Dem könnte man theoretisch vorbeugen, indem man Verunglimpfung des Andenkens Verstorbener in Tateinheit mit Beleidigung, 185 StGB, anklagt. Das heißt Verunglimpfung Bismarcks in Tateinheit mit Beleidigung Kohls. Dabei ergibt sich aber folgendes Problem: Wenn man die Beleidigung Kohls nicht nur auf die Karikatur als solche beschränkt, sondern auch von ihrem Kontext herleitet, besagt man damit wiederum, dass Bismarck eine Beleidigung für Kohl ist. Beschränkt man die Beleidigung aber auf die Karikatur als solche, dann hat man keine Chance damit. Dafür ist die Karikatur viel zu harmlos und gewöhnlich. Einerseits. Andererseits: Wenn man die *Morgenpost* mit ihrer Überschrift: »Bismarck verkohlt« für Volkes Stimme nehmen kann, dann entspräche die Klage auf Verunglimpfung des Andenkens Verstorbener genau dem Rechtsempfinden der Bevölkerung. Glücklicherweise bewahren uns vor diesem Konflikt die Umstände, dass ein öffentliches Interesse an der Verfolgung der Tat nicht besteht und dass die durch die Tat verursachten Folgen gering sind, sodass die Sache nach 153 StPO eingestellt werden und von der Erhebung der Klage abgesehen werden kann.

Altmann nickt ein letztes Mal. Gut gemacht, Herr Rettich. Natürlich sind Sie sich der Tatsache bewusst, dass außerjuristische Aspekte für uns keine Kriterien sind.

Selbstverständlich, diesmal nickt Rettich, wie gesagt, 153 StPO, keinerlei außerjuristische Argumente.

Ganz recht. Sagen Sie mal, Herr Rettich, wo kaufen Sie eigentlich diese Leberwurst?

Rettich hat die Leberwurst nicht gekauft. Die Großeltern sind Landwirte und schlachten einmal im Jahr. Die Leberwurst ist von der Oma, Spezialgewürzmischung mit Kräutern aus dem Garten.

Soll ich Ihnen mal ein Glas mitbringen?

Altmann wird ein Glas Leberwurst erhalten und keineswegs von der Anklageerhebung absehen. Es liegt in seinem Ermessen. Altmann ermisst, dass er Klage zu erheben hat. Man wird dann noch etwas hin und her ermitteln, wird hier und da im Trüben fischen. Herausfinden wird man nichts, das ist absehbar. Und erst dann wird er das Verfahren einstellen. Altmann ist zufrieden. Es wird dies das erste und das letzte Mal gewesen sein, dass er sein Ermessen nicht in den Dienst von Gesetz und Vernunft gestellt hat, und es wird ein schöner Schlussakt seiner langjährigen Berufstätigkeit sein.

Während Helen Huld sich in Othmarschen auf den Weg zur S1 macht, um in der Nähe des Denkmals spazieren zu gehen, fahren zwei Zuhälter in einem gold lackierten Mercedes Coupé die Reeperbahn rauf. Nachdem sie eine Weile darüber gejammert haben, dass die Geschäfte arg zu wünschen übrig ließen, weil die Mädchen ja auch nicht mehr das seien, was sie früher mal gewesen wären, und vor allem, dass die Einheit ein Flop gewesen sei und überhaupt nichts gebracht habe, fragt der eine den anderen, du, sach mal, hast du gesehen, was sie da mit dem Denkmal machen?

Jaa, antwortet der, da machen sie was, ich weiß auch nicht, was das werden soll, vielleicht brauchen sie es zum Reparieren. Damit ist das Thema beendet. Bei den sogenannten Mädchen dauert es auch nicht lang. Es beschränkt sich auf die Frage, sach ma, hast du die Birne aufm Bismarck gesehen?, und die Antwort, joah, geschieht ihm woll recht.

Unterdessen ist Helen Huld an der S-Bahn-Station Landungsbrücken ausgestiegen. Daran hat sie gar nicht gedacht, das wird sie sofort tun, mit der HVV-Fähre nach Finkenwerder und zurück, denn das Denkmal sollte ja damals die von den Weltmeeren heimkehrenden Seefahrer begrüßen, genau wie die Freiheitsstatue im Hafen von New York. Das war ein Argument bei der Wahl des Standortes gewesen, man hatte sich ausdrücklich auf die New Yorker Freiheitsstatue bezogen. An den Landungsbrücken ist es nicht ganz übersichtlich. Laut Plan legen alle HVV-Fähren an der Brücke eins an, aber in Wirklichkeit legen sie da an, wo gerade Platz ist. Helen steigt irrtümlich in die falsche Fähre. Sie fährt nach Steinwerder und zurück, überquert also nur die Elbe an Ort und Stelle. Allerdings hat man von dieser Fähre aus die ganze Zeit einen phantastischen Blick auf das Denkmal, zumindest oben vom Deck aus. Helen fotografiert mit klammen Fingern, als ob sie nicht schon zwei 36er Filme rausgehauen hätte. Die wenigen Fahrgäste sind allesamt Leute, die hier etwas zu schaffen haben und so wenig um sich schauen, wie man es auf regelmäßig zurückgelegten Strecken tut. Auf dem Rückweg, als man auf das Denkmal zufährt, sind außer ihr noch zwei Frischluftfanatiker an Deck. Während der eine redet, wichtige Dinge scheinen da erörtert zu werden, tippt der andere ihn mit dem Ellenbogen an und deutet mit den Augen kurz auf den Kohlkopf, und der, der redet, lässt sich nicht unterbrechen, wirft während des Weiterredens einen Blick darauf, nickt, ein kleines, amüsiertes Lächeln umspielt ganz kurz seine Lippen, und redet nahtlos weiter über die wichtigen Dinge, die da erörtert werden.

Zurück auf den Landungsbrücken, muss Helen Huld noch zehn Minuten auf die Fähre nach Finkenwerder warten, was nicht schadet. Es ist so herrlich maritim hier. Zwar ist die Elbe nicht der Mississippi, aber man kann das Meer riechen, und die HVV-Schiffer veranstalten einen Wettkampf darin, wer am rotzigsten zu den Fahrgästen ist. Möwen krakeelen. Die Luft ist grau und nass und kalt. Die »Haaaaafenrrondfahrt!« wird, obgleich kaum noch Touristen unterwegs sind, mit immer gleichem Elan und rollendem R ausgerufen. Helen holt sich ein Fischbrötchen.

Die Fahrt nach Finkenwerder hätte sie sich sparen können. Bloß ganz kurz nach dem Ab- beziehungsweise vor dem Anlegen ist das Denkmal zu sehen, sehr kurz, nicht der Rede wert, und sowieso sieht man nur den oberen, nicht von den Bäumen verdeckten Teil des Denkmals. Es steht zu weit landeinwärts und verschwindet hinter dem *Hotel Hafen Hamburg*. Da müssen es die heimkehrenden Seefahrer wohl ohne Bismarcks Begrüßung aushalten. Wenn wenigstens das Wetter gut oder wenn sie wärmer angezogen wäre, dann hätte Helen die Fahrt nach Finkenwerder genießen können. Den Fluss hinauf und hinaus aus der Stadt, der leere Strand, die Villen von Neumühlen bis Blankenese, der weite Blick über das Wasser und die grünen Ufer hin. Als Helen wieder an Land geht und ums Denkmal herumspaziert, merkt sie gleich, dass bloß mit Herumspazieren und Leute beobachten nichts zu holen ist. Zum Beispiel stellt sie sich an die Bushaltestelle am Millerntorplatz und macht lange Ohren zu den Wartenden hin, aber die schweigen missmutig oder reden über alles Mögliche, bloß nicht übers Denkmal. Alles geht seinen ganz normalen Gang, die Kohlmaske ist integriert. Sie ist ein Teil des Denkmals geworden, an den man sich schon gewöhnt hat. Ist abgehakt und erledigt. Man hat sie gesehen, hat vielleicht zu jemandem gesagt, du, hast du das gesehen, auf dem Bismarck ist jetzt so eine Karikatur von Kohl, und mehr ist nicht damit. Wen hat Erich da neulich zitiert, als er sagte, nichts sei so unsichtbar wie ein Denkmal? Helen fragt sich, ob die Entfernung am heutigen Dienstag nicht doch angemessen gewesen wäre. Sie geht die Budapester Straße hinauf in Richtung Pferdemarkt, wo ihr auf der Höhe Clemens-Schultz-Straße ein junger Mann entgegenkommt. Er ist ungesund blass im Gesicht, hat einen schlechten Haarschnitt, und an seiner Schulter hängt eine schwere Umhängetasche. Helen spricht ihn an.

Excuse me, do you speak English?

Äh, yes.

Oh, that's wonderful. See, I'm looking for the Bismarck statue. It must be around here somewhere, but I can't find it. It's supposed to be a sightseeing highlight.

Yes, äh, you find it very simple if you go in sis direction always straight. Äh, actually you can come wis me, I go in sis direction anyway, I can show you and explain you somesing about it, because sere is somesing special now.

How nice of you, thank you very much, and your English is so fluent. So you think I should've seen it before I go back to the States?

Der junge Mann meint, dass sie es normalerweise nicht unbedingt gesehen haben müsse, das hänge davon ab, wofür sie sich interessiere, aber jetzt sei es etwas Besonderes. Er geht ziemlich schnell, Helen muss zusehen, dass sie Schritt halten kann. Schweigend eilen sie zum Millerntorplatz hin.

Here is it. You can go near to it, sen you see se lower part sat is now covered by se trees. More interesting is se top. You see se head? Sis is, because Bismarck was se founder of se German Reich in 1871. He founded it wisout democratic consent, sen cleared se way for se early capitalism industrialisation and sen tried to eliminate se workers movement. And now somebody put se face of our chancelor Kohl on sere, so sat everybody knows what se business is.

Helen Huld bedankt und verabschiedet sich und geht dann die Reeperbahn runter, um dort in die S-Bahn einzusteigen. Unterwegs macht sie noch einen kleinen Abstecher in die Taubenstraße, und zwar wegen der Tankstelle, wo man allerdings nicht einmal weiß, wo und was das Bismarck-Denkmal überhaupt ist. Dann fällt ihr Blick auf Ulrichs Laden, und sie denkt, das ist ja mal ein schöner Fahrradladen. Schau an, ganz und gar unbunt, keine Helme im Glitzerdesign, keine neonfarbenen Hosenbein-Bänder, keine regenbogenfarbenen Lenkergriffe. Im Fenster Werkzeug, aber nicht zum Verkaufen, sondern um zu zeigen, womit man arbeitet. Sie geht näher ran. Es liegen sogar handgeschriebene Zettelchen dabei: »Hiermit kann man eine Kette nieten«, und neben einer mit Wasser gefüllten Schüssel: »Hier hinein legt man einen kaputten, aufgepumpten Schlauch, bei dem man das Loch nicht gefunden hat, und wird es so finden.« Helen überlegt, ob sie in diesem Laden nach dem Denkmal fragen soll. Viel Zeit hat sie allerdings nicht mehr. Sie muss nach Hause, weil in ungefähr einer Dreiviertelstunde Kathrin Meister zum Arbeiten kommt.

Kathrin Meister hat die Unterlagen für die Zitate aus der Erklärung so gut wie zusammen. Das Hofmann-Zitat hat sie nicht gefunden. Nachdem sie also die *Deutsche Bauzeitung* rauf und runter gelesen und sich dabei einen verspannten Nacken geholt sowie das *Handbuch der Architektur* geprüft hat, ist ihr eingefallen, dass das Zitat sehr wahrscheinlich gar nicht von Hofmann ist. Natürlich fällt einem so etwas immer erst hinterher ein. Das Zitat ist aller Wahrscheinlichkeit nach von einem Dritten, der es mit seinen eigenen Worten einleitet (die Architekten und die Natur schufen ein Werk), der dann Hofmann mit dem Quatsch von Größe, Form und Inhalt zitiert und daran den Satz aus der Begründung der Jury anhängt (Bismarck als reckenhafter Roland). Diesen Dritten hat sie nicht gefunden. Das ist schlecht, sehr schlecht. Sie will doch die Hulds beeindrucken, sie muss die Hulds beeindrucken. Sie hat deshalb fieberhaft, hoch konzentriert, systematisch nachgedacht, alles geprüft, was irgendeinen Hinweis zum Auffinden des Zitats geben könnte. Am einfachsten wäre freilich, die Täter zu fragen. Ulrich hatte sich doch damals so sehr für ihr Referat interessiert. Wäre dem so etwas zuzutrauen? Kathrin Meister weiß es nicht. Sie weiß überhaupt nichts von Ulrichs gelegentlichen konspirativen Aktivitäten. Es könnte sein, es könnte nicht sein. Sie darf aber nichts auslassen. Sie muss es prüfen. Fragen kostet nichts. Ihr Interesse ist rein wissenschaftlicher Natur. Sie hat noch etwas mehr als eine Stunde, bevor sie bei den Hulds sein muss, das reicht. Sie setzt sich aufs Fahrrad und fährt in die Taubenstraße. Beim Klingeln der Ladenglocke wird Kathrin Meister überdeutlich klar, dass sie eine verdammt schwierige Frage hat. Hallo Ulrich, sach mal, warst du das mit dem Bismarck? Ja, wer denn sonst, ist doch voll meine Handschrift und richtig hübsch geworden, bin ich mordsmäßig stolz drauf. Herzlichen Glückwunsch, echt super, und die Erklärung is man schick, wer ist denn eigentlich das vom ersten Zitat? Na, das ist doch der Sowieso. Ach so, der! Das kann sie sich natürlich abschminken. Ulrich kann ja gar nichts anderes als dementieren, ob er es nun war oder nicht. Was hat sie bloß geritten, ihn überhaupt fragen zu wollen. Sie will stehenden Fußes wieder abhauen, als Ulrich aus der Werkstatt nach vorne in den Laden kommt. Er hat heute einen rostfarbenen dünnen Wollpullover an, der mal zu heiß gewaschen worden ist und eng anliegt. Wieso sind Kathrin bisher diese entzückenden Muskeln nicht aufgefallen, diese wohlproportionierten Arme und Schultern, diese definierte Brust, seit wann ist der so muskulös? Sonst trägt er immer so schlabberige Klamotten, da ist nie was zu sehen.

Hallo Kathrin, was gibts?

Kathrin Meister hat plötzlich einen dicken Frosch im Hals. Du, Ulrich, ich muss mal mit dir reden, und eine zarte Röte fliegt über ihr Gesicht. Gut, dass sie wenigstens für Ulrich im Gegenlicht steht.

Wenns sein muss, dann komm halt mit nach hinten, ich muss weiter schrauben, ich hab fünf Räder zu machen, die alle morgen früh abgeholt werden.

Ulrich dreht sich um und geht gleich wieder nach hinten. Kathrin Meister mitsamt ihrem Frosch im Hals hinterher. Übrigens hat Ulrich einen veritablen Knackarsch.

Er macht sich sofort an einem Mountainbike zu schaffen. Die vordere Felge muss ausgewechselt werden. Schlechte Qualität. Scheißarbeit. Kathrin steht daneben und starrt Ulrich an, wie der den Schlüssel ansetzt, wo die Nabe in der Gabel verschraubt ist. Ihr ist auf einmal so warm. Die Schraube will sich nicht lösen. Ulrich muss seine entzückenden Muskeln spielen lassen. Keiner sagt was. Kathrin will Ulrichs Körper anfassen, und angefasst werden will sie auch. Sie sieht Ulrich sich ihr zuwenden, sie sieht ihre Hände an Ulrichs Seiten sich um die Hüften schlingen. Es ist schlimm. Ah, ein Ziehen zwischen den Beinen. Ohgottohgott. Sie macht noch einen Schritt zu ihm hin, sie ist schon viel zu nah, ihre Hand hebt sich, sie will nach ihm greifen und kann gerade noch die Bewegung umlenken, indem sie ihr über der Schulter liegendes Engelsgelock erneut über die Schulter wirft. Die Schraube hat sich mit einem Ruck gelöst.

Was kuckstn du so komisch?

Ich kuck doch nicht komisch.

Dann halt nicht. Worum gehts denn nu?

Kathrin weiß nicht, wie sie anfangen soll. Ihre Eröffnung, ich muss mal mit dir reden, war grundfalsch. So ein Satz mit Frosch im Hals schafft gleich eine solide Befangenheit. Der Frosch im Hals hat Junge.

Also, es geht um das Bismarck-Denkmal.

Bei Ulrich gehen alle Alarmlampen an. Was ihm im Mai mit diesem Barkeeper Magister in der Sicherheit passiert ist, das passiert ihm nicht noch mal. Das hat er sich damals überlegt, dass man in so einer Situation anders reagieren muss. Dementieren geht gar nicht. Hat man je von einem Dementi gehört, das sich als wahr herausgestellt hätte? Eben. Er muss sich jetzt tierisch auf dieses Gespräch konzentrieren und dabei so tun, als ginge es ihn nichts an.

Ja, und, was ist damit?, sagt er und lässt die Luft aus dem Reifen.

Ich denke, dass du das warst.

Ah, Shit!, das ist genauso falsch wie, ich muss mal mit dir reden. Kathrin Meister ist nicht in der geeigneten Verfassung, um Informationen zu erlangen. Ulrichs Antwort kommt wie aus der Pistole geschossen, na klar, das war doch der einzige Grund, warum ich damals überhaupt zum Zirkus gegangen bin und mich auf Hochseil spezialisiert hab, damit ich das später machen konnte.

Oh Mann, Kathrin stöhnt auf.

Kannst dir übrigens 'n Kaffee kochen, wenn du einen willst. Steht alles da drüben, Tasse musst du dir abwaschen.

Kathrin will keinen Kaffee, vielen Dank. Kathrin will Ulrich und eine Information. Ulrich, hör zu, es ist mir scheißegal, wer das war, ich will wissen, woher das erste Zitat aus der Erklärung stammt.

Ach. Eine Erklärung hat es auch gegeben? So viel Mühe ist Birne doch gar nicht wert. Was für ein Zi…

Die Ladenklingel geht. Er ist froh um die Unterbrechung und geht nach vorn. Kathrin hinter dem Knackarsch her. Na, so was! Frau Meister! Frau Huld! Sie hier? Kathrin reißt sich nun aber doch zusammen und denkt mit.

Ulrich ist ein Freund von mir und hilft mir immer mit dem Fahrrad. Und Sie?

Helen Huld erklärt, es sei gut, dass man sich getroffen habe. Es könne etwas später werden. Sie sammle eben noch Reaktionen auf das Denkmal, sei auch deswegen in den Laden gekommen, ein schöner Laden sei das, sagt sie an Ulrich gewandt, haben Sie die Verhüllung auf dem Bismarck-Denkmal gesehen?

Ulrich macht ein bescheidwisserisches, gelangweiltes und etwas pikiertes Gesicht. Ja, ja. Da habe sich jemand für witzig gehalten. Ganz nett. Würde aber natürlich nichts bringen. Klar könne man nicht den Kanzler oder einen Energiekonzern damit aufhalten, dass man batteriebetriebene Fahrradbeleuchtungen aus dem Sortiment fernhalte, aber wenn man etwas verändern wolle, solle man bei sich selber anfangen, anstatt so eine Show abzuziehen. Immerhin sei es gut gemacht, die Stadt habe wohl Schwierigkeiten, das Ding wieder runterzuholen.

Lang bleibt es nicht mehr, am Freitag um vier kommt es weg, sagt Helen Huld und denkt sich überhaupt nichts dabei.

Aha. Ulrich wird charmant, nu machen Sie mich aber neugierig. Woher wissen Sie das denn?

Ach, ganz harmlos, mein Mann arbeitet bei der Stadt.

Ach so.

Na dann. Man tauscht sich noch ein bisschen aus. Ulrich Held macht die Aktion runter wie ein Großkritiker. Und überhaupt, die Karikatur hätte man auch besser machen können. Wenn man schon so einen Aufwand treibe, dann könne man sich ohne weiteres hinsetzen und Karikaturen üben. Er brennt darauf, sich von Frau Huld die Reaktionen aufs Denkmal haarklein referieren zu lassen, er platzt vor Neugier, aber das könnte verräterisch sein und kommt daher nicht infrage. Stattdessen sagt er, dass es ihm leid tue, er habe heute noch fünf Fahrräder zu machen, wirft einen Blick aufs leere Handgelenk, und die beiden Damen wie aus einem Munde, ja, wir müssen auch mal weiter.

Am Donnerstag steht in der *taz Hamburg* unter »kurz gemeldet«:

»Wer die Verhüllung auf dem Bismarck-Denkmal noch einmal sehen möchte, sollte das bis zum morgigen Freitag, 16 Uhr getan haben, denn dann wird Helmut Kohl entfernt.«

Am Freitag um vier ist es so weit. Es ist ein hässlicher Tag. Die Straßenlampen gehen immer früher an, um halb sieben wird es schon dunkel, nachdem es gar nicht richtig hell geworden ist. Graue, dunkelgraue und sehr dunkelgraue Wolken, die nahtlos ineinander übergehen, erwecken den Anschein, als wollten sie auf alle Ewigkeit über der Hansestadt bleiben. Erich und Helen Huld sind da. Helen hat natürlich die Kamera dabei und noch einen zusätzlichen 36er Film in der Tasche. Kathrin Meister ist aus Sympathie für ihren neuen Arbeitgeber ebenfalls erschienen, obwohl sich bei ihr allmählich ein gewisser Überdruss am Bismarck-Denkmal einstellt. Sie hat sich warm angezogen und ein paar Plastikbecher und eine Zwei-Liter-Thermoskanne heißen Tee mit Rum mitgebracht. Natürlich nur mit einem ganz winzigen Schluck Rum, der einem eigentlich bloß die Idee des Warmwerdens geben soll. Michael Wägner, der uneheliche Bismarckspross, der sich von Flauser mit einem einzigen Satz hatte mundtot machen lassen, ist auch da und ist, mehr als jeder andere hier, persönlich betroffen. Flausers Aufforderung, seine geheimen Informationen schriftlich niederzulegen, ist er gleich nach dem Telefonat nachgekommen, aber es ist bis jetzt noch nichts daraus geworden. Zweifel haben ihn heimgesucht. Es wollte und wollte ihm nicht gelingen, diese geheimen und komplexen Sachverhalte wirklich auf den Punkt zu bringen, und dann hat er auch Schwierigkeiten, sich daran zu gewöhnen, dass, wenn er denn das Schriftstück ans Denkmalamt abschickt, dass dann seine geheimen Informationen nicht mehr geheim sind. Michael Wägner macht ein Gesicht, als ob es gleich ihm selber an den Kragen gehe anstatt der Kohlmaske. Dieser Schlawiner von der *taz*, der Höllenschmidt keine Fragen gestellt, sondern immer nur so gegrinst hatte, schleicht herum, als ob jetzt gleich etwas ganz Großartiges passieren würde. Er grinst fast noch schlimmer als letzte Woche. Polizeimeister Lutz Höllenschmidt ist auch da, allerdings unbeabsichtigt. Er ist auf Streife vorbeigefahren und dabei der unangemeldeten Versammlung ansichtig geworden. Die Leute warten am Millerntordamm, wo der Fußweg zum Denkmal beginnt. Es sind nämlich auch zwei Dutzend *taz*-Leser gekommen, um dem Spektakel beizuwohnen. Darunter ein paar Ältere, denen man ansieht, dass sie seit Jahrzehnten kontinuierlich AKWs, Aufrüstung, Startbahnen und Ähnliches bekämpfen. Sie haben graue Haare, und in ihren Gesichtern streiten bittere Resignation und fröhlicher Trotz um die Vorherrschaft. Aber das sind nur wenige. Die meisten sehen ganz normal aus und sind noch nicht so alt. Sie haben Rucksäcke auf den Schultern und Turnschuhe an den Füßen oder schon ihre Winterstiefel angezogen und sind direkt von der Uni, der Arbeit oder vom Einkaufen gekommen, Lauchstangen stehen aus Stofftragetaschen heraus. Eine unangemeldete Versammlung jedenfalls darf Höllenschmidt unter keinen Umständen sich selbst überlassen. Nicht dass die noch aus Versehen unerlaubte Dinge tun. Ach, da ist ja der Herr Huld vom Denkmalamt, Tach, Herr Huld. Machen Sie jetzt Führungen zur Kohlmaske?

Herr Huld weiß auch nicht, wo die ganzen Leute hergekommen sind. Wohlberechnet haben sich auch Ulrich Held und Jens Dikupp unter die Schaulustigen gemischt. Sie haben sich gesagt, erstens geht man davon aus, dass der Täter zum Ort der Tat zurückkehrt. Das weiß natürlich auch der Täter. Zweitens muss deshalb die Polizei davon ausgehen, dass die Täter sich hüten werden, nun ausgerechnet zu diesem Ereignis zu kommen. Drittens sind also alle Anwesenden von jedem Verdacht frei. Nichts wie hin. Jens hat Karl mitgenommen und ihn auf die Schultern gesetzt. Besser kann man sich nicht tarnen. Karl quengelt rum, Papa, mir is kalt.

Karlchen, Lütter, sagt Kathrin Meister, ich hab was für dich, davon wird dir warm, und gleich kommt ein ganz toller Kran, und wenn du lieb bist, lässt dich der Fahrer vielleicht mal ans Steuer.

Karl trinkt den Tee mit Rum und verbrennt sich Zunge und Gaumen. Er schreit Höllenschmidt mit seiner phantastischen Stimme ins Ohr. Höllenschmidt dreht sich weg. Jens nimmt Karl von den Schultern in den Arm und entschuldigt sich mit großer Beflissenheit bei Höllenschmidt. Er ist ganz der stolze Vater. Aus Karl wird mal was, wenn er so weitermacht, vielleicht der berühmte rote Tenor. Kathrin bietet schnell auch noch Höllenschmidt einen Tee an, aber der lehnt entschieden ab. Nicht im Dienst! Im Übrigen meidet sie Ulrich Held wie die Beulenpest, diesen fahrradfrickelnden Torfkopf mit seiner eingelaufenen Wäsche und seinem Hochseilzirkus. Der soll erst mal lernen, wie man eine Waschmaschine bedient, bevor er sich das Maul zerreißt über anderer Leute Kunstaktionen. Eben wird er von Helen Huld begrüßt, Sie hier?, wo Sie doch das Ganze für so lächerlich halten?

Ja, nee, ich bin grad aufm Weg von der Arbeit vorbeigekommen, sagt Ulrich, zieht die Bremsen an und schiebt den Lenker nach vorn, sodass sich das Hinterrad anhebt, so 'ne Maschine ist natürlich was anderes als ein Fahrrad. Tolle Sache.

Die Pab von Behrens rückt an. Alle Achtung. Die Pab ist ein Achtzehntonner Lkw mit dem Teleskoparm zusammengefaltet auf der Pritsche. Das Fahrzeug ist dunkelblau lackiert, und auf dem Teleskoparm sowie am Fahrerhäuschen prangt in weißen Lettern die Aufschrift »Behrens Baumaschinen«. Die Pab schiebt sich majestätisch langsam über den Kantstein und blockiert damit die ganze Fahrbahn. Wenn so eine Maschine kommt, dann müssen die anderen warten. Auch der 112er muss warten. Die Fahrgäste im Bus kucken raus, Herrgottnochmal, wieso fährt denn der jetzt nicht, und schlucken widerwillig ihren Ärger über die Verzögerung hinunter: ein Kran. Der wird ja wohl nicht hier übernachten wollen. Mensch, das ist doch wegen der Kohlmaske! Lassen Sie uns noch mal raus? Die Türen dürfen nur und ausschließlich an den dafür vorgesehenen Haltestellen geöffnet werden. Wir wollen auch raus. Ich auch. Hören Sie, ich bin schwanger, ich muss kotzen! Sie steigen auf eigene Gefahr aus, und damit das klar ist: Ich hab Sie nicht rausgelassen. Der Busfahrer öffnet die Türen. Leute steigen aus und gesellen sich der unangemeldeten Versammlung zu. Andere Passanten, Fußgänger und Radfahrer, bleiben stehen und gaffen. Hier gibts was zu sehen, hier wird was gemacht, mit so einer riesen Maschine, und wenn da schon so viele stehen, dann muss es etwas Interessantes geben.

Da kommt noch was. Zum Beispiel zwei merkwürdige Männer. Der eine sieht aus, als wolle er angeln gehen. Er trägt einen Anglerhut, dessen Krempe Nacken, Ohren und Stirn bedeckt und von seinem Gesicht bloß noch Nasenlöcher und Mund sehen lässt, das Kinn liegt in einem Schal. Dazu trägt er einen dunkelgrünen Ölmantel fast bis zu den Knöcheln und etwas zu große Gummistiefel, aber Angelzeug hat er nicht dabei. Der andere trägt einen lilatürkisen ballonseidenen Trainingsanzug, und wirklich sitzt unter der Basecap mit ihrem ausladenden, tief ins Gesicht gezogenen Schirm ein Toupé, dessen Kunsthaar im Nacken brettförmig absteht. Die Herren sind nämlich inkognito hier. Es sind die Piloten Petersen und Köpper, die am Anfang den Hubschraubertanz aufgeführt hatten. Sie haben die Angelegenheit stillschweigend und mit ihren polizeilichen Mitteln im Auge behalten, haben sich heute Morgen überraschend krankgemeldet und halten es daher für ratsam, nicht erkannt zu werden. Eigentlich wollten sie Sonnenbrillen tragen, aber dazu ist es wirklich zu dunkel.

Unter Höllenschmidts Armgeschwenke und Aufforderungen macht die unangemeldete Versammlung recht gemächlich den Weg frei. Gut dass Höllenschmidt da ist und alles regelt. Ab einer gewissen Anzahl müssen Menschen immer gelenkt werden. Das ist ein Erfahrungswert. Da braucht man gar nicht zu fragen warum, man kann es ja auch hier wieder sehen: Von allein kommen die nicht auf die Idee, den Weg für die Pab frei zu machen. Helen Huld fotografiert Höllenschmidt, wie der, souverän und bürgernah, zusammen mit seinem Kollegen alles unter Kontrolle hat. Bitte treten Sie zurück, zurücktreten bitte, lassen Sie das Fahrzeug durch. Die Pab schiebt sich vor, zieht noch die hintere Achse über den Kantstein, und dann fährt sie an. Es geht los. Die Pab fährt den Fußweg hinauf. Aber bloß ein paar Meter, und schon bleibt sie stehen. Wasn nu? Schlägt ein kleines bisschen ein, rollt zurück, fährt wieder an. Führerschein im Lotto gewonnen, oder was. Kann der nich mal gradaus fahrn. Bleibt wieder stehen, zieht die Handbremse. Die Leute gehen links und rechts am Fahrzeug hinauf, Höllenschmidt und Huld vorneweg mit dem tazler dicht auf den Fersen. Ulrich und Jens bleiben am Straßenrand stehen, denn sie halten es für gut, sich distanziert zu geben. Helen hat das Fahrzeug überholt und fotografiert von vorn. Der Lkw kommt hier nicht durch. Er ist zu breit. Ein Baum links und einer rechts vom Fußweg, und der Abstand zwischen den Bäumen ist schmaler als die Pab. Da ist mit Rangieren nichts zu machen. Die haben doch mit Absicht so ein breites Fahrzeug genommen, will ja keiner, dass die Kohlmaske wegkommt. Quatschkopp, warts nur ab, natürlich kommt die Kohlmaske weg, die hätte da erst gar nicht rauf dürfen. Anfängerveranstaltung hier. Jetzt müssen die sich aber richtig was einfallen lassen.

In der Tat überlegt Erich Huld angestrengt hin und her. Was soll er jetzt machen? Das ist ja einerseits famos. Man könnte Behrens nach Hause schicken. Erst muss ein Baum gefällt werden. Mal sehen, wann das Gartenbauamt dafür Zeit hat. Einen neuen Termin mit Behrens machen. Bis Montag könnte man die Installation bestimmt noch halten. Einerseits. Andererseits muss Erich Huld glaubhaft bleiben. Glaubt man ihm noch, dass er seiner amtlichen Pflicht nachkommt, wenn er die Sache jetzt noch einmal aufschiebt? Würde das nicht allzu offenkundig wirken? Und der Bürgermeister. Und sagte nicht Helen, dass die Kohlmaske bereits völlig integriert sei? Dass man sich schon an sie gewöhnt habe. Nichts ist so unsichtbar wie ein Denkmal, Robert Musil. Im Übrigen ist es auch gar nicht verkehrt, Publikum dabeizuhaben. Ob aber das Publikum noch ein zweites Mal kommt, und zwar am Montag tagsüber, das ist fraglich. Wo ist Helen? Helen steht da vorne. Erich nimmt Blickkontakt mit ihr auf und kommt dann zu dem Schluss, dass er die Kohlmaske heute noch abnehmen lässt. Ja doch, die Zeit ist reif, es ist der richtige Augenblick. Erst mal dem Pab-Fahrer Bescheid sagen, dass er noch warten soll.

Der Pab-Fahrer ist die Tochter von Behrens, Anja Behrens, die öfter mal aushilft und grade erst Mitte September etwas fürs Denkmalamt gemacht hat. Tach, Frau Behrens. Tach, Herr Huld. Wollen wir uns eben mal die andere Seite ansehen, wissen Sie, den Zugang von der Seewartenstraße her, vielleicht kommen Sie drüben durch, und schon huscht der tazler elastisch zurück in die hinteren Reihen der Menge, erzählt Bekannten, etwas lauter als nötig, was nun passieren soll und huscht wieder nach vorne, wo sich eine kleine Prozession, angeführt von Erich Huld und Anja Behrens, in Bewegung setzt. Die meisten bleiben allerdings hier, denn die Prozession muss ohnehin wieder zurückkommen, und dann wird man erfahren, wie es weitergeht. Kathrin Meisters Teekanne erweist sich als unerschöpflich. Sie schenkt immer nur kleine Portiönchen aus, damit es für möglichst viele reicht, und der winzige Schluck Rum ist übrigens doch etwas größer geraten als beabsichtigt. Auch auf der anderen Seite hat die Pab keine Chance. Und wie man wieder zum Millerntordamm zurückkommt, ist die Menge mächtig angeschwollen, sie hat sich mehr als verdoppelt. Höllenschmidt und sein Kollege haben nämlich vergessen, das Blaulicht auszustellen. Wo eine Menschenmenge steht und ein Blaulicht läuft, da muss man mal schauen, was los ist. Kohlmaske auf dem Denkmal? Hab ich ja noch gar nicht gesehen, kuck ma einer an, und die kommt nu wech, das will ich sehen. Und dann noch ein Schluck Tee mit Rum umsonst. Ja, aber die kommen hier nicht durch, da, wegen der Bäume. Sind grad auf der anderen Seite, ob es da geht. Auch Hanno Brunsdorf trifft ein, erfasst die Lage mit einem Blick und wendet sich sofort an Höllenschmidt, Brunsdorf mein Name, ich wollte nämlich nur sagen, also wenn Not am Mann, ich melde mich freiwillig, und falls man eine Obstleiter braucht …

Mit solchen Leuten wie Brunsdorf ist Höllenschmidt beruflich oft konfrontiert. Mit denen kennt er sich aus, die mögen einen zackigen Tonfall. Ausgezeichnet!, bellt er ihn an, wir kommen bei Bedarf auf Sie zurück. Bis dahin sprechen Sie uns nicht an, das stört unsere Arbeit. Sie können sich frei bewegen, wenn wir Sie brauchen, rufen wir Sie mit dem Lautsprecher aus. Wie war der Name?

Hanno Brunsdorf strahlt. Wortlos vor Glück zieht er eine Visitenkarte aus der Jackentasche, die er Höllenschmidt in die Hand drückt. Er ist jetzt sozusagen in Bereitschaft, und zwar auf Abruf.

Erich Huld dagegen darf tun, wovon Hanno Brunsdorf nur träumen kann: Er darf sich in den Streifenwagen setzen und mit dem Streifenwagen-Polizeitelefon telefonieren. Der tazler hält sich in der Nähe. Er schaut angestrengt in eine andere Richtung und macht Ohren so groß wie die von Elefanten. Erich Huld muss die Notrufnummer nehmen, weil am Freitag um halb fünf keiner mehr da ist. Das Gartenbauamt kann zunächst keine Notwendigkeit erkennen, den Baum unverzüglich zu fällen. Es bestehe ja überhaupt keine Gefahr. Man habe es die bisherigen zehn Tage ganz gut mit der Kohlmaske aushalten können, oder nicht? Und wie er sich das vorstelle, jetzt die Leute wegen so einer Lappalie und ohne dass Gefahr bestehe aus dem wohlverdienten Feierabend rauszuklingeln. Aber das Gartenbauamt wird ruck, zuck einsichtig, als Erich Huld so sachlich wie sanftmütig darum bittet, ihm diese Absage schriftlich und namentlich gekennzeichnet zukommen zu lassen. Das sei leider unerlässlich. Er müsse dem Bürgermeister, der übrigens nicht gut auf diese Angelegenheit zu sprechen sei, hieb- und stichfest nachweisen, warum die Entfernung der Kohlmaske am heutigen Freitag nicht möglich gewesen wäre. Aha. Unter diesen Umständen seien in etwa einer halben Stunde drei Fachleute da, um den Baum zu fällen. Man möge sich bitte gedulden. Vielen Dank.

Auch Anja Behrens muss telefonieren. Du, Vadder, das geht noch an, ich komm nicht durch, erst muss noch ein Baum gefällt werden. Kannst du ’ne Beleuchtung vorbeibringen?

Eigentlich hat Papa Behrens noch furchtbar viel zu tun und überhaupt keine Zeit, aber nichts nimmt er sich lieber als Zeit für seine Tochter, denn er liebt sie abgöttisch und kommt schier um vor Stolz: Seine Tochter geht mit den Maschinen um wie mit ihrer Zahnbürste. Sie studiert Maschinenbau! Sie ist der einzige weibliche Student am Institut und schreibt bessere Noten als der Sohn von Ahrens! Behrens sagt als Erstes seiner Frau Bescheid, dass er später nach Hause kommt und warum, und dann wird er den Notstromaggregat-Anhänger ans Auto anhängen, zwei Strahler und das Fünfzig-Meter-Kabel auf die Rückbank legen und losfahren.

Eine halbe Stunde also. Was macht man jetzt. Fritten holen gehen und Wetten abschließen, ob die Stadt den Kohl heute noch wegkriegt. Der Schlawiner von der *taz* mit seinen Elefantenohren notiert folgende Wetteinsätze: ein Kasten Bier (fünfmal); Labskaus für euch alle (»euch alle« ist eine Gruppe von fünf oder sechs Personen, die den Einsatz geschlossen ablehnen); eine zusätzliche Woche Abwasch machen (zweimal); eine Flasche Korn (dreimal); aufhören zu rauchen (einmal); drei Tage mit rot lackierten Fingernägeln fahren (ein Fahrradkurier); zwanzig Mark (zweimal); nackt übern Jungfernstieg gehen (einmal); den Unterschied zwischen Bayrisch und Schwäbisch lernen (einmal). Nach seiner unvollständigen Statistik liegen Für und Wider in diesem Rennen Kopf an Kopf. Je in etwa die Hälfte glaubt, dass es heute noch klappt beziehungsweise dass es heute nicht mehr klappt. Helen Huld kommt mit dem tazler ins Gespräch. Sie vereinbaren, sich gegenseitig Notizen und Fotos zur Verfügung zu stellen. Aber jetzt muss man sich erst einmal verpflegen. Einige gehen zur *Heißen Ecke* runter, andere zu den Landungsbrücken. Man holt Pommes, Bratwürste, Frikadellen, Döner und Bier und bringt den anderen was mit. Jens fällt plötzlich ein, dass er Susanne nicht Bescheid gesagt hat. Er gibt Karl in die Obhut von Ulrich und spurtet zur nächsten Telefonzelle. Susanne ist nicht zu Hause. Sie kommt nämlich gerade bei der Versammlung an, hallo Ulrich, wo ist denn Jens? Kuck, da kommt er. Jetzt ist aber erst mal Warten angesagt. Susanne Meister muss aufs Klo und hat Durst. Warum nicht solange ins *Miller* gehen, was trinken und dann zurückkommen. Karl kann eine heiße Schokolade kriegen, die man aber erst wird abkühlen lassen müssen. Ulrich und Jens ist es recht, aber Kathrin Meister kommt nicht mit. Es hat nichts mit Ulrich zu tun, sondern sie hält sich vor Ort für unabkömmlich. Es könnte nämlich durchaus sein, dass sie nachher für das Archiv der Hulds einen Bericht schreiben muss, da kann sie nicht einfach zwischendurch weg. Aber sie bittet Susanne, ihre Thermoskanne mitzunehmen und sie im *Miller* auffüllen zu lassen. Einen schwarzen Tee mit Rum, bitte, ich geb dir mal 'n Zehner. Susanne hält es für weniger anstrengend, ja zu sagen, als ihrer Schwester zu erklären, dass das übertrieben ist und warum sie keine Lust dazu hat. Jens und Ulrich rollen die Augen. Sie sind froh, dass Kathrin nicht mitkommt. Wenn die wenigstens mal damit aufhören würde, andauernd ihre blonden Seidenglanzlocken über die Schulter zu werfen, dann wäre schon viel gewonnen.

Im *Miller* kriegen sie den letzten freien Tisch. Normalerweise ist es um diese Uhrzeit ziemlich leer, aber natürlich gab es außer ihnen noch ein paar andere Leute, die die gleiche Idee hatten. Susanne hastet sofort aufs Klo und stolpert dabei fast über einen

Koffer. Es ist ein Trompetenkoffer, denn außer den Leuten vom Denkmal sitzt hier auch noch die Blaskapelle *Tuten und Blasen*, die nicht kommerziell arbeitet und deshalb nach der Probe noch Zeit für das Aushandeln von Konsens-Entscheidungen hat. Damit ist die Kneipe voll bis auf den letzten Platz. Auf dem Klo denkt Susanne über eine Ausrede für Kathrin nach, mit der sie ihr die leere Thermoskanne und den Zehner zurückgeben könnte, aber dann ist es ihr zu anstrengend, sich eine Ausrede auszudenken, und nachdem Karl seinen lauwarmen Kakao gleichmäßig über Gesicht, Hände und Ulrichs rostfarbenen Wollpullover verteilt hat, geht sie mit der Kanne zum Tresen, drängt sich zwischen den Leuten durch und fragt, ob das ginge und was es koste. Die Frau hinterm Tresen lacht. Sie hat von ihren Gästen gehört, was los ist. Den Tee kriegt ihr so, gib mir haltn Heiermann fürn Rum.

Die ersten Grüppchen machen sich auf den Weg zurück zum Denkmal, und am Ende ist die Blaskapelle wieder unter sich. Man hätte aber ruhig noch etwas bleiben können, denn das Gartenbauamt lässt auf sich warten. Nicht eine halbe Stunde hat es gedauert, sondern eine ganze, bis die Fachleute für die Baumfällung kommen, eine Stunde, wovon sie zwanzig Minuten im Stau gestanden haben. Die zwei Forstwirte Hans Pankratz und Jörg Schneidermann sowie Diplomlandschaftsgärtner Udo Blohmke kommen mit einem Lkw, mit Absperrutensilien, mit einer Motorsäge, mit einem Buschhacker und mit schlechter Laune. Jetzt auf den Freitagfeierabend noch, als ob das nötig wäre. Sie werden von Erich Huld begrüßt, vielen Dank, dass Sie gekommen sind, eine von diesen beiden muss weg, links 'ne Eiche, rechts 'ne Eiche, in der Mitt zu wenig Platz. Die Fachleute entscheiden sich für die auf der rechten Seite, und dann fordern sie Höllenschmidt und seinen Kollegen auf, die Leute aus dem Weg zu schaffen, holen ihr Absperrzeug heraus und sperren zwei Baumlängen Radius um die

Eiche herum ab. Ulrich Held, der es nicht sehr eilig hat, aus dem Weg zu gehen, muss sich sagen lassen, dass er zusehen solle, hier wegzukommen, die Bekanntschaft mit einem fallenden Baum mache man nur einmal im Leben.

Die Menge hat sich um die Absperrung herum aufgestellt und wird leiser. Nun hat zwar inzwischen der Kollege von Höllenschmidt auf Höllenschmidts Anweisung hin das Blaulicht abgeschaltet, aber eine Menge, die einen großen Kreis um einen Baum bildet, ist noch attraktiver. Wird hier ein Theaterstück aufgeführt, und zwar umsonst? Von den Menschen, die an der Bushaltestelle am Millerntorplatz und aus der U-Bahn-Station St. Pauli aussteigen, landen die meisten bei der Versammlung. Unter ihnen Eberhard Fiedler, der Flauser am Telefon ganz kurz mit der Frage irritiert hatte, wer der Künstler sei, und der sich freut, dass er zufällig und ausgerechnet jetzt hier vorbei kommt, denn er hat nichts von der geplanten Entfernung der Installation gewusst. Die Menge wächst und tuschelt. Das hat man auch noch nie miterlebt, wie ein Baum gefällt wird. Man kriegt ja doch noch richtig was geboten hier. Während Diplomlandschaftsgärtner Udo Blohmke und Forstwirt Hans Pankratz den Baum prüfen (Wo ist die Hauptlast der Krone? Gibt es lose, vertrocknete Äste darin? In welche Richtung lassen wir ihn fallen? Wie sind die Rückweichmöglichkeiten?), geht Forstwirt Jörg Schneidermann und holt die Säge. Das haben sie auch noch nicht gehabt: Baumfällen mit großem Publikum. Es versetzt sie in eine gewisse Anspannung, die ihre Laune nicht bessert. Aber beim Baumfällen muss man ruhig sein. Sie stehen am Stamm der Eiche und besprechen sich, wie sie es machen wollen. Dann kommt Schneidermann mit der Säge vom Auto zurück. Mit dem besprechen sie sich auch noch mal, er wird nämlich den Motorsägenführer machen, und dann fangen sie an.

Behrens trifft mit der Beleuchtung ein. Er stellt das Fahrzeug am Rand ab und sucht zuerst seine Tochter. Nachdem er sie gefunden hat, begrüßt er auch noch Erich Huld, moin, moin, das wird ja richtig ne Staatsaktion hier. Motorsägenführer Schneidermann lässt die Säge an. Ganz schön laut, so eine Motorsäge. Sie macht ein anhaltendes, zerstörerisch klingendes Geräusch, in dem Erich Hulds Antwort untergeht. Schneidermann schneidet zunächst die Wurzelanläufe ab, je mit einem senkrechten und einem waagrechten Schnitt. Gegen den Widerstand des Holzes fräst sich die Säge durch und trennt, was gewachsen ist. Mit vier Ansätzen hat er sie. Jetzt wird der Menge schlagartig klar, was sie gar nicht bezweifelt hat: Die Absperrung hat durchaus einen Sinn. Obwohl die Eiche noch steht wie eine Eins, hält man plötzlich die Fachleute für entsetzlich gefährdet. Man spürt schon, dass der Baum fallen wird, noch ist jede Richtung möglich, und auf einmal beginnt man, das Volumen und die Masse der Eiche zu ermessen. Es werden ja bei Unwettern, fällt den Leuten jetzt ein, Menschen schon von einzelnen fallenden Ästen erschlagen, hier aber fällt ein ganzer Baum. Als Nächstes legt Schneidermann den Fallkerb an, das heißt, er schneidet einen Keil aus dem Baum heraus. Zuerst macht er einen waagrechten Schnitt in den Stamm, dann setzt er von oben an, in einem Winkel von etwa fünfundvierzig Grad, und schneidet bis zum Ende des ersten Schnitts. Dann kickt er den ausgeschnittenen Keil heraus. Jetzt weiß man wenigstens, in welche Richtung der Baum fallen wird, aber sicherer fühlt man sich dadurch nicht. Was man die ganze Zeit wusste und worauf man ja wartet, wird mit dem herausgestoßenen Keil materiell, unumkehrbar und wahr: Die Eiche wird fallen. Das Baumfällen entwickelt einen Sog. Wenn man damit angefangen hat, kann man nicht mehr zurück, und weil es wirklich gefährlich ist, sieht man zu, dass man es möglichst rasch hinter sich bringt.

Am Himmel die Wolkendecke verdüstert sich. Höllenschmidt,

sein Kollege und Diplomlandschaftsgärtner Udo Blohmke sichern die Absperrung. Sie stehen innerhalb am rot-weißen Band und halten die Leute im Blick. Höllenschmidt findet allmählich, dass zwei Polizisten für so eine Menschenmenge zu wenig sind. Zwar besteht kein Zweifel an ihrer Friedfertigkeit, die wollen bloß etwas geboten kriegen, aber es sind zu viele, und es werden dauernd mehr. Höllenschmidt ordert Nachschub per Funk, acht Mann müssten reichen, dann sind sie zu zehnt. Unterdessen wird allgemein der Gedanke laut, dass das mal wieder typisch sei, umweltfeindlich, naturverachtend, zerstörerisch, einen Baum wegen so etwas zu fällen. Die Eiche tut einem richtig leid. Ein Baum. Das Leben schlechthin. Ein ganzer Kosmos, genau genommen. Was da alles lebt in, von und an der Eiche, das wird alles mit fallen. Die Eiche, ein Lebensraum, einfach so abgesägt. Das ist doch Mord, Raubmord an der Natur. Also Mord is nu wirklich was anners, aber ich find das auch nich gut! Ich aunich. Wohl is das Mord! Die Eiche, in der Erde die Wurzeln, die Krone im Himmel, dazwischen, wo der Mensch wohnt, der Stamm, stark, aufrecht, zum Anlehnen für den bedürftigen Menschen. Ihr Laub, Eichenlaub, geflochten zu Kränzen, auf ungezählten Soldatenmänteln, Stahlhelmen, Zinksärgen. Ihr Name in den Namen von Fluren, Gemarkungen, Ortschaften, Straßen; ihr Name in deutschen Familiennamen, Joseph von Eichendorff, Adolf Eichmann, Dichter und Henker. In einem kühlen Grunde, da geht ein Mühlenrad. Neben Ulrich Held steht eine Frau, die eben vom Einkaufen kam, und aus dem kühlen Grunde ihres Rucksacks steigt der Geruch von schlecht gelüftetem Bioladen empor, würzig, moderig, säuerlich. Ulrich wird übel. Er geht woanders hin, er kommt an Kathrin vorbei, du, kann ich auch mal 'n Schluck Tee? Kathrin Meister wirft ihre Lockenpracht über die Schulter zurück und sagt nein. Unter ihren Füßen, zwischen Stiefelhacke und Asphalt, zerknackt eine Eichel. Aus Michael

Wägners rechtem Auge quillt eine Träne, er denkt an die Eichen in Friedrichsruh. Die Eiche wird fallen, so sicher wie das Amen in der Kirche, der Fallkerb klafft auf. Klopstock in seinem Grabe in Altona dreht sich um, von links nach rechts, und schläft weiter. Jens könnte kotzen, als Tischler denkt er ans Holz. Er denkt daran, was für ein feines, solides Holz das Eichenholz ist, wie gut sich das anfasst und verarbeiten lässt, wie haltbar es ist, und in was für grauenhaften, albtraumartigen Möbeln die Eiche oft endet: die altdeutsche Schrankwand im Wohnzimmer der Eltern, in dem man nicht atmen kann. Die Butter hatten sie sich vom Munde abgespart für die Schrankwand und dann das hinter ihr liegende Fenster zugemauert, um Schimmelbefall zu vermeiden. (Und wer denkt an Eichmann? Niemand. An Eichmann denkt man nicht gern.) Schneidermann setzt zum Fällschnitt an. Er geht halb in die Hocke, das eine Knie und der andere Fuß auf dem Boden, und hält die Säge waagrecht vom Leib weg. Neben ihm steht Hans Pankratz mit der Axt und den eisernen Fällkeilen in der Hand. Auf dem Millerntordamm rauscht der Feierabendverkehr. Die Menge wird still. Jetzt wirds ernst. Von der anderen Seite als der des Fallkerbs her schneidet Schneidermann mit der Motorsäge waagrecht in den Stamm, und Pankratz steckt den ersten Fällkeil in den Schnitt. Schneidermann zieht die Säge raus. Pankratz steckt den zweiten Fällkeil hinein. Dann packt er die Axt mit beiden Fäusten, holt aus und schwingt und fängt den Rückschlag des Aufpralls mit dem ganzen Körper auf und holt aus und schlägt wieder. Jeder Schlag, Metall auf Metall, geht schmerzhaft in die Ohren. Die Menge schweigt, die Leute hören auf, sich zu bewegen. Pankratz schlägt auf den zweiten Fällkeil. Beim dritten Schlag bewegt sich der Baum. Die Krone wankt um ein Winziges in die richtige Richtung. Pankratz schlägt noch einmal zu. Die Eiche beginnt zu fallen. Die Menge hält die Luft an. Mit dem Fallkerb und dem Fällschnitt hat

Schneidermann eine astreine Bruchleiste angelegt, die als Scharnier funktioniert, indem sie den Fall des Baumes lenkt. Anfänglich bremst sie ihn noch. Die Eiche fällt mustergültig, makellos, lehrstückhaft. Langsam erst, und immer schneller mit jedem Zentimeter, den sie dem Boden näher kommt. Das ist eine Wucht, die ihresgleichen sucht. Schneidermann und Pankratz machen einen Satz zurück und gleich noch einen. Während die Eiche fällt, ist die Menge eins. Bezwungen von der Wucht des Fallens, folgen alle Augen dem Baum, hören alle Ohren nicht mehr den Straßenverkehr, halten alle Münder den Atem an. Alle Pulse pochen schneller. Das Fallen der Eiche ist eindeutig, endgültig, unaufhaltsam, die Bruchleiste tut ihre Pflicht und bricht. Die Eiche schlägt auf. Karl schreit. Alle anderen stoßen gleichzeitig Luft aus, gepresst, zu viel auf einmal, die Wucht muss wo hin, die kinetische Energie vom Fallen hat sich auf die Menschen in der Menge übertragen, scheinbar unmotiviert müssen manche lachen und machen sich mit dem Lachen Luft. Die Eiche federt vom Aufschlag auf der Erde noch einmal ein Weniges hoch, und dann bleibt sie liegen. Finito, vorbei und passé, das wars. Die sekundenlange Lähmung der Menge gibt nach, der Atem normalisiert sich, man hört wieder den Straßenverkehr vom Millerntordamm und erzählt einander, wie die Eiche gefallen ist, man setzt den Ellenbogen auf den Handrücken und macht es mit einer Bewegung des Unterarms nach. Im Stillen empört sich Hanno Brunsdorf über seine Hilflosigkeit, wenn die Polizei ihn zur Bewachung der Absperrung eingesetzt hätte, er hätte gar nichts machen können, aber das nächste Mal, wenn so etwas passiert, dann weiß er Bescheid; bereits Bescheid wissen Schneidermann, Pankratz und Blohmke, die sich als Erste gefangen haben, sie kennen es ja; Erich Huld fällt die Rückkehr vom Hamstern nach dem Hamburger Feuersturm ein; Lutz Höllenschmidt hofft, dass die Kollegen bald kommen; Michel Wägner fühlt eine unsägliche Wut in sich aufsteigen; Kathrin Meister strengt sich an, um sich nichts entgehen zu lassen, und trinkt einen Schluck Schwarztee mit Rum; Petersen und Köpper in ihrer Verkleidung denken mal wieder das Gleiche: Sie haben doch gesagt, dass es am zu starken Wind liegt. Wieso hat man sie nicht noch einmal angefordert, gestern zum Beispiel wärs möglich gewesen, dann hätte man die Eiche stehen lassen können. Aber jetzt ist die Eiche hin, da liegt sie, gleich wird sie zu Kleinholz gemacht, und zwar mit dem Buschhacker. Was der Fleischwolf fürs Fleisch, ist der Buschhacker fürs Holz.

9. KAPITEL.
JETZT EINS.

Nachdem Jens Dikupp und Ulrich Held in der Nacht vom 25. auf den 26. August so überaus aalglatt und wie geschmiert ihr Probeturnen absolviert hatten und dem Bismarck erfolgreich aufs Dach gestiegen waren, ist wenige Stunden später, am Sonntag, den 26. August, im Berliner Martin Gropius Bau die Super-Erlebnis-Ausstellung und Mammutschau »Bismarck, Preußen, Deutschland und Europa« mit großem Tamtam und Tschinderassassa eröffnet worden. Bundeskanzler Helmut Kohl hatte dem deutschen Volk das Deutsche Historische Museum geschenkt, das nun mit der Mammut-Bismarck-Superschau die Arbeit am nationalen Geschichtsbild pflichtgemäß aufnahm. Allerdings hat die Ausstellung rein gar nichts mit der deutschen Einheit zu tun. Bereits vor drei Jahren, als man den Fall der Mauer noch für ein Märchen gehalten hätte, hatten die Ausstellungsmacher mit der Arbeit begonnen und können nun wirklich nichts dafür, dass überraschend und ausgerechnet jetzt die deutsche Einheit ihre Bismarck-Ausstellung krönt. Kein Geringerer als Bundespräsident Richard von Weizsäcker ist Schirmherr der Ausstellung. Seine Grußworte zur Eröffnung waren ein rhetorisches Glanzstück und haben mit ihrer eleganten Nachdenklichkeit die ohnehin hohen Erwartungen noch übertroffen. Aber auch die reine Freude sollte zu ihrem Recht kommen, und so haben sich im Anschluss daran alle echten von Bismarcks, aber nicht Michael Wägner, glücklich die Hände geschüttelt und fröhlich angestoßen und zugeprostet auf den Reichsgründer, auf die wirklich gelungene Ausstellung und natürlich vor allem auf die deutsche Einheit. Sogar die Gräfin Gunilla hatte sich aus dem warmen Marbella ins vergleichsweise kühle Berlin begeben, um einfach dabei zu sein und mitfeiern zu können. Im Grunde ist es schade, dass die Ausstellung nicht in Hamburg stattfindet, oder das Hamburger Bismarck-Denkmal nicht in Berlin steht, denn das Hamburger Bismarck-Denkmal ist unter den etwa sechshundert deutschen Bismarck-Denkmälern zweifellos etwas Besonderes. Die Besucher hätten nach der Ausstellung auf einem Spaziergang zum Denkmal die dringend benötigte frische Luft schnappen können, und die Ausstellungsmacher würden gewiss ein paar kritisch besinnliche Worte in der gebotenen Kürze für dies Gebirge von Granit gefunden haben.

Den September über jedenfalls sind Ulrich und Jens brav ihrer Arbeit nachgegangen, haben fleißig geschraubt und gehobelt und BiBi mit keinem Wort erwähnt, außer einmal am 9. September. An diesem Tag hatte Jens eine Postkarte aus Chile von Reiner und Geert erhalten, deren gesamtes Gerümpel einschließlich der Kletterausrüstungen auf seinem Dachboden lagert. Reiner und Geert hatten geschrieben, dass das Projekt scheiße und die Organisation korrupt sei, und wenn es so weitergehe, würden sie abbrechen und früher zurückkommen. Damit stand die Verfügbarkeit ihrer Kletterausrüstung infrage. Ulrich und Jens hatten daraufhin noch einmal einen Spaziergang an der Elbe gemacht, der mit der Entscheidung endete, dass man angesichts der Unbestimmtheit dieser Informationen nichts anderes tun könne, als abzuwarten, und dass man zur Not die fehlenden Teile käuflich erwerben müsse. Ansonsten hat sich Jens Dikupp in dieser Zeit nach Kinderliteratur umgesehen und liest Karl öfter mal etwas zum Einschlafen vor oder denkt sich eine Geschichte aus, wovon Susanne Meister angenehm überrascht ist. Würde Jens sich jetzt noch ohne Wenn und Aber an den inzwischen eingeführten Wochenplan halten, wer wann für Karl zuständig ist, dann bliebe ihr nicht viel zu wünschen übrig. Und nun kommt der ganz große, absolut einzigartige historische Augenblick. Das ganze Land, das noch nicht eines ist, bereitet die Feierlichkeiten generalstabsmäßig vor: außergewöhnliche Reden werden geschrieben, dem Anlass entsprechende Menüs zusammengestellt, riesige Mengen alkoholischer Getränke geordert, friedliche Polizeieinsätze geplant, Pyrotechniker mit der Kreation einzigartiger Feuerwerke beauftragt, ökumenische und Meditations-Gottesdienste entworfen, treffende Musiken ausgewählt, Orchester angefordert, Verstärkungs- und Übertragungsanlagen bereitgestellt, Sonderaufträge nach Thailand zur massenhaften Herstellung von Deutschlandfahnen gesandt, und tatsächlich können jetzt endlich Nähmaschinenbesitzerinnen im Osten eben jene private wirtschaftliche Initiative ergreifen, auf die sie vierzig Jahre lang gewartet haben, um als Subunternehmerinnen neben den Thailänderinnen auch ein wenig von der Nachfrage nach Deutschlandfahnen zu profitieren.

Am 2. Oktober liegt morgens eine verhaltene Spannung über dem Land. In Hamburg ist Kaiserwetter. Die meisten gehen noch, als ob nichts wäre, ihrer gewöhnlichen Arbeit nach, aber andere schieben Sonderschichten, laufen sich die Hacken ab und telefonieren sich Fransen ans Maul für die letzten hektischen Vorbereitungen der Großveranstaltung. Der ungeschriebene Startschuss ist das Ende der *Tagesschau*. Von allen *Tagesschauen* muss man diese gesehen haben, danach kann es losgehen, und man beginnt mit einem Spaziergang zum Rathausmarkt, der zum Epizentrum der Emotionen wird. Im Rathaus gibt es Labskaus und die Symphonie Nr. 1 c-Moll von Johannes Brahms, dem beliebten Sohn dieser Stadt, gemeinschaftlich dargeboten von der Staatskapelle Dresden und dem Philharmonischen Staatsorchester Hamburg. Der Bürgermeister gedenkt in seiner Rede der Opfer des Nationalsozialismus und verspricht: Wir wollen dazu beitragen, dass nie wieder Menschen über Deutschland oder über deutsche Politik Tränen vergießen müssen. Die Bürgerschaftspräsidentin dagegen bezeichnet die deutsche Teilung als unnatürlich und aufgezwungen. Dennoch erhalten beide Reden den gleichen tosenden Applaus, und das ist ein schönes Beispiel für die Meinungsvielfalt und -freiheit in der Demokratie. Die Grün-Alternative Liste veranstaltet einen satirischen Umzug mit der Blaskapelle *Tuten und Blasen* und danach in der Fabrik ein Punkkonzert unter dem Motto »Widerliche Vereinigung«. Dafür würden die Leute auf dem Rathausmarkt allerdings nicht applaudieren. Stattdessen bejubeln sie die Direktübertragung vom Berliner Reichstagsgelände, die auf einer riesigen Leinwand zu sehen ist. Um Mitternacht läuten alle Kirchenglocken. Das Feuerwerk auf der Binnenalster ist wirklich sensationell, bloß dass es leider wegen des Schwarz nicht möglich ist, die Nationalfarben in den Himmel zu schießen, und dass um Mitternacht, Punkt null Uhr, als die Nationalhymne erklingen soll, der Ton ausfällt. Aber auf die Häuserfront des Ballindamms wird mit modernster Lasertechnik die gigantische Light-Show »Geschichte der Wiedervereinigung« projiziert, nämlich eine langsam auf den Betrachter zurollende Erdkugel, Europa, Sterne, zwei aufeinander zukommende Hände mit Federkiel, die sich treffen und etwas unterzeichnen, dann die aufeinander zukommenden geographischen Umrisse der alten BRD und der alten DDR, die sich wie Puzzleteile aneinanderfügen und -schmiegen und sich dabei schwarz-rot-golden färben, und schließlich: lachende Kindergesichter, Friedenstauben, miteinander tanzende Menschen. All dies, Feuerwerk und Fahnenschmuck, Großleinwand und Laserprojektion, Rednerpult und Blumensträuße, all dies ist ebenso eine ephemere Inszenierung, wie anno 1871, als auf dem Rathausmarkt die siegreichen Truppen aus dem Frankreichfeldzug mit Triumphbögen, Girlanden und einem Reiterstandbild Kaiser Wilhelms I. empfangen wurden, wie anno 1895, als für den Besuch Kaiser Wilhelms II. eine Kaiserinsel auf der Binnenalster geschaffen wurde oder wie anno 1887 irgendwo in Louisiana. Die Hulds haben sich mit unbestechlich dokumentarischem Blick sowohl auf den Rathausmarkt als auch an den Jungfernstieg begeben und sind dann aber gleich nach Mitternacht wieder nach Hause gefahren, denn die Kassette im Walkman, mit dem akustische Eindrücke gespeichert wurden, war voll, die lichtempfindlichen Filme für Nachtaufnahmen in den Kameras verschossen, die Inszenierung vorbei, und kalt war ihnen auch.

Um all das nicht mit ansehen zu müssen, haben Ulrich Held und Jens Dikupp auch an diesem 2. Oktober mit der größtmöglichen Alltäglichkeit geschraubt und gehobelt und sich dann in ihre Wohnungen zurückgezogen. Sie haben sich um sechs Uhr morgens am Denkmal verabredet. Reiner und Geert haben nichts von sich hören lassen. Es ist weitgehend windstill, und der Mond ist voll. In der Gilbertstraße ist es um halb sechs schön ruhig. Karl schläft, Susanne schläft, durch ihre nur angelehnte Zimmertür ist leises Schnarchen zu hören. Jens, hellwach, steht auf, geht aufs Klo, zieht sich an, alles liegt griffbereit parat, und schleicht auf Zehenspitzen aus der Wohnung. Die Wohnungstür von außen ins Schloss zu ziehen ist zu laut, deshalb benutzt er dafür den Schlüssel. Wie stets ist er fünf Minuten zu früh. Er radelt die Gilbertstraße hinunter, geradeaus durch die Brigittenstraße, schräg rechts in die Annenstraße. Er hat eine fröhliche Wut im Bauch, und ein aktionslüsternes Kribbeln von den Haarspitzen bis zur Fußsohle treibt ihn an, er nimmt das letzte Stück Clemens-Schultz-Straße und biegt da in die Budapester Straße ein, wo Helen Huld ein paar Tage später den jungen Mann auf Englisch ansprechen wird. *Morgenstund hat Gold im Mund.* Niemand ist unterwegs, noch ist es dunkel, der volle Mond ist im Untergehen begriffen, die Sonne wird in anderthalb Stunden aufgehen, dann wird Jens wieder im Bett liegen und zumindest so tun, als ob er schlafe.

Auch Ulrich Held macht sich fertig. Auch er ist hellwach. Das ist nicht mehr eine popelige Probe, das ist Premiere und Derniere in einem. Wie er vor der Kloschüssel steht, überlegt er sichs anders. Er muss nicht wirklich dringend pinkeln, und heute wird er eine Ausnahme machen. Diesen Spaß will er haben, dass er dem Bismarck in den Kragen pisst. Er zieht sich an, steigt in den Gurt, schultert den Rucksack, läuft im Treppenhaus die vier Stockwerke runter. Auf der Straße, in der frischen Luft, dehnt er noch blitzschnell seinen Körper durch, Arme kreisen, zweimal in die Hocke mit je einem seitlich ausgestreckten Bein, schüttelt sich kurz wie ein nasser Hund, fühlt sich gut, fit, tatbereit, angriffslustig, steigt aufs Fahrrad und fährt los. Er fährt die Ditmar-Koel-Straße hinauf, nimmt die Linkskurve in den Venusberg, die Steigung spürt er kaum vor lauter Elan, er radelt hinauf, als ob es bergab ginge, biegt oben in die Seewartenstraße ein und fährt den Fußweg zwischen den Bäumen hindurch zum Denkmal hinauf; fährt auf dem Fußweg senkrecht auf die Seitenmauer zu, die das Plateau umgibt, ein paar Meter nach links an der Mauer entlang, auf der anderen Seite des Weges die Bäume, und dann ist er eingetreten in das Halbrund vor dem Denkmal. Er merkt, dass etwas nicht stimmt. Etwas stimmt nicht. Es liegt in der Luft. Man kann es förmlich riechen.

Irgendetwas ist ganz grundsätzlich falsch. Ohne sie auch nur ansatzweise zu verstehen, registriert Ulrich Held zwei störende Umstände, die nicht vorgesehen sind. Am Sockel des Denkmals lehnt ein Fahrrad. Das Fahrrad ist nicht abgeschlossen. Ulrich stellt sein eigenes Rad daneben, starrt das andere Fahrrad an und will es nicht glauben. Das Fahrrad ist fremd. Es ist nicht das Fahrrad von Jens. Jens ist nicht da. Das ist alarmierend. Es kann nicht sein, dass Jens nicht da ist. Jens ist immer da, und wenns drauf ankommt, erst recht. Ulrich Held weiß genau, wie spät es ist, und sieht auf die Uhr. Es ist Punkt sechs. Geht seine Uhr richtig? Jens müsste seit fünf Minuten da sein, ist ihm etwas dazwischengekommen? Was könnte ihm dazwischengekommen sein? Nichts, das ist absurd. Die Bäume, das Mauerwerk, der Rasen, die Treppen scheinen sich gegen Ulrich verschworen zu haben. Sie tun so, als ob alles normal und in Ordnung wäre, aber etwas ist nicht in Ordnung, und Ulrich Held weiß noch nicht einmal, was überhaupt los ist. Er spurtet die Treppen zur oberen Terrasse des Plateaus hinauf, vielleicht wartet Jens schon an der Stelle in Bismarcks Rücken, wo sie den Sockel erklettern werden. Vergeblich. Ulrich geht an der anderen Seite wieder hinunter. Vielleicht trifft Jens gerade ein. Er geht zu der Seitenmauer, von der der Fußweg zum Millerntordamm führt, von da muss Jens kommen. Jens kommt nicht. Er geht wieder zur anderen Seite hinüber, woher er selbst gekommen ist. Er dreht sich um. Der halbkreisförmige Platz vor dem Denkmal ist leer und verlassen. Verdammt. Ulrich Held legt den Kopf in den Nacken und sieht aus der Dunkelheit zwischen Bäumen und Unterbau am Denkmal hinauf ins diffuse nächtliche Licht zu Bismarcks Armen, Schultern und Kopf. Ein Adrenalinstoß knallt durch seinen Körper. Die Zeit bleibt stehen. Ulrich atmet nicht. Was er sieht ist vollkommen ausgeschlossen. Das ist nicht real. Er sieht auf Bismarcks Kopf einen weißen Sack mit einer rosa-schwarzen Kohlkarikatur, sorgfältig um den Hals herum zugebunden. Das ist nicht möglich. Das kann überhaupt gar nicht sein. Hat Jens schon allein …? Aber nein. Ulrich Held greift an den Rucksack, die Kohlmaske hat doch er. Seine berühmten Improvisationskünste versagen auf ganzer Linie. Ist alles ein Irrtum? Ulrich Held ist nicht in der Lage, seine Gedanken unter Kontrolle zu kriegen. Er zweifelt an seiner Wirklichkeitswahrnehmung. Was er weiß und was er sieht geht nicht zusammen. Er denkt an das erfolgreiche Probeturnen im August, er denkt daran, wie Jens vor dem Spiel Kamerun-Kolumbien die Karikatur gemalt hat, er denkt daran, wie er im Schweiße seines Angesichts geübt und trainiert hat. Das ist doch alles wahr. Ihm fällt nichts Besseres ein, als sich in den Arm zu zwicken, er spürt das Zwicken und weiß währenddessen ganz genau, dass das überhaupt nichts besagt. Seinen Kopf hat er immer noch im Nacken liegen und starrt die Kohlmaske an, ob die sich vielleicht, wenn er nur lang genug schaut, auflösen wird wie eine Fata Morgana. Die Kohlmaske löst sich nicht auf. Die Karikatur sieht anders aus als die seine im Rucksack. Aber warum? Ulrich lässt seinen Blick wieder am Denkmal herunter gleiten. Er spürt die Anspannung in den Halsmuskeln im Nacken. Da! Was ist das? Das kann doch nicht wahr sein! Nachts sind alle Katzen grau. Täuscht er sich? Dreht er jetzt völlig durch, oder lässt sich da nicht eine Gestalt zwischen Schwert und Beinen hinab? So schemenhaft alles, undeutlich, die Gestalt genau im gleichen Grau wie das Denkmal. Oder ist das ein Tier? Katzenartige Bewegungen, aber viel zu groß für eine Katze, das ist ein Mensch, wieselflink, ohne Seil, mit etwas auf dem Rücken. In Ulrichs Kopf beginnen die nackten Fakten sich ineinanderzuhaken, das fremde Fahrrad, die andere Kohlmaske, die graue Gestalt, er wehrt sich dagegen, er will es nicht glauben. Er müsste einfach abhauen, er hätte schon vorher abhauen müssen, jetzt erst recht, aber er kann es nicht, er kann sich nicht lösen, er bleibt stehen wie angewurzelt. Und es ist durchaus wahr, jetzt kommt die graue Gestalt die Treppen herunter, kommt näher, ihre Konturen schärfen sich langsam, kommt noch näher, wird erkennbar.

Es ist die Frau mit den Grübchen. Sie hat genau den gleichen Arbeitsoverall an wie er, und auch sie hat wegen der Bewegungsfreiheit eine Nummer größer genommen. Darüber trägt sie noch eine Jacke, natürlich in Grau, und das auf dem Rücken ist ein Rucksack. Er spricht sie sofort an, er muss sie ansprechen, allein schon wegen dieser problematischen Situation, und er stellt ihr die dümmste Frage, die er je in seinem Leben gestellt hat, er sagt, was machstn du hier?, seine Knie werden weich, er merkt, dass er pinkeln muss, und er beginnt zu begreifen, was los ist.

Denkmalpflege, sagt die entsetzlich samtene Stimme, und du?

Ich auch, wir, ich versteh das nicht, wieso, sag mal, bist du da echt ohne Seil rauf?

Ja, wie willst du denn das Seil überhaupt anbringen?

Nun ist wenigstens das Offenkundige ausgesprochen; Sicherheit ist hergestellt, dass man gleichermaßen drinhängt und entsprechend die Klappe halten wird.

Erzähl ich dir später. Hast du ’ne Erklärung?

Nä.

Aber ich, was hältst du …?

Er angelt einen von den drei Umschlägen mit der Erklärung aus der Brusttasche seines Overalls, öffnet das Kuvert ebenso hektisch wie möglichst schonend und gibt ihr das Schreiben in die Hand.

Super, aber wieso Heiner Geißler?

Scheiße, da hinten kommt ’n Bulle!

Vom Millerntordamm her kommt Polizeimeister Peter Fischer um die Seitenmauer gebogen. Zwar gibt es keine konkreten Hinweise, aber da dies ein nationales Ereignis ist, und sich am Bismarck-Denkmal gerne die Rechtsradikalen treffen, hat er sich gedacht, dass er eben noch mal nachsieht. Sein Kollege und er hätten auch mit dem Streifenwagen herauffahren können, doch Peter Fischer war nach frischer Luft, und so lässt er seinen Kollegen unten im Auto warten und geht extra langsam, um die paar Schritte im Freien zu genießen. Da ist doch sowieso nichts los.

Jetzt die Flucht zu ergreifen, wäre das Verkehrteste, was Ulrich Held und die Frau mit den Grübchen überhaupt tun könnten. Wenn sie jetzt anfangen zu rennen, ist das wie ein Eingeständnis, dass sie etwas verbrochen haben, und man wird sie verfolgen. Eine aberwitzige Hoffnung besteht darin, dass dieser Scheißbulle nicht nach oben schauen und also die Kohlmaske nicht sehen wird. Vom Fußweg aus ist sie durch die Bäume verdeckt, er könnte sie höchstens schon vorher bei der Anfahrt gesehen haben. Die Frau mit den Grübchen reagiert, noch bevor Ulrich das Wort Bulle ganz ausgesprochen hat. Mit einer einzigen, unglaubwürdig schnellen Bewegung hat sie gleichzeitig die Erklärung in ihre Jackentasche gesteckt, sich ihrer Jacke samt Rucksack entledigt, den Rucksack von der Jacke abgestreift, ihn mit nur einem Träger wieder über die Schulter gehängt und reicht Ulrich ihre Jacke hin, bind dir das um die Hüften, der darf deinen Gurt nich sehn.

Da Polizei im Anmarsch ist, hat Ulrich wieder Boden unter den Füßen und konzentriert sich. Aber während er die Ärmel ihrer Jacke vor dem Bauch verknotet, wird er untenrum umschlungen von der Körperwärme der Frau aus der Jacke, die sich heiß anfühlt in der Kälte der Nacht, und die Frau nähert sich einen Schritt, und wieder kommt diese Stimme, ein bisschen tief und butterweich, sie flüstert, wir müssen so tun, als wären wir ein Liebespaar, wir müssen knutschen.

Also, das ist doch der größte Schwachsinn aller Zeiten. Die hat doch keine Ahnung. Die macht eine solche Aktion zum ersten Mal und liest ansonsten zu viel Romane. Tatsächlich bleibt ihnen gar nichts anderes übrig. Ulrich Held nickt. Der eben gewonnene Boden unter den Füßen schmilzt weg. Sie kommt auf ihn zu, unaufhaltsam, nah und näher, sie schwitzt vom Klettern, sie riecht gut, sie riecht wie Hamburg am Hafen, wenn der Nordwestwind geht, sie schiebt ohne Zögern ihre Hände auf Höhe der Nieren zwischen seinen Rucksack und Rücken, aahhh, Ulrich durchrieselt ein hitziger Schauer, er umfasst ihre Schultern, vorsichtig, als müsste er Seifenblasen einsammeln, ihr Gesicht kommt an seines heran, er spürt ihren Atem, und dann fühlt Ulrich die Lippen, das nackte Fleisch, pulsierend noch von der eben bewältigten Anstrengung, ihre Lippen auf seinem Mund. Er hat sofort einen vorschriftsmäßigen Ständer, und die volle Blase drückt. Duschen hätte er sollen gestern Abend und sich rasieren. Er will sie wirklich küssen, doch die Lippen bleiben geschlossen liegen auf seinen. Ulrich Held muss das Gewicht von einem Bein auf das andere verlagern, irgendwie ist er furchtbar wackelig und gar nicht im Gleichgewicht, und nun nähern sich langsame Schritte, jetzt wo der Bulle kommt, bewegt die Frau ihre Lippen, Ulrich Held möchte sterben, Peter Fischer räuspert sich, die Frau lässt ihre Hände an Ulrichs Rücken hinuntergleiten, Ulrich glaubt, dass er gleich zusammenbricht, Peter Fischer bleibt stehen, räuspert sich noch einmal etwas lauter und sagt, Kinder, Kinder, ja, habt ihr denn kein Zuhause?

Doch, sagt die Frau, ohne Ulrichs Vorderseite mit dem Gurt freizugeben, und sieht den Bullen treuherzig an, aber da können wir nicht allein sein.

Ach jeh!, Peter Fischer nickt. Das kann er gut verstehen. Sein Blick geht ins schattenhafte Nichts der dunklen Bäume. Als er selber noch jung war, vor etwa fünfunddreißig Jahren, richtig gut aussehend und schlank war er damals noch, da hat er genau das gleiche Problem gehabt mit seiner Heidemarie. Nirgends konnte man mal. Er wendet sich wieder den jungen Leuten zu, also passt auf, heut ist es besser, wenn ihr woanders hingeht, es könnte nämlich sein, ich sag mal so, wir können aufgrund von Erfahrungswerten nicht mit Sicherheit ausschließen, dass sich hier heute noch Neonazis versammeln. Die sind ja nicht so sehr für die Liebe, das wisst ihr ja wohl.

Und wenn jetzt Ulrich Held nicht bald mal das Maul aufmacht, die Zähne auseinanderkriegt und Handlungsfähigkeit beweist, dann hält man ihn womöglich noch für ein Mädchen. Er wendet sich an den Polizisten, was für ein Glücksfall, da sind wir ja echt froh, dass Sie vorbeigekommen sind, vielen, vielen Dank für den Hinweis, und macht dazu so ein Nicken, wie es Leuten aus wohlhabenden Familien eigen ist, ein Nicken, mit dem man Kellner in teuren Restaurants vom Tisch entlässt. Dann wendet er sich wieder der Frau zu, was meinst du, Schatz, wollen wir dann mal die Flucht ergreifen?

Peter Fischer geht. Die jungen Leute tun ihm leid. Und das, wo doch heutzutage alles viel einfacher geworden ist. Das Wesentliche ändert sich scheinbar nie. Er muss wieder zum Auto zurück. Die jungen Leute stehen wie zur Salzsäule erstarrt, eng umschlungen, und schauen ihm nach. Er könnte sich noch einmal nach ihnen umdrehen. Das ginge noch an. Deshalb umschlingen sie sich ja. Aber wenn der jetzt den Blick hebt und am Denkmal hinaufsieht, dann ist alles vorbei. Dann können sie einpacken mit ihrer Pärchenturtelei und ihrem unschuldig Tun. Peter Fischer aber sieht immer nur nach vorne und geradeaus und denkt dabei an Heidemarie. Er geht in Richtung Millerntordamm, und dann fällt ihm noch ein, dass er auch hinten auf dem Plateau nachsehen sollte, ob sich da nicht etwa ein Neonazi versteckt hat. Er geht die Treppen hinauf. Und jetzt nichts wie weg. Schnellschnellschnell, hier deine Jacke, da deine Erklärung, Rad untern Arsch und Vollgas gegeben.

Wie besinnungslos rast Ulrich Held die Seewartenstraße und Bernhard-Nocht-Straße runter, brettert wie ein Berserker über das Kopfsteinpflaster der Davidstraße, überquert die Reeperbahn, fährt die noch ein paar Meter links runter, schließt sein Fahrrad ab und betritt den *Goldenen Handschuh* am Hamburger Berg. Diese Kneipe haben sie als Treffpunkt vereinbart, falls etwas schiefgeht. (Der erste Besitzer Anfang der fünfziger Jahre war mal Europameister im Boxen, daher der Name.) Der *Goldene Handschuh* hat rund um die Uhr geöffnet und außerdem den Vorteil, dass man sie da nicht kennt. Mit diesem Milieu haben Ulrich Held und Jens Dikupp keine Berührungspunkte. Und wenn Jens jetzt nicht da ist, dann ist ihm etwas passiert. Dann ist er entweder auf einer Polizeiwache oder im Krankenhaus oder liegt irgendwo bewegungsunfähig auf der Straße. Weder – noch. Jens sitzt am Tresen vor einem Glas Mineralwasser und muss sich die deprimierende Lebensgeschichte einer betrunkenen Hure anhören, die altershalber keine Kundschaft mehr hat, sondern Krankheiten und Schulden. Ihm ein Zeichen zu machen, dass er bezahlen soll und aufs Klo hechten, ist eins. Wie sie draußen sind, sagt er bloß, Erklärung zustellen, alles andere später, und dann fahren sie los. Jens zur *Mopo* und zur *taz*, Ulrich zum *Hamburger Abendblatt*, zum NDR und zur CDU. Sie treten in die Pedale, was das Zeug hält, und fahren so in den Sonnenaufgang des vereinigten Deutschlands hinein.

10. KAPITEL.
JETZT ZWEI.

Die Straßenlampen gehen an. Ein fieses, ein dunkles Zwielicht entsteht. Zwar wird die Sonne erst in einer halben Stunde untergehen, aber von der Sonne ist sowieso überhaupt gar nichts zu sehen. Die Wolkendecke über der Stadt ist dick und schwer, schwarzgrau und undurchlässig. Blohmke und Schneidermann haben ihre Absperrung so zusammengezogen, dass der Weg für die Pab frei ist, und Hanno Brunsdorf hat unaufgefordert mit angefasst und dabei wiederholt Vorsicht! und Achtung! gerufen. Pankratz holt den Buschhacker ran. Unterdessen sind nahezu zeitgleich sowohl je ein Reporter und ein Fotograf von der *Mopo* und vom *Hamburger Abendblatt* als auch die polizeiliche Verstärkung von acht Mann eingetroffen. Die Polizei, darunter übrigens Peter Fischer, bewacht die unangemeldete Versammlung dadurch, dass sie herumsteht, Leute beobachtet, gelegentlich mal auf die Armbanduhr sieht und bei Bedarf Fragen von Teilnehmern beantwortet. Sie hält sich außerdem bei den Fachleuten vom Gartenbauamt sowie bei Erich Huld und Arne Behrens über den weiteren Verlauf des Geschehens informiert, damit sie die Menge entsprechend leiten und lenken kann. Für die interne Kommunikation macht sie hin und wieder

Gebrauch von ihren Funkgeräten, was ein wenig übertrieben ist, aber gut aussieht. Der Barkeeper Magister aus der *Sicherheit*, der unmittelbar nach dem Fall der Eiche angekommen ist, mokiert sich bei seinem Kumpel, dem tazler, über die Polizei, da kannste mal wieder sehen, wie unser Steuergeld für uns arbeitet. Er hat, als er eintraf, Höllenschmidts Streifenkollegen gefragt, worum es hier gehe, was das für eine Veranstaltung sei, worauf der die Schultern zuckte, ihm sei nicht bekannt, dass es um etwas gehe, angemeldet sei die Versammlung nicht, es lägen keine Informationen vor.

Blohmke, Pankratz und Schneidermann beginnen die Eiche zu zerlegen und zu Kleinholz zu machen. Anja Behrens setzt sich ans Steuer und lässt den Motor an. Auch Papa Behrens geht zu seinem Auto, er muss ja das Licht und den Strom hinbringen. Ein paar Leute, die mitdenken, eilen vorweg zum Kanzler hinauf, um die Plätze mit der besten Sicht auf die Kohlmaske zu sichern, darunter natürlich die Presse. Die meisten denken nicht mit, sondern schauen zu, wie der Baum fertig gemacht wird. Mit Gekrach saugt der Buschhacker die Äste ein und zerschreddert sie. Aber das Losgehen der wenigen zieht andere nach, du, komm, lass uns mal raufgehen, gibt ja keine Platzkarten hier. Und als die Pab anfährt, begreift die Mehrheit der Menge, dass es jetzt am Denkmal zur Sache geht, was natürlich viel interessanter ist als diese Aufräumarbeiten an der gefällten Eiche. Bis auf ein paar wehleidige Naturanbeter, die später Zeugnis ablegen wollen von der brutalen Zerstückelung des Baums und der sinnlosen Zerstörung wertvollen Lebensraums, ist allgemeiner Aufbruch nach oben. Die Menge setzt sich in Bewegung. Aber anstatt dass die Leute vernünftigerweise einfach mal die Pab und Papa Behrens mit dem Notstromaggregat-Anhänger vorfahren lassen, damit die ihren Job machen können, strömen sie zum granitenen Kanzler hin, und schon kommt die Pab nicht mehr durch, von Papa Behrens ganz zu schweigen. Vorweg Leute, auf dem Fußweg, rechts und links zwischen den Bäumen, überall Leute, dazu die herbeieilende Polizei, die den Weg frei machen will, dann die Pab im Schritttempo, und danach ein großer Pulk mit Papa Behrens mittendrin. Als ob es am Denkmal Freibier gäbe. Es hat gar keinen Sinn, die Leute vor der Pab wegzuscheuchen. Helen Huld zum Beispiel versteht plötzlich kein Deutsch mehr. Als Peter Fischer sie bittet, zur Seite zu gehen, lächelt sie ihn zustimmend an, may I take your picture, please? Und jetzt kommen auch noch *Tuten und Blasen*, da kommen sie, die ganze Band, sie spielen schon, Saxophone, Posaunen, Trompeten, Klarinetten, eine Tuba, Trommeln, Perkussionsinstrumente, alle im Einsatz, kommen sie spielend an und gehen sofort vor die Pab. Sieh an, sieh an, wie man denen Platz macht, da braucht es plötzlich keine Polizei mehr, und ein paar Leute fangen an, sich mit der Musik zu wiegen, und auf einmal sieht man Leute lächeln. *Tuten und Blasen*, deren Repertoire sich keineswegs auf das Liedgut der internationalen Arbeiterbewegung beschränkt, spielen aber nun doch aus gegebenem Anlass *El pueblo unido*. Die älteren *taz*-Leser summen leise mit und schmunzeln, wie solche Brunsdorf-Typen mit diesem Lied mitgehen. Hanno Brunsdorf selbst hat es noch nie gehört. Die Blaskapelle hat das berühmte Arrangement von Carla Bley übernommen, und daran gefällt ihm ausnehmend gut die behäbig würdevolle Getragenheit, die gleichwohl eines gewissen Schwunges nicht entbehrt, und am meisten gefällt ihm das starke Pathos. Davon abgesehen findet er, dass die Polizei ihn jetzt eigentlich aufrufen und einsetzen müsste, die hat das hier doch nicht wirklich unter Kontrolle, und zwar weil sie zu wenig Mann haben, das kann doch ein Blinder mit Krückstock sehen, dass die Verstärkung brauchen. Er hat nicht ganz unrecht damit, dass es mit dem Lenken und Leiten der Menge polizeilicherseits etwas hapert. Zehn Mann sind tatsächlich zu wenig, und gegen die Musik kann man schon gar nichts ausrichten. *Tuten und Blasen* bewegen sich vor der Pab allerhöchstens millimeterweis vorwärts. Sie gehen hin, sie gehen her, sie machen mal ein Schrittchen vor und dann auch gelegentlich noch eins, aber danach auch wieder eins zurück, und die Menge schließt auf und bleibt stehen und geht mit.

Susanne und Kathrin Meister stehen vorne rechts neben der Pab und erklären Karl, was *El pueblo unido jamás será vencido* heißt, aber das wollte Karl eigentlich gar nicht wissen. Karl will auf die Schultern, das ist viel wichtiger. Wo ist denn Jens, der soll ihn nehmen, Susanne ist das zu anstrengend. Sie kann Jens nicht sehen. Jens hält sich mit Ulrich zusammen etwas abseits hinter dem Notstromaggregat und gibt sein Fachwissen über Eichenholz zum Besten, unterbrochen von Ulrichs hochinteressierten Nachfragen. Diese musikalische Revolutionsfolklore geht ihnen auf die Nerven. Im Übrigen sind sie gleichermaßen stolz wie gekränkt und lenken sich mit dem Fachgespräch über Eichenholz davon ab. Sie sehen sich trotz allem immer noch als Täter, schließlich ist ja auch die Erklärung von ihnen, und da ist so ein Fachgespräch über Eichenholz auch wieder eine gute Tarnung, falls einer von diesen Zivilbullen hier rumturnt und durch das Belauschen von Gesprächen hinterrücks Informationen erschleichen will. Ulrich dreht sich um und schaut sich die Leute in seinem Umkreis an. Kein Zivi weit und breit. Die erkennt man ja immer auf hundert Meter mit ihrem krampfhaft unauffälligen Erscheinungsbild, und jede Geste und Bewegung, noch das Anzünden von Zigaretten, jeder Blick aus den Augen verrät sie als Bullen. Neben Ulrich und Jens stehen schweigsam Petersen und Köpper herum. Die beiden haben den Blick auf den Boden gerichtet und sind nicht ganz komfortabel in ihren Verkleidungen. Sie finden das Gespräch über Eichenholz ermüdend langweilig und begeben sich deshalb dahin, wo die Musik spielt. Was muss auch dieser Holzspezialist so laut reden.

Die Musik spielt inzwischen einen traditionellen anatolischen Tanz, und zwar sowohl eingedenk der hervorragenden Beziehungen zwischen dem deutschen Kaiserreich und dem Osmanischen Reich als auch und vor allem, weil *Tuten und Blasen* diese bisher nur passiv glotzende Menge ein bisschen auf Vordermann bringen möchten. Der anatolische Tanz beginnt eher ruhig, aber dann legt er los, wird flott und zeigt Wirkung. Ein paar Leute fangen an zu tanzen, und andere klatschen im Rhythmus mit.

Arne Behrens am Steuer hat das Fenster heruntergekurbelt und unterhält sich mit Erich Huld, der Musik wegen mit etwas erhobener Stimme. Behrens bedauert, dass es nicht früher möglich gewesen sei, eine Pab zur Verfügung zu stellen, diese hier sei nun gewartet, das knarzende Geräusch habe von einem schadhaften Teil hergerührt, das Teil sei ausgewechselt und damit die Sicherheit wiederhergestellt, und die gehe ja schließlich vor. Es sei aber doch gut, dass endlich die Kohlmaske wegkomme. Erich Huld stimmt unbedingt zu. Er muss sich sehr zusammenreißen, um sich eine gewisse fröhliche Zufriedenheit über den Hergang der Dinge nicht anmerken zu lassen. Die Musik ist ja wirklich umwerfend. Am liebsten würde er, bevor die Kohlmaske abgenommen wird, eine kleine Ansprache halten. Er würde den Menschen gerne etwas über Denkmaleinweihungen im Kaiserreich, über seine Rückkehr nach dem Hamburger Feuersturm und etwas über Rosalie Schattenbach erzählen. Im Grunde aber ist es gut, dass das natürlich nicht geht. Solche Redenhalterei ist doch eine Unart. Es ist besser, wenn die Menschen an dem Ereignis unvermittelt teilnehmen können, wenn sie es erleben, anstatt sich seine Deutung anhören zu müssen. Indessen kämpft der uneheliche Bismarckspross Michael Wägner mit sich und der Welt. Seine unsägliche Wut wandelt sich in Verzweiflung, und die Musik macht alles noch schlimmer. Zuerst dieser getragen schwere, dieser wahrhaft unaufhaltsame

Marsch, und jetzt auch noch dieses orientalisch Tänzerische, dieses verlockend nicht ganz Geheure. Diese Veranstaltung hier ist nicht mehr aufzuhalten. Und ist das nicht auch irgendwie seine Schuld? Hätte er nur seine geheimen Informationen ordentlich zu Papier gebracht und dem Denkmalamt zukommen lassen, dann hätte das Denkmalamt doch gar nicht anders können, als Verbleib und Konservierung der Kohlmaske zu verfügen. Es ist alles zu schwierig. Und nun ist der Zugang zum Halbrund vor dem Denkmal ein Nadelöhr. Es staut sich. Man tritt einander auf die Füße. Die Band bleibt stehen. Die Pab muss anhalten. Die Leute treiben hinein in das Halbrund. Michael Wägner bäumt sich ein letztes Mal auf, indem er mitten in diesem Nadelöhr in die Hocke geht, um seine Schnürsenkel zu binden. Er weiß, dass das nichts nützt, dass er bloß ein Stocken von der Dauer des Schnürsenkelbindens bewirkt, mehr nicht, und die Menge strömt auf den Platz.

Die Menge strömt auf den Platz. Die Pab steht vor dem Nadelöhr und kommt nicht weiter, weil die Leute unbedingt noch schnell vor der Pab auf den halbrunden Platz vor dem Denkmal wollen. *Tuten und Blasen* gehen im Gänsemarsch durch das Nadelöhr und schwenken ihre Instrumente im Takt. Anja Behrens ist mit großer Geduld gesegnet, sie hupt nicht ein einziges Mal. Die einen laufen mit und lassen sich treiben und schwingen die Hüften, die anderen sind auf ihren persönlichen Vorteil bedacht, der im Augenblick darin besteht, den Platz mit der besten Sicht einzunehmen. Für gewöhnlich ist dieser Platz vorne, aber hier verhält es sich genau umgekehrt, und deshalb gibt es ein Durcheinander und Hin und Her, komm, wir gehen dahin, nö, lass uns nach hinten, schnell, da sieht man besser, und endlich haben sich sechs Polizisten dank der Kommunikation mit den Funkgeräten bei der Pab eingefunden und halten mit vereinten Kräften die Leute zurück, sodass die Pab in das Halbrund hineinfahren kann, gefolgt von denen, die nicht schnell genug waren, sich vorzudrängen, und dann kommt noch Arne Behrens.

Höllenschmidt ist etwas überfordert, er will den Standplatz für die Pab am Sockel des Denkmals freihalten. Aber was ist das? Wen sieht er da zwischen den ganzen Leuten? Sind sie es oder nicht? Es ist ja inzwischen noch dunkler geworden, es ist so ein Weltuntergangslicht. Höllenschmidt reckt seinen Kopf hin und her. Sie sind es. Das kann doch nicht wahr sein. Was haben jetzt seine Söhne hier verloren? Die müssten doch beim Training sein. Wenn die sich jetzt nicht mal mehr für Fußball interessieren, sind die womöglich schwul? Immer noch besser als drogenabhängig, und man muss es ja nicht in der Verwandtschaft herumposaunen. Höllenschmidt möchte einem Impuls nachgeben, zu seinen Söhnen hin, was macht ihr hier? Wieso seid ihr nicht beim Training? Aber er besinnt sich eines Besseren. Das kann er sich sparen, sich vor all diesen Leuten solche pampigen Is-mir-doch-egal-Antworten einzufangen. Wenn die wenigstens mal sagen würden, was überhaupt los ist. Verdammt, es ist doch nichts dabei, wenn sie Fußball nicht mögen, dann sollen sie es halt sagen, dann können sie doch ohne weiteres Handball machen oder Federball oder Tischtennis, aber sagen müssen sie halt mal was! Zu Hause wird er sie darauf ansprechen, das muss er machen, unbedingt, aber nicht jetzt, er muss sich jetzt auf den Dienst konzentrieren, aber zu Hause, zu Hause muss er wirklich mal mit ihnen reden.

Tochter und Vater Behrens stellen die Fahrzeuge am Sockel ab und steigen aus. Die Menge richtet sich ein. Es zeigt sich, dass man gut daran tat, sich vorzudrängeln, denn der Platz ist zu klein für die Menge. Er füllt sich, die Leute stehen enger und enger, man muss jetzt aufs Plateau ausweichen. Zu dumm, dass man auf der oberen Terrasse des Plateaus, von Bismarcks Rückseite aus, nichts sehen kann, aber die Treppen, die da hinaufführen und mittig an

Bismarcks Seiten enden, füllen sich. *Tuten und Blasen* postieren sich auf der südlichen Treppe, wo sie den anatolischen Tanz allmählich beenden und zu *Lebedik Un Freilach* übergehen, einem Klezmerstück, bei dem noch nie jemand nicht angefangen hat zu tanzen oder nicht mindestens mitzuwippen. Die Mauer, die das Plateau umgibt, ist so dick, dass man gut in zwei oder drei Reihen auf ihr stehen kann, und die vorderen Teile der Seitenmauern füllen sich ebenfalls. Ulrich, Jens und Susanne mit Karl haben sich zusammengefunden und haben verdientermaßen die Parkbank ergattert, die Bismarcks Gesicht gegenüber auf dem Scheitelpunkt des Halbrunds steht. Karl sitzt wieder auf Jens' Schultern und schlägt den Takt zur Musik auf dessen Kopf. Helen Huld hat sich auf das vordere Ende der südlichen Seitenmauer begeben, auch von da ist alles gut zu überblicken. Sie legt einen neuen Film ein und dreht die Lichtempfindlichkeit hoch. Feuerwehr-Truppführer Rittmeester, dessen Leiter zu kurz war, ist auch gekommen, und zwar gemeinsam mit Renate Martenk, die sich am Tag danach im Denkmalamt bei Flauser beschwert hatte. Rittmeester und Martenk haben ein heimliches Verhältnis und haben heute ihr Schäferstündchen geopfert, denn die Entfernung der Kohlmaske ist ihnen ein innerer Fackelzug. Sie lassen sich von Kathrin Meister etwas Tee mit Rum ausschenken und stoßen mit den Plastikbechern auf den Sieg von Recht und Ordnung an. Währenddessen stellen Vater und Tochter Behrens mit der Unterstützung von Polizei und Erich Huld entsprechend den besten Sicherheitsvorschriften der Welt eine Absperrung um die Fahrzeuge herum auf und gewährleisten damit den erforderlichen Sicherheitsabstand zwischen Pab und Passanten. Dann fangen sie an, die Pab einzurichten.

Ungeachtet der aufrührenden Musik und des großen Publikums, das jetzt aber wirklich was geboten kriegen will, hilft Arne Behrens seiner Tochter mit der allergrößten Ruhe, die Unterlagen für die seitlichen Abstützungen auszulegen, abgenutzte Holzplatten nämlich, und die Leute an der Absperrung schauen ihnen dabei zu und verfolgen jeden Handgriff. Dann fährt Anja Behrens die hydraulischen Abstützungen aus. Is ja klar, dass der abgestützt werden muss, Hebelwirkung, Statik, was glaubste, was da für Kräfte im Spiel sind. Väter mit leuchtenden Augen erklären verständnislosen, aber von der väterlichen Begeisterung überwältigten Söhnen, was da vor sich geht und warum es so sein muss, aber die Söhne sind viel zu abgelenkt von der Musik, um die Erklärungen der Väter zu verstehen. Arne Behrens geht zu seinem Auto und holt die zwei Strahler. An den Zugängen zum Denkmal stehen Leute und müssen zur Kenntnis nehmen, dass sie nicht mehr rankommen. Einige laufen zur Kersten-Miles-Brücke rüber, darunter auch Friedrich Flauser, der sich dumm und dämlich ärgert, dass er zu spät gekommen ist. Andere eilen zum Eingang der Wallanlagen an der Ecke Glacischaussee, und manche geben auf und gehen nach Hause, denn was soll eigentlich dieses ganze Theater hier, und so interessant ist das nun auch wieder nicht.

Die Seitenabstützungen der Pab sind ausgefahren, die Unterlagen sorgfältig justiert, die Pab ist gesichert, einsatzbereit, startklar. Die Menge schwingt die Hüften. Anja und Arne Behrens steigen in den Korb am Ende des noch auf der Pritsche liegenden Teleskoparms, befestigen die beiden Strahler an seinem Rand und richten sie aus. Dann geht Papa Behrens noch einmal zu seinem Auto zurück, holt das Kabel heraus, schließt es an und schaltet das Notstromaggregat ein. Er hat es wirklich nicht mit Absicht gemacht, aber er hat es ziemlich genau auf den Schlussakkord von *Lebedik Un Freilach* eingeschaltet. Der Wechsel von der Musik zum Notstromaggregat ist krass. Jetzt gehts los. Während Papa Behrens, das Kabel entrollend, wieder zur Pab zurückgeht, tuscheln *Tuten und Blasen* hektisch hin und her. Was macht man jetzt? Scheißkrach, wir hören auf, scheißegal, nö, doch, jetzt erst recht, jawoll, voll aufdrehen, das Notstromaggregat niederspielen mit *Mandalay*, was spielen wir? *Mandalay*! Wer hat seinen Mantel verloren? Und Papa Behrens steigt hinauf zu seiner Tochter und reicht ihr das Kabel hin, während der Tenorsaxophonist einzählt, eins, zwei, eins- und zwei- und, und Anja Behrens schließt die Strahler an, und *Tuten und Blasen* hauen voll rein mit *Mandalay*, und ein kaltes, taghelles Licht strahlt jäh auf, und die Menge macht ein einmütig anschwellendes Aahhh!!! und applaudiert, und Ulrich Held auf der Parkbank stößt Jens mit dem Ellenbogen in die Seite, ich halts nich aus, Jens, das isse, sie isses, ich werd verrückt, ich glaubs nich, sie isses wirklich, Jens, ich fasses nich, ausgerechnet die, indessen Anja Behrens im Korb am Bedienpult Knöpfe drückt und damit den Teleskoparm in Bewegung setzt.

Tuten und Blasen geben alles. *Mandalay* ist ein Lied von Kurt Weill, und zwar ist es eine der zahllosen Verarbeitungen des weltberühmten Chatschaturjan'schen Säbeltanzes, zu dem in Billy Wilders *Eins, Zwei, Drei* Liselotte Pulver auf dem Tisch getanzt hatte. Vor allem aber dürfte es kaum einen Zirkus geben, der nicht mit dem Säbeltanz die Höhepunkte seiner artistischen Darbietungen begleitet hätte, und das Publikum am Bismarck-Denkmal ist dankbar. Ein unhörbarer Seufzer der Befriedigung und des Wohlwollens geht durch die Menge. Das wollte man sehen und hören. Darauf hat man gewartet. Deshalb ist man hier. Arne Behrens vergeht vor Stolz. Der Weill'sche Säbeltanz gibt Michael Wägner den Rest. Er entscheidet, dass er das nicht wird aushalten können, und schiebt sich durch die Leute hindurch, um tränenblind das Weite zu suchen. Eberhard Fiedler dagegen, die Zierde seines Kirchenchors, empfindet den Säbeltanz als überaus erfrischend und schnippt, wie viele andere auch, mit den Fingern im Rhythmus mit, wobei er mit dem ganzen Arm bis zur Schulter hinauf bei jedem

Schnippen zuckt. Helen Huld bedauert, dass sie nicht den Walkman zum Aufnehmen mitgebracht hat. Der Menge hier verleiht die musikalische Umrahmung das Gefühl, auf einer richtigen Veranstaltung zu sein, an deren ohnehin phantastischen Sensationen man außerdem noch teilnehmen darf, ohne Eintritt bezahlen zu müssen. Hier gibts was umsonst, und zwar nicht nur super Live-Musik, die richtig knallt, sondern auch eine echt tolle Show: Jetzt geht in der Dunkelheit langsam der Korb von der Pab hoch, und die Strahler leuchten das Denkmal von unten nach oben aus, und wegen der Strahler erscheint alles drumherum noch dunkler. (Leni Riefenstahl würde da richtig was draus machen und dann wieder nicht verstehen, wieso man ihr das übel nimmt.) Das Publikum ist sich einig, dass man so etwas nicht alle Tage zu sehen bekommt, echt super mit dem Licht, is schon 'n doller Effekt, und dann noch mit DER Musik. Helen Huld will das Denkmal jetzt von vorne haben. Sie hält noch schnell die Kamera auf die Menge, löst einmal aus und balanciert dann an den Leuten vorbei auf der Mauer entlang nach hinten, wo sie auf die obere Terrasse des Plateaus steigen kann, und geht runter, und irgendwie kommt sie durch. Angesichts dieses Schauspiels ist Hanno Brunsdorf nun doch froh, dass die Polizei ihn nicht gerufen hat, und er sich ungehindert der Betrachtung hingeben kann. Also, das ist jetzt wirklich ganz großartig. Da kann er allerdings mit seiner Obstleiter nicht mithalten, außer vielleicht, er würde sich die Strahler praktisch um den Leib schnallen und dann in solchen fließenden Schritten die Leiter hoch. Jens Dikupp und Susanne Meister kichern in sich hinein. Karl möchte wissen warum, das erklären wir dir später. Die Presse macht Notizen und fotografiert, der tazler schüttelt ungläubig den Kopf. Kathrin Meister beschließt, dass sie für die Hulds noch unbedingt diese Abbildungen von den Fackelmärschen zum Denkmal anlässlich Bismarcks runden Geburtstagen raussuchen muss und vor allem diese sorgfältig gezeichnete Skizze, diesen Plan für die Beleuchtung des Denkmals zum Hundertsten. Auch Petersen und Köpper kommen aus dem Staunen nicht raus, Köpper sagt, alter Schwede, und Petersen sagt, das hältste doch im Kopp nich aus, und unter dem Toupé von Köpper fängt es an zu jucken.

Der Teleskoparm wird lang und länger, der Korb fährt in steter Langsamkeit am Denkmal hinauf und mit ihm das Licht, während die Musik vorantreibt, in chromatischen Läufen auf immer neue Höhepunkte zu jagt, und das Licht gleitet über das kolossale Gemäuer des Sockels hinauf, leuchtet die granitenen Blöcke aus, die Schwere jedes einzelnen Quaders, ihre Vielzahl und Rechtwinkligkeit, ihre sakrosankte Masse, und kurz vor der oberen Wölbung des Sockels setzt der Posaunist mit einem Solo ein, das sich, begleitet von der Rhythmusgruppe und spitzen Bläserakzenten, in einem dynamischen Salto über die Wölbung schwingt, und das Licht geht weiter am Säulenbündel hinauf, alles am Denkmal ist Vertikale, gefolgt und betont vom Licht. Am Abschluss des Säulenbündels fuchtelt der Tenorsaxophonist mit erhobenem Zeigefinger herum, weil das Lied zu Ende ist, und die Band spielt es ohne Unterbrechung noch einmal von vorn, und das Licht fließt von den Füßen bis zu den Knien, es bestrahlt die Klinge des Schwerts zwischen gepanzerten Waden, und diese albernen, stocksteifen Adler blicken noch finsterer als bei Tage, und alle Instrumente, die akustische Treibjagd für vier Takte unterbrechend, verfallen in ein irres Getriller und Gewirbel, und über den Knien strahlt das Licht den Saum von Bismarcks Waffenrock an, der die geharnischten Schenkel umschließt, und dann fließt es über den schräg drapierten Gürtel, und der Posaunist hat ein Ansatzproblem und will nicht noch einmal solieren, sodass auf Blickkontakt die Sopransaxophonistin einspringt, und das taghelle Licht folgt der nach oben hin breiter werdenden Schneide des Schwerts, und als es Bismarcks Hände beleuchtet, ertönt ein furchtbarer Schrei vom Fußweg auf der Seite des Millerntordamms. Eine cholerische Stimme, gepeitscht von ohnmächtigem, weißknöchligem Zorn, brüllt sich Seele und Stimmbänder aus dem Leib, um die Blaskapelle zu überschreien, ihr Schweine! Was macht ihr da mit meinem Klo! Haut aaaab! Ihr dreckigen Penner, verpisst euch! Geht doch arbeiten! Weg hier! Weg!

Köpfe drehen sich um, tzs tzs tzs, da hat wohl einer 'n Problem; Polizei drängt sich hin. Es ist Herr Ohlert, betrunken, nach dem Schreien im Fallen begriffen, aufgefangen von Reiner und Geert, die seit ihrer Ankunft aus Chile vierzehn Stunden geschlafen haben, und jetzt ist Höllenschmidt da, und Herr Ohlert, links und rechts untergehakt von Reiner und Geert, lässt seinen Oberkörper nach vorne fallen und erbricht sich vor Höllenschmidts Füße.

Und das Licht fließt weiter hinauf über die gepanzerte, mächtige Brust aus Granit, während die Band nach dem Solo wieder das Thema spielt. Anja Behrens manövriert den Korb so heran, dass sie, über den Rand sich hinaus lehnend, das Seil lösen kann, mit dem sie vor zehn Tagen den Sack um den Hals herum festgebunden hat. Die Strahler strahlen links und rechts an Hals und Kopf vorbei in wolkenschwere Düsternis. Und wieder verfallen alle Instrumente in das irre Gewirbel und Getriller, aber jetzt bleiben sie dabei, dehnen es weiter und weiter, und die Menge verrenkt sich die Hälse. Man kriegt ja bald Kopfschmerzen vom Hinaufschauen, aber gerade jetzt sieht man bloß den Korb. Nur ganz wenige, die im richtigen Winkel stehen, können Anja Behrens zusehen und sich wundern, wie sie mit einem Zug den Knoten löst. Pass auf, jetzt kommt er ab, jetzt isser dran, jetzt ist Schluss mit der Frechheit, gleich isser weg, wenn das mal im wirklichen Leben auch so einfach wär. Ah, wasn jetzt, hat nicht geklappt, muss wohl von woanders ran. Der Korb steigt höher, das Gewirbel und Getriller wird schneller und schriller. Also, ich möcht jetzt nicht da oben sein. Was, nee, ich fänd das spannend, man is doch völlig sicher im Korb, na ja, man darf halt keine Höhenangst haben, und schwindelfrei sollte man auch sein. Anja Behrens bringt den Korb auf Bismarcks linke Schulter, etwas höher, noch etwas höher, nein, das war zu viel, ein kleines bisschen runter, *Tuten und Blasen* werden etwas leiser, greift mit der Hand in das Tuch, werden noch leiser, wickelt sich den Stoff ums Handgelenk, greift noch einmal hinein, und werden noch leiser, hält die Kohlmaske fest, drückt mit der anderen Hand am Bedienpult die Knöpfe, und der Korb geht schön langsam senkrecht nach oben und die Kohlmaske mit, und *Tuten und Blasen* gehen nahtlos über in *Goodbye Johnny* fortissimo, *goodbye Johnny, schön wars mit uns zwein. Aber leider, aber leider kanns nicht immer so sein …* Viele Leute fallen ein und singen mit, und die Menge beginnt zu applaudieren, der Kohlkopf geht hoch, sein Saum gibt das Kinn frei, den beleidigten Mund mit dem aufgebauschten Oberlippenbart, an den Seiten kommen die Ohrläppchen heraus, über dem Bart die Nase, die Augen, und jetzt, jawohl, jetzt läuft der letzte Zipfel über Bismarcks Glatze hinweg und schwingt zum Korb hin, und das Tuch hängt schlaff herunter. Der Applaus schwillt an und schwillt, denn das Klatschen ist die genuine Tätigkeit des Publikums, und das Publikum macht seine Sache so gut wie Anja Behrens die ihre. *Tuten und Blasen* spielen lauter und lauter, und die, die mitsingen, geraten ins Grölen, *Goodbye Johnny, goodbye Johnny*, und es wird auch *Goodbye Birne* gegrölt, und *Goodbye Bismarck*, und Anja Behrens holt die Kohlmaske ein und macht eine gediegene Verbeugung über den Rand des Korbs zur Menge hin, und die Verbeugung lässt den Applaus erst richtig aufbrausen, und in den rauschenden, tosenden Beifall hinein hebt sie schnell wieder die Kohlmaske auf und hält sie hoch wie eine Trophäe, und das Klatschen geht mit dem Hochhalten hoch, und

Anja Behrens lässt das Tuch sich vor dem Korb entfalten, damit man es noch einmal richtig sehen kann, und in dem allgemeinen Applaus setzt sich ein rhythmisches, gleichmäßiges Klatschen durch, während Anja Behrens den Korb herunter fährt und ihn da wieder anhält, wo sie eben den Stoff gefasst hat. Jetzt greift sie mit beiden Händen mehrmals an der Kohlmaske um, und die Menge klatscht weiter und ist aufgeregt, da kommt noch was, und Anja Behrens fasst noch einmal um, und dann hat sie das Tuch in der richtigen Position, wirft es dem Bismarck wieder über die Glatze, und *Tuten und Blasen* hören auf, *Goodbye Johnny* zu spielen, und Anja Behrens fährt den Korb noch etwas herunter, nach vorne, zur anderen Seite, und zuppelt die Kohlmaske wieder zurecht.

An vielen Stellen bricht ungezügelter Frohsinn aus und wird der Applaus massiv verstärkt, jawoll!, Bravo!, und es wird skandiert, das ist Birnes Platz! Das ist Birnes Platz! Ulrich, Jens und Susanne klatschen frenetisch, rufen aber nichts, die Jungs immer noch aus Angst, sich zu verraten, und Susanne, weil das Lautwerden nicht ihre Sache ist, aber Karl fühlt sich ungeheuer inspiriert davon, wie man hier rumschreien darf, und er schreit ein lustvolles, deutliches und entschiedenes Jaaaaaaa!!! zu dieser einmaligen Schreifreiheit. Der Barkeeper Magister und der tazler rufen begeistert Bravo! und haben sehr interessante Gedanken dabei, der eine über politische Rituale (im Unterschied zu Politikritualen) in der Demokratie, der andere über Artikelüberschriften. An anderen Stellen wiederum macht sich Ärger breit, Rittmeester beispielsweise steckt zwei Finger in den Mund und pfeift so laut er kann. Für diese männliche Äußerung wird er heimlich von Renate Martenk bewundert, ungeachtet dessen, dass bei gewissen Veranstaltungen ein solches Pfeifen als Zustimmung gilt, und in der Tat wird auch hier in diesem Sinne gepfiffen, und Rittmeesters Protest geht vollkommen unter. Hanno Brunsdorf fragt sich entsetzt, ob das noch mit rechten Dingen zugeht. Man hätte Polizei in den Korb mitschicken müssen, zwei Mann, die hätten das zu verhindern gewusst, oder ist das womöglich so vorgesehen? Die Polizei ist erst überrascht und dann enerviert, weil damit der Einsatz noch länger dauern wird. Lutz Höllenschmidt möchte weglaufen, sich in ein Erdloch verkriechen und nie wieder Polizist sein, aber vorher noch schnell das Denkmal wegsprengen. Das ist jetzt wieder genau wie am Anfang, als die Entfernung der Kohlmaske so kläglich scheiterte. Der Arm der Polizei ist zu kurz, um einzugreifen. Bismarck ist zu groß. Höllenschmidt kann überhaupt nichts anderes tun als zuzusehen, wie da etwas passiert, das nicht passieren darf. Wir müssen …, setzt er aufgeregt an, ohne zu wissen, was, aber Peter Fischer neben ihm ist vollkommen gelassen. Er hat Anja Behrens längst wiedererkannt und diesen Umstand für sich behalten. Er klopft Höllenschmidt auf die Schulter, ist doch nur fürs Späßchen, gefällt doch den Leuten, Mensch, Hölle, weißt doch Bescheid, Brot und Spiele.

In der Tat erfreut sich die überwältigende Mehrheit der Menge an der sportlichen Wurfleistung von Anja Behrens und will durchaus nichts dagegen haben, dass die Veranstaltung weitergeht. Das ist ja echt ein toller Abend hier, sagt man einander, die fallende Eiche, die Musik, die Light-Show am Denkmal, und jetzt auch noch das. Vorne an der Pab-Absperrung werden aus unterschiedlichen Gründen Arne Behrens und Erich Huld sentimental. Erich Huld behält seine Gedanken für sich, die würde Herr Behrens wahrscheinlich nicht verstehen, aber der muss den seinen unbedingt loswerden, und in dem ganzen Geklatsche und Gejohle zeigt er hinauf zu seiner Tochter und schreit Erich Huld ins Ohr, dakannsmasehn, das ist meine Tochter!

Die kommt wohl ganz nach Ihnen, ja?, brüllt Erich Huld zurück, und Behrens streckt sich wieder zu Hulds Ohr hin und erklärt bereitwillig die Verhältnisse, also die Leidenschaft für den Maschinenbau, die hat sie natürlich von mir, das ist klar, aber dieses, also ich will mal so sagen, dieses Wilde, das kommt nicht von mir, ich bin ja mehr gemütlich, nee, das hat sie von meiner Frau, die wiederum kommt nämlich aus einer Bergsportfamilie, ich kann Ihnen sagen, die müssen immer die gefährlichsten Touren aussuchen.

Anja Behrens fährt den Korb wieder zurück, greift wieder in das Tuch und zieht wieder die Kohlmaske nach obenhin weg. *Tuten und Blas*en setzen wieder mit *Goodbye Johnny* ein, alle singen mit, die allgemeine Heiterkeit ist groß und ausgelassen, man fängt inzwischen an zu schunkeln. Aber singen wirklich alle mit? Nein, Rittmeester und Martenk leisten Widerstand. Sie beißen die Zähne zusammen und stehen stramm, sie ballen in den Taschen die Fäuste und ergeben sich in eine wütende Genugtuung über die Entfernung der Kohlmaske, die der Genugtuung derer, die dem Kanzler das *Goodbye* singen, gar nicht so unähnlich ist. Diesmal lässt Anja Behrens die Verbeugung und das trophäenhafte Hochhalten der Kohlmaske aus. Stattdessen wirft sie das Tuch auf den Boden im Korb und macht sich an den Strahlern zu schaffen. Kommt da jetzt noch einmal etwas? Nein, es kommt nichts mehr. Ja, doch, der Schluss. Anja Behrens dreht die Strahler und richtet sie nach unten auf die Menge, und *Tuten und Blasen* spielen leiser und leiser, und Anja Behrens beginnt, herunterzufahren, während das *Goodbye Johnny* verklingt.

Mannomannomann, das war ganz schön anstrengend, so lange nach oben zu schauen. Man reibt sich den Nacken. Aber toll. Also echt. Ganz große Klasse. Dass die das noch mal rauf und wieder runter, und die Musik, woher ist eigentlich diese Kapelle gekommen? Und wie vorher das Licht am Denkmal hoch ist, das hatte richtig was Schauriges, und das passt ja echt voll zum Bismarck, der hat doch bei Tag schon so etwas Bedrohliches, ein Glück, dass der ansonsten so gut von den Bäumen versteckt ist. Und wie die

Kohlmaske nach oben weg ist, das war doch genau wie bei Zauberkunststücken im Zirkus, wenn das Tuch über dem Zylinder weggezogen wird. Aber bei Zauberkunststücken ist ja dann etwas verwandelt, da kommt etwas Neues, wo hier nur wieder das Alte zum Vorschein kommt. Ja, ist doch egal, ich mein ja bloß, jetzt werd halt mal nicht mystisch, das ist ja nicht das Orakel von Delphi hier, komm, lass uns nach Hause, wollen wir nicht mal los, das Ding ist ja gelaufen. Die Leute gehen los und haben es auf einmal eilig, sie wollten ja schon seit anderthalb Stunden zu Hause sein. Andere dagegen haben Zeit und stehen noch herum und quatschen. Ach, da is ja der Sowieso, man trifft Bekannte und erzählt einander, was das eben für eine Sache war. Höllenschmidt ist furchtbar erleichtert, dass es endlich vorbei ist. Arne Behrens dagegen ist sehr, sehr glücklich, dass einmal die Öffentlichkeit sehen konnte, was er für eine phantastische Tochter hat, und das hat der Applaus ja auch bestätigt. Erich Huld wird melancholisch und fühlt in seinem Inneren eine große Müdigkeit aufziehen. Der Platz lichtet sich, man merkt auch plötzlich, dass man friert. Petersen und Köpper waren die Ersten, die gegangen sind, und zwar gesenkten Hauptes und sofort, als die Strahler nach unten gerichtet wurden. Das hat ihnen gar nicht gefallen, so im Rampenlicht herumzustehen. Susanne und Jens wollen dann auch los. Karl ist gnatzig, er weiß nicht, was er will, er würde gerne noch bleiben, wegen der Stimmung, aber ihm ist auch kalt und er muss aufs Klo, und so lässt er sich abwechselnd von Jens und Susanne mit viel Hin und Her zum Heimweg überreden, und etwas anderes bleibt ihm auch gar nicht übrig.

Ciao, wir haun ab, sagt Jens. Er schaut noch einmal zur Pab hinüber, deren Korb gerade am Säulenbündel vorbeigleitet, und legt Ulrich dabei die Hand auf die Schulter, du solltest jetzt vielleicht mal zu ihr hingehen und guten Tag sagen, und dann gehen die Meister-Dikupps los.

Helen Huld schlendert zwischen den Herumstehenden und Losgehenden hindurch und saugt die Atmosphäre ein. Friedrich Flauser sitzt längst im Auto und überlegt hin und her. War das nun ein Skandal oder ein Triumph? Der tazler und der Barkeeper Magister stehen immer noch herum und entscheiden, dass sie in die *Sicherheit* gehen, auf ein Bier, und da den Abend schön ausklingen lassen. *Tuten und Blasen* packen die Instrumente ein. Kathrin Meisters Thermoskanne ist leer. Sie hat die Sopransaxophonistin angesprochen. Das sei ja echt toll gewesen, dass sie da waren, und sie hätten so schön gespielt, und du, sag mal, ist das möglich, dass ich die Noten haben kann?

Welche Noten?

Also, am wichtigsten wär *Goodbye Johnny*.

Ach so, da gibts keine Noten.

Wie jetzt, keine Noten, sag bloß, ihr habt das ohne Noten gespielt?

Ja, bisschen improvisiert.

Boah, wie heißt ihr?

Tuten und Blasen.

Und wo spielt ihr immer so?

Die Sopransaxophonistin gibt ihr einen Flyer, und Kathrin Meister ist hoch zufrieden, weil sie jetzt etwas von der Band fürs Archiv hat, und damit bei den Hulds Pluspunkte sammeln kann. Die Menge löst sich auf und verschwindet. Die einen gehen eher beschwingt nach Hause, die anderen eher gedämpft, aber ein jeder tief beeindruckt. Rittmeester und Renate Martenk müssen sich nun trennen und zu ihren jeweiligen rechtlichen Ehepartnern zurückkehren. Aber nächstes Mal bleim wir im Bett, ja? Hanno Brunsdorf, da drüben steht er und schimpft mit zwei halbwüchsigen Bengeln, Sie, Tschuldigung, wenn ich mal unterbrechen, nur dass Sie Bescheid wissen, ich meld mich ab, ja, ist ja tipptopp gelaufen, schönen Feierabend noch. Auch Kathrin Meister meldet sich ab, und zwar bei den Hulds. Sie habe einen Flyer von der Band fürs Archiv, man sehe sich nächste Woche Dienstag, ja, bis dann, und wirft noch einmal ihre blonde, seidenglänzende Engelslockenpracht mit einem eleganten Schwung über die Schulter zurück. Pankratz, Schneidermann und Blohmke sind gerade mit dem Baum fertig, packen ihre Sachen ein und fahren los. Der Platz am Denkmal hat sich ziemlich geleert. Es steht noch etwa ein halbes Dutzend Leute herum, und auf dem Boden liegen verstreut und zertreten ein paar Plastikbecher. Vorne an der Absperrung schauen Arne Behrens und eine junge Frau sowie Helen und Erich Huld der herunterfahrenden Anja Behrens entgegen. Ulrich Held aber sammelt all seine Kräfte und reißt sich gnadenlos zusammen und setzt sich in Bewegung. Er geht hin, er hebt das rot-weiße Band der Absperrung hoch, er geht darunter durch, und Anja Behrens steigt von der Pab herab, und dann spricht Ulrich Held sie an.

11. KAPITEL.
SPÄTER.

Ein paar Wochen später sitzen Ulrich Held und Jens Dikupp mal wieder in der rauchgeschwängerten *Sicherheit*, und der Barkeeper Magister ist auch da, allerdings nicht hinterm Tresen, sondern als zahlender Gast. Mittlerweile ist er seinem Berufswunsch, Publizist zu werden, deutlich näher gekommen und hat immer die eine oder andere seiner Veröffentlichungen in der Tasche, denn man weiß ja nie, wen man trifft. Und wieder kommen die drei ins Gespräch. Man redet über dies und das, über Bierpreise in verschiedenen Kneipen, Fußball, die Einheit, das Bismarck-Denkmal, ja, da sei er dabei gewesen, darüber müsse man auch einmal schreiben, ach, und übrigens, dieser Artikel hier sei zwar eher wissenschaftlich und dementsprechend etwas trocken, aber es würde sie bestimmt interessieren, zieht der Barkeeper Magister eine Zeitschrift aus der Tasche und legt sie aufgeschlagen vor Ulrich und Jens auf den Tisch. *Affirmation als Negation: über die Vulnerabilität endokultureller, geschlossener Ritual-Systeme am Beispiel des Politischen Aschermittwochs der CSU* lautet die Überschrift. Ulrich Held stürzt sich darauf und beugt sich über den Artikel, als ob ers bezahlt kriegte. Seine Augen fliegen gehetzt über die Zeilen, schneller, als er aufnehmen kann, was da steht, hin und her, und mit schlagartig erhöhtem Puls befürchtet und erwartet er seinen eigenen Auftritt im Text, Ruhm und Verrat! Er verschluckt sich regelrecht an den Buchstaben, der Text ist nicht wirklich zu verstehen, es ist ein fürchterlicher Jargon, da ist von strukturellen Rahmenhandlungen die Rede, von Akteuren und eingeübter Performanz, von systemischen Rollen und habituellen Patterns und konträren Dynamiken und all so ein Quatsch und heiße Luft, und auch weiter unten im Text ändert sich das nicht, ja, ja, muss ich mal in Ruhe lesen, stößt er zwischen den Zähnen hervor, während seine Augen weiter über die Zeilen und Absätze eilen, und auch Jens Dikupp hat sich mit flauem Magen über den Artikel gebeugt, er liest langsam und sorgfältig von jedem Absatz die ersten und letzten zwei Zeilen, und dann mal welche in der Mitte, und auch er versteht nicht recht, worum es geht, und liest doch weiter, während der Barkeeper Magister frohgemut über die anderen Tische hinwegschaut und sich dabei im Geiste seine so treffenden wie geschliffenen Sätze auswendig hersagt, er freut sich, dass jemand sie liest, und allmählich wird Jens und Ulrich klar, dass hier von den Tätern schlicht und ergreifend keine Rede ist, und in der ganz großen Erleichterung darüber schwingt eine leise, eine klitzekleine Enttäuschung mit, aber die Enttäuschung wird weggedrückt, Glück gehabt!, dass sie da so gar nicht drin vorkommen, und sie atmen auf, holen Luft, und der Barkeeper Magister, genau wie im Mai, merkt wieder nichts von allem, weil er so sehr von seinem Artikel begeistert ist. Ja, lasst mal, sagt er und winkt gönnerisch ab, das ist jetzt nichts zum Hierlesen, könnt ihr gern mitnehmen, müsst ihr mal zu Hause reinschaun, da braucht man schon etwas Ruhe für, issn anspruchsvoller Text. Trinkt ihr auch noch eins?

Und ein Dreivierteljahr später ist Erich Huld gerade eben dabei, an seinem Schreibtisch wegzudösen, als das Telefon klingelt. Nach der herrlichen Aktion am Bismarck-Denkmal ist damals sofort wieder der Alltag ins Dasein getreten. Die Hulds haben Kathrin Meister eingestellt und haben es nicht bereut, denn sie arbeitet engagiert. Helen Huld hat Wege gefunden, ihren Mitteilungsdrang in Grenzen zu halten. Kathrin Meister wiederum hat Erich Hulds Vermutung, das von ihr unter so viel Mühe gesuchte und nicht gefundene Zitat gehe wahrscheinlich auf die Täter selbst zurück, tapfer und ohne sich etwas anmerken zu lassen zur Kenntnis genommen. Hin und wieder darf sie mit den Hulds zu Abend essen, und es hat nicht allzu lange gedauert, bis sie begriffen hat, dass Erich Huld in Sachen Kunstgeschichte eine große, randvolle Schatztruhe ist. Zu annähernd jedem Thema, über das sie gerade eine Hausarbeit schreibt, hat er etwas zu sagen, und zwar nicht irgendetwas, sondern Lehrreiches, Interessantes, die allgemeinen Zusammenhänge Erhellendes, Querverbindungen Aufzeigendes und manchmal auch skurril Abwegiges, wenn man ihn nur darauf anspricht und dann schön die Klappe hält und aufmerksam zuhört. Beim letzten gemeinsamen Abendessen allerdings war die Atmosphäre etwas betreten. Die Unterhaltung handelte diesmal nicht von kunstgeschichtlichen Themen, sondern von den Tücken der Computertechnik und davon, dass man vielleicht doch, Vergänglichkeit hin oder her, die papierenen Originale hätte aufbewahren sollen, anstatt sie gleich nach dem Erfassen zu entsorgen. Aber es war ja auch ein Platzproblem, und wozu überhaupt die Digitalisierung, wenn man das Papier aufbewahrte? Der Rechner war abgestürzt, der Bildschirm schwarz geblieben. Es tat sich gar nichts mehr. Helen Huld hatte Rechner und Bildschirm zu einer Computerfirma gebracht, die unter anderem damit warb, verloren gegangene Daten retten zu können. Der Bildschirm war vollkommen in Ordnung. Nachdem sie es noch mit einer anderen Computerfirma versucht hatte, war sie ins Institut für Informatik der Universität Hamburg gegangen, hatte sich die Sprechstunden der Professoren notiert und ihnen ihr Problem geschildert. Die Professoren lächelten milde und fragten nach Sicherheitskopien auf Disketten. Sehen Sie, sagte Helen Huld, wenn es die noch gäbe, würde ich auf keinen Fall Ihre Zeit in Anspruch nehmen.

Es war ihr zu peinlich, den hohen Herren zu erzählen, wie die Box mit den Disketten in den Eimer mit dem Wischwasser gefallen war, wie die Putzfrau das (angeblich) nicht gleich merkte. Nun ja, das Radio war an, recht laut natürlich, denn Helen föhnte sich die Haare und wollte die Sendung nicht verpassen. Sie hatte darin noch keinen Vorboten des Unglücks gesehen, sondern es bloß für ein Ärgernis gehalten. Man würde eben neue Disketten kaufen und erneut Sicherheitskopien anlegen müssen. Als aber genau dabei der Computer abstürzte, wurde ihr mulmig zumute. Der Informatikprofessor, der von allen Informatikprofessoren am mildesten lächelte, gab ihr die Telefonnummer eines Studenten, von dem es hieß, er werde mit an Sicherheit grenzender Wahrscheinlichkeit in der Lage sein, ihr Problem zu lösen. Und nun, nachdem der Student den Rechner unter die Lupe genommen hat, ruft Helen im Amt an, und das Klingeln reißt Erich aus dem Wegdösen heraus. Darling, I have bad news.

Ich danke: Pauline Boeykens, Gabi Geringer, Swantje Harmsen, Rob Ramirez vom Kletterkegel in Berlin, Luca Nano, Mandan Nia, Malte Leschner, Sonja Nordhofen, Andreas Köhler von IG Blech, Georgia Ch. Hoppe von *Tuten und Blasen*, Kristiane Bartel vom Hamburger Denkmalamt, Dieter Gehrkens vom Hamburger Gartenbauamt, Tobias Wegner.